元魔王の転生令嬢は世界征服よりも恋がしたい

麻木琴加

JN110001

23404

角川ビーンズ文庫

CONTENTS

Moto maou no
tensei reijou wa sekai seihuku yorimo
koi ga shitai

CHARACTERS
Moto maou no
tensei reijou wa sekai seihuku yorimo
koi ga shitai
ギルベルト・
フォン・
エーベルナッハ
『勇者の再来』と言われる
公爵家子息。前世では
アレハンドラの
配下だった。
アリアナ・
フォン・
コルティッツ
前世が魔王の伯爵令嬢。
夢は小説『ステラ学院の秘密』で
描かれているような、
甘酸っぱい恋を
すること。
元魔王の転生令嬢は
世界征服よりも
恋がしたい

魔王アレハンドラ

人間から「エフィーミラの呪い」と称される
史上最悪の魔王。
アリアナの前世の姿。
100年前の戦争で命を落とす。

ギル

ギルベルトの前世の姿。
幼い時にアレハンドラに救われ、
人間でありながら
配下として仕える。

ファビアーノ・ガリアーノ

魔王を支える
次期選帝侯の一人。
魔王至上主義者で
アレハンドラを慕う。

ロザモンド・シュナイダー

アリアナの同級生。
市井の出身ながら
神童と呼ばれていた。

本文イラスト／iyutani

プロローグ

エフィーミラ大陸の西の果て、朝と夕を深い霧《きり》に覆《おお》われる地にその城はあった。

魔石《ませき》をふんだんに使って守りを固めた城に住むのは鋭《するど》い牙《きば》と角を持ち、大空を翼《つばさ》で翔《かけ》る魔族たち。彼らは今、自慢《じまん》の翼をたたみ城門前に整列していた。

厳《おごそ》かな空気の中、夕立のようにザーッと風を切る音が近づいてくる。一斉《いっせい》に顔を上げた魔族たちの表情が明るくなった。彼らが視界に捉《とら》えたのは、夜空を閉じ込めたような黒髪《くろかみ》を風になびかせ、「魔王の瞳《ひとみ》」と呼ばれる紫水晶《むらさきずいしょう》の双眸《そうぼう》で城を睥睨《へいげい》するアルシオン帝国《ていこく》の女主人——魔王アレハンドラと、彼女に従う魔王軍の姿だった。


「陛下、ご無事のご帰還《きかん》を心よりお慶《よろこ》び申し上げます。我が軍は陛下の指揮の下《もと》、帝国南部に侵攻《しんこう》してきた人間どもを一蹴《いっしゅう》したと、愚息《ぐそく》より聞き及《およ》んでおります」

居並ぶ魔族たちを代表して、選帝侯《せんていこう》の一人が降下してきたアレハンドラに奏上する。アレハンドラは彼の方をちらりと見やって、鷹揚《おうよう》に「ああ」とうなずいた。

「貴殿《きでん》の息子《むすこ》のファビアーノは、此度《こたび》の戦《いくさ》でもめざましい働きをしてくれた。また貴殿らも私が留守の間、我が城をよく守ってくれた。褒《ほ》めて遣《つか》わす」

「ははーっ！　もったいなきお言葉にございます」

恐縮《きょうしゅく》する選帝侯たちを前にして、アレハンドラの口元がフッと緩《ゆる》み、硬質《こうしつ》の美貌《びぼう》に華《はな》やかな彩《いろど》りが加わる。皆《みな》は思わず目を瞠《みは》ったが、その柔《やわ》らかな微笑《びしょう》は一瞬《いっしゅん》にして消えた。代わりに、魔王らしい硬《かた》い表情がその整った顔を再び覆う。

「皆も連日の戦いで疲《つか》れているだろう。祝宴《しゅくえん》は後日にして、今宵《こよい》はゆっくり休め」

アレハンドラはそう言い放つと、皆の熱い視線を背に受けながら城に入った。その足で浴室に向かい、戦場で受けた返り血をきれいに洗い落としてから自室に赴《おもむ》く。

アレハンドラは部屋で一人になって初めてフーッと肩《かた》の力を抜《ぬ》いた。凱旋《がいせん》直後だというのに、そのまま机に向かって座り、一番上の引き出しを開ける。

（よし、今なら大丈夫《だいじょうぶ》だろう。しばらくは誰《だれ》も入ってこないな）

アレハンドラは扉《とびら》の方をちらっと振《ふ》り返って確認《かくにん》すると、机の中にしまっていたペンやインクを次々に取り出した。次いで、二重になっている引き出しの底を持ち上げる。

その下から現れたのは一冊の本だった。使われている紙は薄《うす》く、インクの発色もかすれがちで、安価な大量印刷の品だと一目でわかる。だが、その本の表紙には革《かわ》製のカバーがつけられ、大切に読まれているのも一目瞭然《いちもくりょうぜん》だった。

アレハンドラはゴクリとツバを呑《の》み込んで本を開くと、出陣《しゅつじん》前に読んだページの続きに視線を走らせた。その唇《くちびる》から「はぁぁぁー」と悩《なや》ましげな吐息《といき》がこぼれる。

（いい！　すごくいい！　ヒロインのフリーダを抱《だ》きしめて、『行くな。君のそんな顔、他《ほか》の男に見せたくない』と耳元でささやくなんて……！　かっこよすぎだ、エドガー！）

胸を焦《こ》がすときめきに耐《た》えきれず、アレハンドラは椅子《いす》の上でジタバタ悶《もだ》えた。

人間たちから「エフィーミラの呪《のろ》い」と恐《おそ》れられる魔王が頬《ほお》を赤く染めながら夢中で読んでいる本のタイトルは『ステラ学院の秘密』。最近、人間たちの間で流行《はや》っている魔術学院を舞台《ぶたい》にした恋愛《れんあい》小説だった。

そもそもこの小説は、敵対している人間たちについて学ぶため、アレハンドラが斥候《せっこう》に命じて買ってこさせた本の中に偶然紛《ぐうぜんまぎ》れ込んでいたものだ。その内容はおおよそ戦に役立ちそうもなかったが、読んでいるうちに好きになってしまったものは仕方ない。

今日も今日とてお疲れの魔王はお気に入りの恋物語《こいものがたり》にうっとり癒《い》やされ……コンコンと扉をノックする音で我《われ》に返った。慌《あわ》てて本を二重底の下に隠《かく》そうとする。しかしその動きは、扉越《ご》しに聞こえてきた声によってピタッと止まった。

「お休みのところ失礼します、陛下。ギルです。陛下にお渡《わた》ししたいものが」

「入れ」

発言を食い気味に遮《さえぎ》ったせいだろうか。一瞬、なんとも微妙《びみょう》な沈黙《ちんもく》が落ちてから扉が開けられる。

中に入ってきたのは二十《はた》歳《ち》ほどの青年だった。淡《あわ》い金髪《きんぱつ》のかかった顔は白皙《はくせき》の美青年と呼ぶにふさわしいほど端整《たんせい》な造りをしている。その深い海色の瞳で見つめられれば、どんな女性でも心が浮き立つことだろう。ただし、相手が人間であれば。

ギルと名乗った青年は、魔王アレハンドラの配下においてただ一人の人間であった。

「人間の街へ斥候に出向き、ご命令の品を買い求めて参りました。……って、なんですか？　その手は」

「買ってきてくれたのだろう？　『ステラ学院の秘密』の続編を」

「……はい、仰《おお》せのままに」

ギルが苦笑しながら、アレハンドラに小説の新刊を手渡す。紫水晶の瞳が一段と輝《かがや》きを増し、硬質な美貌に心底嬉《うれ》しそうな笑《え》みが浮《う》かんだ。

「ありがとう、ギル。先月出版されたばかりの新刊をもう読めるなんて、優秀《ゆうしゅう》な配下を持って私は幸せだ」

「それはよかったです。しかし、陛下も変わっていらっしゃいますよね。敵対する人間の書いた小説で戦の疲れを癒やすなんて。あなたは人間が憎《にく》くないのですか？」

「………………」

ギルがふとこぼした問いかけに、アレハンドラの顔から笑みが消える。ややあって、彼女は肩をすくめながら答えた。

「我が帝国に攻め入る決定を下した人間の王たちや、それに賛同している者たちを好きになることは確かにできないな。でもギル、君だって人間だろう？」

アレハンドラからまっすぐに見つめられ、今度はギルが笑みを失う。今でこそ魔王城に馴染《なじ》んでいるが、彼は正真正銘《しょうしんしょうめい》の人間だ。七年ほど前に少年兵として戦場で使い捨てにされ、瀕死《ひんし》の重傷を負っていたところをアレハンドラに拾われて配下に加わった。

「陛下、俺は……」

「別に君を責めているわけじゃない。魔族の中にだって様々な性格や価値観の者がいるように、人間の中にだっていろんな者がいると言いたかっただけだ」

戸惑《とまど》うギルを前にして、アレハンドラは一言一言を言い含《ふく》めるように続けた。

「相手をひとくくりに敵として、『人間』として憎むのは簡単だ。そうすれば、戦で相手を攻撃《こうげき》する時に余計なことを考えないで済むだろう。だが、そんな風に世界を敵か味方かの二つに分けていたら、いつかきっと大切なものを見落としてしまう。……そう、例えばこの『ステラ学院の秘密』のように！」

「………はい？」

真剣《しんけん》な顔で話に聞き入っていたギルが、思わずといった様子で眉《まゆ》をひそめる。アレハンドラはかまわずに本をギュッと抱きしめて続けた。

「人間の書くものをすべて敬遠していたら、私はこの本と出会えなかった。素晴《すば》らしい物語を紡《つむ》ぐ者は種族に関係なく敬うべきだろう？　私は平和な世の中で、愛読書について皆と語り合いたい。無益な戦を続けるより、その方が何倍も有意義だと思わないか、ギル？」

魔王からキラキラした目で同意を求められ、ギルはたまらず吹《ふ》き出した。

「なんだ、ギル？　何がおかしい？」

「いえ、陛下は本当に『ステラ学院の秘密』がお好きなんだと思いまして。そのような本を読まなくても、あなたならお相手はより取りみどりでしょうに。ファビアーノ様なんてあなたのお相手に選んでもらえたら、歓喜《かんき》に身を震《ふる》わせて平伏《へいふく》しそうですよ」

「いや待て！　そんな恋人、私は嫌《いや》だぞ。というか、恋人に拝まれている時点でその恋は破綻《はたん》しているだろう！」

「そういうものでしょうか？」

「ああ。私が求めているのは、対等な立場で互《たが》いのことを想《おも》い合っては胸をジリジリ焦がすような甘酸《あまず》っぱい恋だからな。学院を舞台にしていれば、なおよい。……と言っても、まぁ魔王の私には縁《えん》のない話だが」

アレハンドラは大好きな恋愛小説と、部屋のそこかしこに彫《ほ》られている魔王の紋章《もんしょう》を見比べて、声にならないため息をこぼした。

「ギルも知っているように、魔族は上に戴《いただ》く者に対して、自分にはない強さや威厳《いげん》を期待するものだ。魔王の座が世襲《せしゅう》制でない以上、彼らは魔王に恋愛も結婚《けっこん》も求めない。というより、恋に浮かれている魔王になんて誰も従いたくないだろう。生まれ変わりでもしない

限り、私に恋愛は無理だ」

「では、来世ならいかがです？　来世で陛下は恋をしたいとお考えですか？」

「は？　来世？」

ギルの思いがけぬ提案に、アレハンドラが目を丸くする。自分から生まれ変わりを口にしてみたものの、そんなことが実際にあるなんて信じていたわけではない。

「でも、そうだなぁ……。もし来世があるなら、『ステラ学院の秘密』のような学院生活を送ってみたいものだな。そこでただ一人の相手を好きになり、その者から愛し愛される関係を築きたい。……って、そう言うギルには何か望みはないのか？」

「俺ですか？」

完全なとばっちりだろう。途中《とちゅう》から恥《は》ずかしくなったアレハンドラに話を振られ、ギルが驚《おどろ》いたように目を瞬《しばたた》かせる。彼は一瞬考え込んでから、ゆっくり口を開いた。

「そうですね。もしも来世があるなら、俺にもやりたいことがあります。生まれ変わっても、俺を陛下のおそばに置いていただけませんか？」

「………？　別にかまわないが」

「あなたの配下としてではありませんよ？　来世ではあなたの笑顔も泣き顔も……それに寝顔《ねがお》も、一番そばで独占《どくせん》したいんです」

「ん？　寝顔？」

「わかりませんか？　毎晩あなたの隣《となり》で、あなたの寝顔を見ながら眠《ねむ》りに就《つ》くのです。時に耳元で『愛してる』とささやきながら」

「…………っ！」

そばにいるというのは、そっちの恋愛的な意味か⁉

熱を帯びた碧《あお》い瞳《ひとみ》が、驚いて硬直《こうちょく》するアレハンドラをまっすぐに見つめ返す。その口元に、いつものギルらしいイタズラっぽい笑みが浮かんだ。

「俺と恋に落ちそうですか、陛下？　耳まで赤くなっていらっしゃいますよ」

「いや、これはその……」

「なーんてね。今の、どうでした？　『ステラ学院の秘密』に出てくるエドガーのセリフよりときめきましたか？」

「なっ……！」

楽しそうに笑うギルを見て、アレハンドラの顔にカーッと血が上る。

「ギル！　君はまたくだらない冗談を言って！　魔王《まおう》をからかうんじゃない！」

「すみません。あなたの反応がかわいらしくて、つい」

「そういうセリフは百年早い！」

赤くなった顔を見られたくなくて、アレハンドラはギルの頭をわしゃわしゃとなでた。

そうだ、ギルにときめくなんてありえない。自分にとって、彼は年の離《はな》れた弟のような存在だ。彼の方だって、自分に対してそれ以上の感情は持っていないのに。

案の定、ギルは何も言わずにうつむき、されるがままになっている。やがてアレハンドラが手を離すと、彼は乱れた髪《かみ》を手早く直して一礼した。

「では陛下、お望みの品もお渡《わた》ししてきましたし、今宵《こよい》はこれにて失礼いたします」

「ああ、今日は斥候《せっこう》に出て疲《つか》れただろう。早く休め。今後も君の活躍《かつやく》に期待している」

「期待しているのは、俺が持ち帰ってくる小説の方ですよね？」

「……いいから、早く休め！」

再び赤くなったアレハンドラを見て、ギルがクスクス笑いながら退出する。

本当にこりない奴《やつ》だ。初めて会った頃《ころ》のギルは、感情のない人形のように虚《うつ》ろな目をした少年だったのに、いつの間にか魔王の自分をからかうほど生意気に育つなんて。だが、この他愛《たわい》もないやりとりを楽しんでいる自分にアレハンドラは気づいていた。

今世はこれでいい。ギルやファビアーノたち配下の者と共に、魔王として魔族の帝国《ていこく》を守るために身命を捧《ささ》げよう。だけど、もし来世があるなら、その時は……。

一人に戻《もど》った部屋の中で、ギルからもらった恋愛《れんあい》小説を手に取る。

この時のアレハンドラはまだ知らない。このわずか数ヶ月後に、戦場で人間の手にかかって殺される未来を。そして自分を討《う》ったその人間こそが、史上最悪の魔王を倒《たお》した勇者と呼ばれるようになることを。

第一章　元魔王に恋は無理ですか？

「おい！　ミーツェのやつ、そっちに回ったぞ！　捕《つか》まえろ！」

夏の日差しが木々の間に透明《とうめい》な光を落とす午後、森に男の怒声《どせい》が響《ひび》いた。

男が下草を踏《ふ》み分け追う先には、しっぽを立てて疾走《しっそう》する山猫《やまねこ》のような生き物がいる。

いや、よく見ると、その足先には猫とは思えぬほど鋭《するど》い鉤爪《かぎづめ》が生え、深く裂《さ》けた口から獰《どう》猛《もう》な牙《きば》が覗《のぞ》いている。それはミーツェと呼ばれる魔獣《まじゅう》の子どもであった。

高位の魔獣ではないが、火属性の爪と牙は魔術師が術を放つ時に使う杖《つえ》――タクトの芯《しん》として重宝されている。つまり、捕まえれば高く売れる。

「よし！　もう逃《に》げられないぞ！」

男がミーツェの退路をふさぎ、タクトをかまえる。ミーツェはとっさに向きを変えて逃げようとしたが、その行く手にはすでに彼の仲間が先回りしていた。

「俺たちも生活がかかってるんでな。悪く思うなよ」

男のタクトが淡《あわ》く光り、宙空に魔《ま》法陣《ほうじん》を描《えが》く。追い詰《つ》められたミーツェが「シャーッ」と鳴いて全身の毛を逆立てた、その時だった。

「そんなこと言われたって、恨《うら》むに決まってるじゃない！　この密猟者《みつりょう》が！」

「……っ⁉」

背後から上がった声に男が振《ふ》り返る。その時にはもう彼の意識は闇《やみ》に落とされていた。身体《からだ》がドサッとくずおれる音と共に、手から抜《ぬ》けたタクトが地面に転がる。

「なっ……！」

男の仲間は目の前で起きたことが信じられずに硬直した。彼の前では今、腰《こし》に手を当てて仁王立《におうだ》ちになった少女が、倒れた仲間を無感動に見下ろしている。年の頃は十五、六だろうか。夜明けの空を思わせる紫《むらさき》がかった黒髪が印象的な、華奢《きゃしゃ》で美しい少女だ。男の目が正しければ、その細腕《ほそうで》が仲間の首筋に手刀をたたき込んだように見えたのだが……。

少女が顔を上げる。紫水晶《むらさきずいしょう》のような双眸《そうぼう》と目が合った瞬間《しゅんかん》、男はゾワッと全身に怖気《おぞけ》が走るのを感じた。以前、密猟仲間に聞いた噂《うわさ》が脳裏《のうり》を巡《めぐ》る。このシュトルツの森には美しい悪魔が棲《す》まうのだと。その悪魔は若い少女の姿をしていて……。

「お、お前はシュトルツの悪魔……っ！」

少女の拳《こぶし》が男のみぞおちにめり込んだ。

「初対面の相手を悪魔呼ばわりするなんて失礼な人ね！　今の私はどこからどう見たって普《ふ》通《つう》のか弱い人間なのに」

少女が足下《あしもと》に転がった男たちを見下ろし、眉間《みけん》に皺《しわ》を寄せる。彼女は持っていた籠《かご》の中から荒縄《あらなわ》を取り出すと、気絶している男たちをぐるぐる巻きに縛《しば》った。今日は森に薬草を採りに来ただけだったが、備えあれば患《うれ》いなし。普段から荒縄を持ち歩いていると、何かと役立つものだ。今度時間のある時に、追加で作っておいた方がいいかもしれない。

少女は荒縄の便利さを改めて見直しながら、男たちをひょいと両脇《りょうわき》に抱《かか》えた。そのまま森の外までスタスタと歩いて行き、辺りに人がいないことを確認《かくにん》してから下に降ろす。

少女は男たちの額を軽く指で小突《こづ》いて呪文《じゅもん》を唱えた。それは記憶《きおく》に干渉《かんしょう》する魔術の一種で、彼らが森で見た記憶を曖昧《あいまい》にしたのだ。これで二人が自分の姿を思い出すことはないだろう。あとはこうして街道《かいどう》の横に転がしておけば、週に一度この辺りの巡回《じゅんかい》に来る老役人が男たちを連れて村まで戻り、適切な処分を下してくれるという寸法だ。

彼らは実に運がいい。明日《あした》がその巡回の日だ。

「今日もいい仕事をしたわね」

少女が満足して微笑《ほほえ》む。密猟者を捕まえたことで、褒《ほ》めてもらわなくてもかまわない。

(今世の私は魔王じゃなくて、ただの人間だもの。森へ薬草を採りに来たついでに悪人を捕まえるのは、善良な一般《いっぱん》人の義務よね)

本物の一般人が聞いたら間違《まちが》いなく首をかしげるような義務だが、少女は大真面目《おおまじめ》だ。

この一風変わった価値観を持つ少女の名はアリアナ。今から百年ほど前に人間の国々を震撼《しんかん》させた魔王アレハンドラの生まれ変わりにして、現在は普通の人間の少女であった。

アリアナが魔王として最後に覚えている記憶は、ギルやファビアーノたち配下を従え、帝国の主要都市を落とそうともくろむ人間たちを撃退《げきたい》しに行った時のことだ。

あの時点では、人間たちを蹴散《けち》らしてすぐ帰城するつもりでいた。それなのに戦闘《せんとう》の途《と》中《ちゅう》で急に意識が途切れ、気づいた時には目線の高さが異様に低くなっていた。

最初は敵の魔術で幼女にされたのかと疑ったが、違った。角も牙も持たないその身体は脆弱《ぜいじゃく》な人間そのもので、見知らぬ若い女性から「アリアナ」と愛《いと》おしげに呼ばれていた。

そう、魔王アレハンドラは辺境の森近くに住む人間の魔術師クラウディアの娘《むすめ》、アリアナに生まれ変わってしまったのだ。

未《いま》だに原因は不明だが、アリアナは転生と同時に前世の最後の方の記憶を失ってしまったらしい。しかも無理に思い出そうとすると、気絶しそうなほどの強烈《きょうれつ》な頭痛に襲《おそ》われるのだ。とはいえ、前世の最期《さいご》を何も知らずにいるのも落ち着かない。

そこで転生後のある日、アリアナは決死の覚悟《かくご》で頭痛に耐《た》えながら、母の蔵書を調べてみた。その結果、魔王アレハンドラは、ルートヴィヒ・フォン・クライスラーという名の勇者に戦場で討たれたと知った。そんな人間に心当たりのなかったアリアナは心底驚《おどろ》いたが、彼女の驚愕《きょうがく》はそれだけで終わらなかった。

なんとこの百年後の世界では、魔族と人間の間に平和条約まで締結《ていけつ》されていたのだ。今では互《たが》いの国に大使館を建てて外交官を派遣《はけん》し合ったり、魔獣の乱獲《らんかく》を禁止する条約などを結んだり、さらには民間レベルで貿易まで行ったりしているらしい。

（魔王がいなくなった途端《とたん》、こんな平和になるなんて、私の努力はなんだったのかしら？）

前世のアリアナは度重《たびかさ》なる人間の侵攻《しんこう》から魔王として帝国を守る一方、長期の戦《いくさ》を終えるために、人間との対話の道を模索《もさく》し続けていた。元魔王の自分がいくら願っても実現できなかった平和が自分の死と共に訪《おとず》れたなんて、なんとも皮肉で切なくなる。

だが、アリアナは魔族と人間に争い続けてほしかったわけではない。平和な時代の――しかも人間の少女に生まれ変わったのであれば、どうしてもやりたいことがあった。

（今世こそ『ステラ学院の秘密』みたいに、恋《こい》する爽《さわ》やかな青春を送るのよ！）

魔王時代に大好きだった恋愛小説のことは片時も忘れたことがない。そればかりか、人間に生まれ変わってから苦心して全巻をそろえ、紙がすり切れるまで何度も読み返した。

平和上等！　今こそ憧《あこが》れの恋物語を実現させる時だ！

しかしそう願う一方で、今の状況《じょうきょう》でそれが難しいことにもアリアナは気づいていた。

密猟者たちを転がした街道の先を見つめ、人知れずため息をこぼす。この道の先には人間の村がある。ただし、村までの距離《きょり》は大人の足でも最低半日。しかもその村はエフィーミラ大陸の端《はし》に位置するヴァルトシュタイン王国の中でも、辺境中のど辺境。高齢化《こうれいか》と過《か》疎《そ》化《か》が進んでいるせいで、年頃《としごろ》の異性どころか村民すらほとんどいない。

（普通に暮らしていたら魔獣と密猟者にしか会わないような環境《かんきょう》で、私はどうやって恋をしたらいいの？）

当然だが、出会いがなければ恋も生まれない。転生前には想像もしなかった難題を前にして、アリアナは一人頭を抱えた。

西の空が夕焼けに染まり、静かな夜の足音がシュトルツの森に忍《しの》び寄る。

密猟者たちを捕《と》らえたあと森で過ごしたアリアナは、長く伸《の》びた自分の影《かげ》を供に家路を急いでいた。彼女の背負っている籠には、森で採った薬草が詰め込まれている。

魔族領に自生している動植物には及《およ》ばないものの、この森で採れる薬草は魔力含有量《がんゆう》が高く、それを使って母が作る回復薬は「飲めば瞬時に魔力が回復する」と評判だ。今日も月に一度の行商人が来る前に「回復薬の仕込みをする」と母に言われて、アリアナは森に入ったのだが、さすがにゆっくりしすぎたかもしれない。

（森で一晩過ごしたところで私なら何も問題ないけど、母さんはきっと心配するわね）

母のクラウディアは、アリアナの目から見ても優秀《ゆうしゅう》な魔術師だ。それがなぜ辺境の地で隠《かく》れるように暮らしているのか知らないが、彼女の娘に対する愛情は本物だった。

元魔王《まおう》の魔力を受け継《つ》いで転生した自分は、他《ほか》の子どもと違うところも多々あっただろうに、彼女はそのすべてを個性として受け入れた上で、普通の人間として育ててくれた。

そのおかげで、今ではアリアナも胸を張って自分のことを「普通の人間だ」と言えるまでになった。そんな大切な恩人相手に、帰りが遅《おそ》いせいで余計な心配をかけたくない。

アリアナが足早に森を抜けると、拓《ひら》けた視界に丸太を組んだだけの簡素な小屋が映った。もう母が中で夕餉《ゆうげ》の支《し》度《たく》を始めているのか、煙突《えんとつ》から白い煙《けむり》がたなびいている。

(このミルクたっぷりでキノコの出汁《だし》がきいた香《かお》りはクリームシチュー？　でも、今日は私の誕生日でもなんでもないわよね？)

アリアナは歩きながら首をかしげた。母の作るシチューは下ごしらえの面倒《めんどう》なキノコをふんだんに使うため、特別な日でないと作ってもらえない。それがどうしたのだろう？

(まぁ、私は毎日でも食べたいくらい好きだから、作ってもらえて嬉《うれ》しいけど)

アリアナは足取りも軽く小屋に入り、奥に向かって「ただいまー」と声をかけた。

「お帰りなさい、アリアナ。帰りが遅いから心配したわよ」

クラウディアが台所から出てきて娘を迎《むか》える。その格好に、アリアナは再び首をかしげた。いつもの魔術師然としたローブ姿と違う。今夜の母はめったにしない化粧《けしょう》をして、よそ行きのワンピースを着ている。もう夕方なのに、どこかへ出かけるのだろうか？

娘の戸惑《とまど》いに気づいたのだろう。籠を受け取った母がアリアナに微笑みかける。

「あなたも着替《きが》えていらっしゃい。今日はこれからお客様がお越《こ》しになるのよ」

「お客様？　行商のヨナスおじちゃんじゃないよね？」

クラウディアの作る回復薬を買い付けに来るヨナスとは長いつき合いだが、アリアナの記憶にある限り、こんな風に彼を歓待《かんたい》したことはない。

「ほら、お客様はもうすぐ来ると思うから、あなたも急いで」

アリアナは不思議に思いつつも、母に追い立てられるようにして自室へ赴《おもむ》き、めったに着る機会のない一張羅《いっちょうら》のワンピースに着替えた。鏡に映った姿はいかにも年頃の娘といった様子だが、この格好を見せたいと思う相手には残念ながらまだ巡《めぐ》り合えていない。

（いつか私も、『ステラ学院の秘密』みたいな運命の恋がしたいなぁ……）

こみ上げてきたため息を呑《の》み込んで台所に戻《もど》る。そこでは夕食の仕《し》度《たく》を終えた母が椅子《いす》に腰掛《こしか》けていた。ワンピース姿の娘を見て、その目が嬉しそうに細められる。

「そういう大人びた格好が似合うようになるのは、もっと先のことだと思っていたのに、早いものね。アリアナ、すごくきれいだわ」

「ありがとう、母さん。私も来月で十六歳になるし、こういう服もそろそろ着られるわ」

「そう……。ついこの間あなたを産んで、この森に越して来た気がしてたのに不思議ね」

「え……」

アリアナは意外に思って母を見返した。今まで彼女は娘の自分が生まれる前後のことを頑《かたく》なに話そうとしなかった。それなのに、どういう風の吹《ふ》き回しだろう。母からこの話題を出すなんて、今日これから来るお客様と何か関係があるのだろうか？

「ねぇアリアナ、母のひいき目を差し引いても、あなたは驚くほど強い魔力に恵《めぐ》まれているわ。王都で『勇者の再来』と噂《うわさ》になっている人にも、きっと引けを取らないほどよ」

（……うん、勇者かぁ）

アリアナは思わず遠い目になった。元魔王としては、比較《ひかく》対象に勇者以外の相手を選んではしいところだが、そんな娘の心の機微《きび》など、クラウディアが知るよしもない。彼女は娘の顔をじっと見つめていたが、ふと真剣《しんけん》な面持《おもも》ちになって続けた。

「アリアナ、あなたは今でもステラ学院に入学したいと思ってる？」

「……母さん？」

今夜は本当にどうしたのだろう？　めったにしないオシャレをしたかと思えば、今度は急に魔術学院の話題を振《ふ》ってくるなんて。

『ステラ学院の秘密』の舞台《ぶたい》となった魔術学院は王都に実在する。最初にその話を聞いた時、アリアナはなんとしても入学したいと願ったが、入学には貴族か宮廷《きゅうてい》魔術師の推薦《すいせん》が必要だと聞いて泣く泣くあきらめた。それがどうして今になって蒸《む》し返すのだろう？

母の真意がわからずに、探《さぐ》るような目を向けてしまう。そんな娘の視線を正面から受け止め、クラウディアが何かを決意した様子で口を開こうとした、その時だった。

アリアナはハッとして扉《とびら》の方を向いた。

「アリアナ？　どうしたの？」

「今、馬のいななきが聞こえた気がしたんだけど」

「え、本当？」

クラウディアが耳をすませる。今度は彼女の耳にも、街道《かいどう》を駆《か》けてくる馬の蹄《ひづめ》の音が聞こえたらしい。その顔がぱぁぁぁぁっと明るくなった。

「アリアナ、お客様が到着《とうちゃく》なさったんだわ！」

「ちょっ！　母さん!?」

玄関《げんかん》に駆け寄ったクラウディアが、ノックも待たずに中から勢いよく扉を開ける。

アリアナは目を丸くした。そこにいたのは品の良い四十絡《がら》みの男と従者の二人連れだった。急に扉が開いて驚《おどろ》いたのか、馬を下りた格好のままこちらを見上げて固まっている。二人とも、こんな辺境では見たこともないほど洗練された衣服に身を包んでいる。

(え？　この人たち、まさか貴族？)

「ウェルナー！　あなた、本当にウェルナーなのね!?　会いたかったわ！」

母が男に駆け寄る。男の呪縛《じゅばく》が解けて、顔に輝《かがや》くような笑《え》みが浮《う》かんだ。

「長い間待たせてすまなかった、クラウディア！　やっと君たちを迎えに来られたよ！」

「ああ、ウェルナー！　こうしてまたあなたに会える日をずっと待っていたわ！」

ウェルナーと呼んだ男にひしと抱《だ》きしめられ、母の目に涙《なみだ》が浮かぶ。それを見ていた後ろの従者ももらい泣きをして「よかったですね」としきりにうなずいている。

(なに、この状況……。私、完全に出遅《でおく》れたんだけど)

これが物語であれば、辺境の森に隠れ住む母子を迎えに来た貴族の正体なんて一つしかないだろう。だけど、そこまでドラマティックな展開が現実にあるとは思えない。

涙を拭《ぬぐ》ったクラウディアが混乱している娘《むすめ》の方を振り返る。彼女は少し照れくさそうな、それでいてこの上もなく幸せそうな笑みを顔にたたえて告げた。

「紹介《しょうかい》するわ。この方はウェルナー・フォン・コルティッツ伯爵《はくしゃく》。あなたのお父様よ」

「…………」

「ちょっとアリアナ⁉　なんで急にほっぺたをつねるのよ⁉」

「いや、私もついに目を開けたまま妄想《もうそう》をするようになったのかと思って」

「そんなわけないでしょう！　あなたは今日から伯爵令嬢《れいじょう》になるのよ！　これで、あなたさえ望めばステラ学院に入学することだってできるわ！」

「え、ステラ学院に？」

アリアナは今度こそ頬《ほお》をつねることも忘れて絶句した。

(私は元魔王なのよ？　それが人間の少女に生まれ変わっただけでも驚きなのに、今度は伯爵令嬢になって、あのステラ学院に通うって……本当なの？)

突然《とつぜん》降って湧《わ》いた幸運に、やっぱりこれは妄想ではないかと疑ってしまう。だがクラウディアとウェルナーの二人は真剣そのもので、嘘《うそ》をついているようには思えない。唖然《あぜん》としている娘が現実を受け入れるまで、二人して静かに寄り添《そ》いながら待っていた。

魔王時代、数多くの修羅場《しゅらば》をくぐり抜《ぬ》けてきたアリアナにも未《いま》だに緊張《きんちょう》する時はある。

伯爵令嬢アリアナ・フォン・コルティッツになってから一ヶ月後、付け焼き刃《ば》の令嬢教育を終えたアリアナはステラ学院の講堂に足を踏《ふ》み入れ、こっそり深呼吸を繰《く》り返した。

父である伯爵が訪ねてきた晩、母のクラウディアが語った話によると、彼女は宮廷魔術師として働いていた時に伯爵と出会って恋仲《こいなか》になり、アリアナを身籠《みご》もったらしい。

ところが義母がこの結婚《けっこん》に大反対したため、辺境の森でアリアナを産んで育て、伯爵とは文通で愛を育《はぐく》むようになったという。その時点では伯爵と結婚するつもりもなかったため、娘のアリアナには事実を伝えずにいたのだが、今から一ヶ月前に義母が他界したことを受けて、母子共々伯爵家に迎え入れられることが決まったのだそうだ。

恋愛《れんあい》小説としては王道の展開でも、まさかそれが自分の身に起きるなんて、アリアナは未だに信じられなかった。しかし、それでも現実は否応《いやおう》なしに目前に迫《せま》ってきている。

一度に五百人を収容できるステラ学院の講堂は今、ほぼすべて新入生と在校生で埋《う》まっていた。その全員が紺《こん》と深紅《しんく》を基調とした制服を着ている様は、まさに圧巻の一言だ。

前世から焦《こ》がれ続けてきた光景にアリアナはうっとり見入りそうになり、緩《ゆる》みかけた頰を慌《あわ》てて引き締《し》めた。憧《あこが》れの聖地に来られて嬉しくても、気を抜いてはいけない。

（しっかりするのよ、アリアナ。これから始まる入学式は、ある意味戦《いくさ》と同じなんだから）

戦で初戦の入り方が大事なのと同じように、学院生活もはじめが肝要《かんよう》。『ステラ学院の秘密』のようなキラキラした青春を送りたければ、まずは周りの人間たちにしっかり馴染《なじ》むことだ。そしてあわよくば好印象を与《あた》え、友達になってもらいたい。

（フリーダみたいな女の子と友達になって『ステラ学院の秘密』の感想を語り合ったり、エドガーみたいにかっこいい人と恋に落ちたりするためにも、頑張《がんば》らなきゃ！）

アリアナは気合いも新たに講堂内を見回した。次第《しだい》に人で埋まっていく中、前方に空いている席を見つけて足を止める。その隣《となり》には、緑の猫目《ねこめ》が印象的な少女が座っていた。緊張しているのか、両手を膝《ひざ》の上に乗せ、こわばった表情で入学式の開始を待っている。

（いいわね、彼女）

少女は一人、自分も一人。となれば、やることは一つしかない。

アリアナは獲物《えもの》を見つけた猛禽類《もうきんるい》のように目を光らせ、少女に近づいて行った。気づいた少女が顔を上げる。探るような目を向けられ、アリアナはゴクリとツバを呑み込んだ。

「ご、ごきげんよう。お隣、よろしいかしら？」

「……ええ、どうぞ」

少女がややぎこちない仕草で席を詰《つ》めてくれる。アリアナはグッと拳《こぶし》を握《にぎ》りしめた。

(やったわ！　私、あのステラ学院で同級生と会話をしたのよ！　あのステラ学院で！)

重要な点なので何度も繰り返す。アリアナにとってはまさに記念すべき瞬間だったが、少女の方は何やら興奮しているアリアナを見て、不可解そうに眉《まゆ》をひそめている。いけない。最初からこんなに感動していては先が思いやられる。自分はまだ少女の名前すら聞いていないのに。アリアナは少女の隣に腰掛け、改めて笑顔で話しかけた。

「はじめまして、私はアリアナ・フォン・コルティッツっていうの。あなたは？」

「……ロザモンドよ」

笑顔のまま、会話が途切《とぎ》れた。

(えーと……こういう時って、次は何を話せばいいんだっけ？)

アリアナは伯爵家で習った社交マニュアルを焦《あせ》る脳内で必死に検索《けんさく》した。初対面の場で会話に詰まった時は、とにかく相手を褒《ほ》めて共通の話題につなげろと言われたはずだ。

ならば、あれしかない。よし！

「ロザモンドって、すごく素敵《すてき》な名前ね。可憐《かれん》さの中にも凛々《りり》しさを感じて、ときめくわ」

「……は？　なに、その口説き文句みたいな言葉。馬鹿《ばか》にしてるの？」

「……え？」

耳に痛いほどの沈黙《ちんもく》がアリアナの周囲を包んだ。

（まさかはずした⁉　『ステラ学院の秘密』では、初対面の時にエドガーがフリーダの名前を褒めたことで恋が始まったのに！　というか、これって口説き文句だったの⁉）

温かな友情が始まるかと思いきや、返ってきたのはブリザード並みに冷えた眼差《まなざ》し。魔《ま》王《おう》時代だって、人間からここまで冷たい目を向けられたことはなかったと思う。

アリアナは固まった笑顔の下で、誤解を解く方法を必死で模索した。しかし彼女が次の策に打って出ることはなかった。魔術師らしい漆黒《しっこく》のローブに身を包んだ学院長が二十名ほどの教師陣《じん》を引き連れて講堂に現れたからだ。

「新入生の皆《みな》さん、ステラ学院に入学おめでとうございます」

壇上《だんじょう》に進んだ学院長が笑顔で皆に話しかける。アリアナはロザモンドの方を名残惜《なごりお》しげに見やってから前を向いた。彼女ともっと話したかったが、式中の私語は厳禁だ。

時を同じくして講堂を覆《おお》っていた喧噪《けんそう》がピタッとやみ、緊張と期待の混じった視線が壇上に集中する。この入学式では、学院長は最後まで笑みを絶やさずに挨拶《あいさつ》を行い、すぐ後ろの教師陣と交替《こうたい》した。教師たちが一人ずつ自己紹介と担当教科の説明をする流れらしい。

（一年生のうちに履修《りしゅう》すべき授業は実践魔術学に魔術記号学、歴史学、薬草学と、それから……卒業まで三年もあるのに、最初の年からずいぶん詰め込むのね）

教師陣の話を聞いているうちに、アリアナは次第に不安になってきた。魔王時代に培《つちか》った知識や、転生後に母から教わった基礎《きそ》教養はあっても、それがこの学院でどこまで通用するかわからない。しかも『ステラ学院の秘密』のような青春を送るためには、授業の課題をすべてこなした上で、運命の相手や気の合う友達を見つけなければならないのだ。

(休みの日には小説の舞台《ぶたい》となった聖地も巡礼《じゅんれい》したいのに、時間あるかしら?)

これから始まる学院生活に不安を覚えたのは、アリアナだけではなかったらしい。隣を見ると、ロザモンドや他《ほか》の新入生たちも心許《こころもと》ない顔つきで教師陣の話に耳を傾《かたむ》けている。

そんな中、一番年嵩《としかさ》の老教師が長いローブを翻《ひるがえ》しながら壇上に進み出た。

「長くなったが、教師たちの紹介は魔獣《まじゅう》学担当の私、アドラーで最後だ。私が新入生諸君に望むことはただ一つ。どうか学院生活を謳歌《おうか》して、私の愛してやまない魔獣たちのように奥深く、少しでも面白《おもしろ》みのある魔術師に育ってくれ」

「え、愛してるって魔獣を?」

新入生たちが驚《おどろ》いてアドラーを見上げる。彼らのように都市部に住む人間が魔獣と触《ふ》れ合う機会はあまりない。物語に出てくる凶暴《きょうぼう》な魔獣か、タクトや魔術具の素材になった魔獣しか知らない彼らにとって、魔獣愛を公言する老教師は完全な変人に思えたのだろう。

アリアナはアドラーが気分を害するのではないかと危惧《きぐ》した。が、彼はこういう反応に慣れっこなのか、ざわつく学生たちを見下ろして、口の端《はし》をニヤリとつり上げた。

「君たち、魔獣を甘く見ないことだな。使い魔の契約《けいやく》を結ぶことで、魔獣は我々《われわれ》の大切なパートナーにもなるし、その身体《からだ》は貴重な素材にもなる。私の授業では、使い魔から素材に至るまで魔獣のあらゆる魅力《みりょく》をみっちり教え込むつもりだから、期待していてくれ」

アドラーが茶目《ちゃめ》っ気たっぷりに笑い、年に似合わぬ颯爽《さっそう》とした足取りで壇を降りて行く。

(さすがステラ学院。先生たちも個性的ね。魔獣にここまで好意的な人間は初めて見たわ)

これは想像以上に期待できるかもしれない。明後日《あさって》から始まる授業に思いを馳《は》せてアリアナが目を輝《かがや》かせた、その時だった。

「次は、新入生代表による挨拶。ギルベルト・フォン・エーベルナッハくん、前へ！」

司会の教師が名前を呼んだ途端《とたん》、講堂の空気が変わったのをアリアナは肌《はだ》で感じた。

(え、何この感じ？　みんな急にかしこまって、どうしたの？)

「エーベルナッハって『勇者の再来』と言われている筆頭公爵《こうしゃく》家の次男か？」

不思議に思うアリアナの耳に、ざわめきにも似た話し声が聞こえてきた。

「彼は子どもの頃《ころ》に調べた魔術の適性が、あの勇者と同じ全属性だったたって噂《うわさ》だ」

「彼の許《もと》には縁談《えんだん》が殺到《さっとう》してるんでしょう？　抜《ぬ》け駆《が》けするなら、在学中がチャンスよ」

(……いったい何者なの？　すごすぎるわ、ギルベルト)

次々と飛び込んでくる噂話のハデさに、アリアナは耳を疑った。噂がすべて本当なら、彼は『ステラ学院の秘密』のエドガーを超《こ》える逸材《いつざい》かもしれない。「勇者の再来」という二つ名は好きになれなくても、現実離《ばな》れしたその設定には十分興味をそそられる。

（公爵家の次男というからには、王道の王子様タイプかしら？　それともヒーローのライバルとなるような、少し陰《かげ》のある美形とか？）

ついくせで、小説に出てくるような人物を想像してしまう。そんな中、一人の少年が前方で席を立つのが見えた。彼がギルベルトだろう。淡《あわ》い金髪《きんぱつ》を揺《ゆ》らし、颯爽と壇上へ向かう後ろ姿だけでも、すでに雰囲気《ふんいき》がかっこいい。これは期待できそうだ。

アリアナはワクワクして席から身を乗り出した。いや、アリアナだけでない。講堂中の視線が集まる中、ギルベルトが壇の前に進み出る。その海色の瞳《ひとみ》が聴衆《ちょうしゅう》を見下ろした瞬間、アリアナは心臓がドクンと跳《は》ね上がるのを感じた。

（えっ……！　ギル？　まさかギルなの!?）

深い海色の双眸《そうぼう》にも、落ち着いた端整《たんせい》な顔立ちにも、そのすべてに見覚えがあった。いや、正確には目の前のギルベルトの顔には、あの頃のギルより深い翳《かげ》りが落ちて見える。それでも他人のそら似とは思えないほど似ていた。

（だけど、ギルのはずないわ。彼は人間だったもの。もし仮に今生きてるとしたら、百歳を超えるおじいちゃんになってるはずよ。じゃあ、まさかこのギルベルトは彼の子孫？）

新入生代表の挨拶が耳を素通《すどお》りしていく中、アリアナはギルベルトと呼ばれた少年の顔を穴の開くほどじっと見つめていた。その時だった。壇上のギルベルトと目が合った。海色の瞳がアリアナを映して限界まで大きく見開かれる。

（えっ！　まさか本当に……？）

「失礼」

ギルベルトがコホンと咳払《せきばら》いをして、何事もなかったかのように挨拶を続ける。彼がアリアナの方を見ることはもうなかった。それでも、あの一瞬で十分だった。

（あの反応、偶然《ぐうぜん》じゃありえないわ。彼は確かに私が誰《だれ》かを認識《にんしき》していた）

しかし、彼があのギルであるはずがない。ならば、いったい誰なのだろう？

彼の正体を確かめたい。でも、どうやって話を切り出せばいい？

（魔王軍とあなたの関係について教えてもらえませんか？……なんて正直に聞けるわけないわ。全部私の勘違《かんちが》いだった場合、不審者《ふしんしゃ》扱《あつか》いされるのは私の方だもの）

悶々《もんもん》と悩《なや》むアリアナをよそに、挨拶を終えたギルベルトが席に戻《もど》って入学式は終わった。

教師陣が退出したのを見届けてから、学生たちも次々に席を立つ。食堂で昼食を取って、午後から始まるタクトの授与《じゅよ》式に備えるつもりなのだろう。仕方ない。自分だけ講堂に残るわけにもいかないし、ギルベルトのことはあとで確かめるしかないだろう。

入学初日から悪目立ちしたくなかったアリアナは、皆について自分も講堂を出て行こうとした、その時だった。不意に列の後方がザワザワしだしたのを感じて振《ふ》り返る。

（みんな、いったい何を騒《さわ》いで……あっ！）

アリアナは絶句した。人波をかき分け、まっすぐこちらに向かってくる人がいた。

前世のギルより背は低い。だが、その瞳に宿る意志の強さはあの頃と寸分も変わらない。

（まさか……でも、そんな……）

相反する憶測《おくそく》がアリアナの胸中でせめぎ合う。その面前でギルベルトが足を止めた。

周りの学生たちが何事かと注目する中、金に輝く髪《かみ》がふわりと揺れて見えた。次の瞬間、驚きに目を瞠《みは》るアリアナの前で、ギルベルトが片膝《かたひざ》をついた。

ああ、知ってる。これは、魔族たちが魔王に拝謁《はいえつ》する時の仕草だ。魔王の配下たちは、こうして唯一《ゆいいつ》の主《あるじ》である魔王の前で片膝をつきながら頭《こうべ》を垂れ、そして……。

ギルベルトがアリアナの手を取る。熱を帯びた海色の瞳に囚《とら》われ、ビクッと震《ふる》えた手の甲《こう》に口づけが落とされた。まるで大切な宝物に触れるように、そっと優《やさ》しく。

「お久し振りです、陛下」

ギルベルトがアリアナにだけ聞こえるほどの小声で告げる。前世で耳馴染《なじ》んでいた声よりも幾分《いくぶん》若い。それでもなつかしい呼び名を耳にして、アリアナは胸がいっぱいになった。

（……ああ、ギルだ。この人は、あのギルなんだわ）

どうして彼もまた生まれ変わったのか、その理由はわからない。それでも自分がギルを見間違えるはずがないと、アリアナは不思議と確信していた。

ギルベルトがアリアナを見つめる。その顔は、今にも泣き出しそうな憂《うれ》いを帯びていた。

「それでギル、やっぱりその……あなたも生まれ変わったのね？」

魔術学院の校舎裏にギルベルトを連れてきたアリアナは、辺りに人がいないことを確認してから恐《おそ》る恐る尋《たず》ねた。

先ほどは思いがけぬ再会に驚いて硬直《こうちょく》してしまったが、我に返ったアリアナは自分たちが周りから注目されていることに気づいて慌《あわ》てた。それもそのはず。筆頭公爵家の次男であるギルベルトが国王以外の人間に膝を折っていたら、それはみんな驚くだろう。

ギルベルトも、これ以上耳目《じもく》を集める場で前世の話をしたくなかったらしい。おとなしくアリアナの後ろについて、この校舎裏までやって来た。そして二人きりになるなり、前世ぶりの見慣れた仕草でアリアナを見下ろし、やれやれと肩《かた》をすくめた。

「その質問……陛下の目には、俺が百歳を超えた老人に見えているのですか？」

「もちろん見えないけど、万が一ということもあるじゃない」

「そのような若返りの秘術が発明されていたら、歴史が変わっていますよ」

（……か、かわいくない！　この生意気な態度、やっぱりギルだわ！）

さっき一瞬でも再会に感動した心を返してもらいたい。アリアナはムッとしてギルベルトをにらんだが、前世から変わらぬ彼の態度にホッとしている自分にも気づいていた。

「あなたは見た目も中身も前世からあまり変わっていないようね。私の方は見た目も結構変わったはずなのに、さっきは目が合っただけで、よく私だって気づけたわね」

「前世と比べて見た目の印象はだいぶかわいらしくなられましたが、あなたの目は変わりません。そのように強い光を宿す紫《むらさき》の瞳を、俺は他《ほか》に知りませんから」

ギルベルトに言われて、アリアナは納得《なっとく》した。なんの因果か知らないが、アリアナは前世で「魔王《まおう》の瞳」と呼ばれたほど特徴《とくちょう》的な紫の双眸を持って転生したのだ。

「その瞳のおかげで、俺はすぐあなたに気づくことができました。今世で俺は公爵家の次男に生まれ変わりましたが、陛下も貴族の家に……陛下？」

ギルベルトが驚《おどろ》いて言葉を切る。その唇《くちびる》にアリアナが指を押し当てたのだ。

「陛下じゃないわ。今世の私は、アリアナ・フォン・コルティッツ。平凡《へいぼん》な人間の少女よ」

「……平凡？　さすがにそれは無理があるのでは？」

「そんなことないわ！　さっきだって、入学式で隣《となり》に座った年頃《としごろ》のお嬢《じょう》さんと普通《ふつう》の人間らしい挨拶《あいさつ》を交《か》わしたんだから」

「努力して普通の人間らしさを演出している時点で、怪《あや》しさしか感じられないのですが」

「うっ……」

アリアナは何も言い返せなかった。一応アリアナにだって、自分が変わっているという自覚はある。だからこそ、この学院では周囲に馴染もうと初日から頑張《がんば》っているのだ。

「とにかく陛下はダメよ。あだ名にしたって、周りから浮《う》きまくってしまうわ」

「わかりました。では、アリアナ様でいいですか？」

「ええ、それなら……」

アリアナはうなずきかけ、途中《とちゅう》で慌てて首を横に振った。

「やっぱり様付けもなしにして。今世のあなたは公爵家の次男で、『勇者の再来』なんてたいそうな二つ名で呼ばれてるんでしょ？　そんな人から様付けで呼ばれたら、やっぱり変に思われて……って、ギル、どうしたの？」

「『勇者の再来』なんてやめてください。あなたにだけはその二つ名で呼ばれたくない」

「え？」

思いがけぬ強い口調にアリアナは驚いた。海色の瞳が翳りを帯びて、気まずそうに下を向く。固く口を引き結んだ横顔には、怒《いか》りとも嫌悪《けんお》とも取れる負の感情が浮かんで見えた。

（私、何かまずいことを……あ、待って。ギルは前世で魔王の配下だったわけだから）

アリアナは自分のやらかしたことにはたと気づいて、頭を抱《かか》えた。

「ごめんなさい、ギル。今の発言は、私が無神経だったわ。元魔王配下のあなたとしては、二つ名に勇者の名前を使われたら嫌《いや》な気持ちになるわよね。私には前世の最後の方の記憶《きおく》がないせいで、勇者に対する感覚があなたとちょっと違うみたいで……」

「……は？　記憶がない？」

ギルベルトが心底驚いた顔でアリアナを見つめる。アリアナは申し訳なさでいっぱいになって、しおしおとうなずいた。

「そうなの。魔王として戦闘《せんとう》に参加した辺りまではかろうじて覚えているんだけど、そのあと勇者に討《う》たれた時のこととか全然記憶になくて……あの、ギル？」

「あの時のこと、あなたは本当に何一つ覚えていないんですか？」

「それは……」

アリアナは目を伏《ふ》せ、前世の最期に思いを馳《は》せた。あの日の朝、自分はいつもと同じように鎧《よろい》を身につけ、ファビアーノたち配下の者を従えて戦場に赴《おもむ》いた。それから……。

「痛っ！」

後頭部に鋭《するど》い痛みが走るのを感じて、アリアナは頭を押さえた。

「陛っ……いえ、アリアナ！　大丈夫《だいじょうぶ》ですか？」

「平気よ。ただ、今みたいにあの時のことを思い出そうとすると頭が痛くなるせいで、私は自分の最期や勇者について詳《くわ》しく知らないの。まぁ、自分が殺された時のことなんて詳しく知ったところでつらくなるだけだから、あえて避《さ》けていた面もあるけど」

「そんな……」

アリアナの説明に、ギルベルトがなぜかひどくショックを受けた顔で押し黙《だま》る。

「ごめんなさい、ギル。その様子……もしかして私、前世の最期であなたと何か約束でもした？　もしくは、何か相当まずいことをやらかしたとか？」

「……告白しました。ずっと好きだったと」

（えっ!?　告白って……私、忘れてるだけで、本当はギルのことが好きだったの？）

絶句してギルベルトを見つめる。その目が次第《しだい》に半眼になるのをアリアナは感じた。彼があまりに真剣《しんけん》な顔をするものだから一瞬騙《いっしゅんだま》されそうになったが、さすがにそれはない。

「ギル、私があなたに告白したなんて、またからかったわね？」

「……あ、バレました？」

「当然でしょ!?　配下の中で一番年下のあなたは弟のような存在だったんだから！」

生まれ変わっても、やっぱりギルベルトは生意気な年下のままだ。

（人がなくした記憶の心配をしてる時に、冗談《じょうだん》を言わなくてもいいのに。……あ、でも、もしかしたら本当は何も思い出せない私のことを気遣《きづか》ってくれたのかしら？）

昔からそうだ。ギルベルトは本音をなかなか周囲に明かさない。そんな彼が軽口をたたくのは、他人に心配をかけまいと気遣って本音をはぐらかす時だった。だとしたら彼を責めるのは筋違《すじちが》いだ。それより悪いのは、彼にそんなことをさせた自分の方なのに。

「ごめんなさい、ギル。私は魔王だったのに、最後までみんなを守れなかった。しかもその時のことを全部忘れているなんて最低よね」

「あなたが謝ることはありません。俺の方こそ、あなたを守れなくて……」

ギルベルトがくやしそうに目を伏せる。アリアナは静かに首を横に振《ふ》った。

「ギルも無理しないで。私が前世の最期を思い出せないように、ギルも前世のことを無理に思い出したり、話したりする必要はないから」

考えてみれば当然のことだが、魔王アレハンドラの死後も、ギルたち配下の人生は続いていた。ファビアーノや他の部下たちは魔族だったからまだいい。しかし、ギルは？

ギルは魔王の配下で唯一《ゆいいつ》の人間だった。魔王の自分が人間の勇者に討たれたあと、彼に対する魔族たちの風当たりが強くなったであろうことは想像に難《かた》くない。その過去を根掘《ねほ》り葉掘り問い質《ただ》すほど、アリアナも無神経ではなかった。

「せっかくの入学式なのに、なんだかしんみりした雰囲気《ふんいき》になっちゃって、ごめんなさい。前世ではいろいろあったけど、またあなたに会えて嬉《うれ》しいわ。せっかく生まれ変わったんだし、今世は互《たが》いに学生生活を楽しみましょう」

アリアナとしては、精一杯《せいいっぱい》明るく前向きに提案したつもりだった。だが、その言葉を聞いたギルベルトの顔はなぜかくしゃりと泣きそうに歪《ゆが》んだ。

（え、なんで？　私、何かまた余計なことを言っちゃったの？）

ギルベルトが一度目を伏せ、再びアリアナを見る。そのわずかの間に何を思ったのかはわからない。ただその顔には、覚悟《かくご》を決めた者特有の凜《りん》とした表情が浮かんでいた。

「あの、ギル……？」

「すみません。生まれ変わって再会できただけでも驚きなのに、またおそばに置いてもらえるなんて思いもしなかったので、少し動揺《どうよう》しました」

「何を言ってるの？　一度転生したくらいで、私があなたを拒絶《きょぜつ》するはずないじゃない」

アリアナは本気でムッとしてギルベルトをにらみつけた。

「今世の私はもう魔王でも、あなたの主《あるじ》でもないわ。それでもあなたが私にとって大切な存在であることに変わりはないのに」

「……あなたは俺のことをまだそんな風に想《おも》ってくれるのですね」

「え？　ギル、今何か言った？」

「いいえ、何も」

ギルベルトが嬉しそうな、それでいてなぜか切なげな微笑《びしょう》をアリアナに向ける。

「ちなみに今の俺はもうあなたの配下でもなければ、年下でもありません。それでも俺は、あなたにとって弟のような存在のままですか？」

「ああ、そういえば今世では私たち、同い年なのよね」

「なら、もう弟とは言えませんよね。その場合、俺たちはどのような関係になりますか？」

アリアナはすぐには答えられずに、腕《うで》を組んで思案した。元魔王とその配下という前世の関係を抜《ぬ》きにした場合、今の自分たちはどのような関係になるのだろう？

「今の私たちは同じ魔術《まじゅつ》学院に通う同級生、かしら？」

「同級生ですか？　ただの？」

「え、えーと、それなら……友達、とか？」

ギルベルトからなんとも微妙《びみょう》な視線を返され、アリアナは答えに詰《つ》まった。

(言いたいことはわかるわ。友達っていうのは、もっとキラキラして尊い関係のはずよね)

アリアナだって、友達にそういう理想を抱《いだ》いてこの学院に入学した。しかし友達でなければ、今の自分たちの関係を他人にどう説明すればいいのだろう？

無言で向き合う二人の間に、なんとも気まずい空気が流れる。その時だった。

「ギルベルトくん、アリアナさん、どこにいるんです？」

校舎の方から自分たちを呼ぶ声が聞こえた。思わずギルベルトと顔を見合わせる。

やがて二人の前に一人の男が現れた。彼は先ほど入学式で挨拶《あいさつ》をしていた教師の一人で、魔術記号学担当のノイマンといった。

「二人ともいたいた！　もうすぐタクトの授与《じゅよ》式が始まります。早く聖堂に来てください」

ノイマンはそう言うと、用件はそれで終わりらしく、アリアナたちに背を向け去って行った。ギルベルトとの話に夢中になって忘れていたが、気づけば昼をとっくに過ぎている。

「行くわよ、ギル。入学早々遅刻《ちこく》なんて悪目立ちしちゃうわ。……ギル？」

ノイマンのあとを追おうとしたアリアナは、思い切り眉《まゆ》をひそめて足を止めた。ギルベルトが急ぐ彼女の前に手を差し出してきたのだ。

「あの、ギル？　この手は？」

「ご存知ないのですか？　貴族社会では、男性が女性をエスコートするものなのです」

（…………！　こ、これが噂《うわさ》のエスコート！）

雷《かみなり》に打たれたような衝撃《しょうげき》を覚えて、アリアナはギルベルトの手を凝視《ぎょうし》した。

初めて『ステラ学院の秘密』を読んだ時から、そういう習慣が人間にあることは知っていたし、憧《あこが》れてもいた。それなのに、いざ目の前に手を出されると、どう反応していいかわからずにゴクリと生唾《なまつば》を呑《の》み込んでしまう。何しろ拝まれるのでも、ひざまずかれるのでもなく、こうして異性にリードされるのはアリアナにとって初めての経験だったのだ。

（さすが魔術学院、すごい場所だわ。あの生意気なギルにこんな行動を取らせるなんて）

まるで弟のように思っていたギルベルトの手を取るのは妙に照れくさい。それでも初めてのエスコートという誘惑《ゆうわく》に抗《あらが》いきれず、アリアナは差し出された手に自分の手をそっと重ねた。その瞬間、ギルベルトの口元にフッと優《やさ》しい笑《え》みが浮《う》かんだ。

（ギルってば、なんて顔をするのよ。彼、こんな笑い方をする子だったたっけ？）

アリアナはムズムズと胸をくすぐる気恥《きは》ずかしさに耐《た》えきれず、ふいと顔を背《そむ》けた。

つないだギルベルトの手に力がこもる。その日、タクトの授与式が行われる聖堂に着くまでの間、彼はアリアナの手を決して放そうとしなかった。

第二章　元魔王はうっかり目立ちたくない

　アリアナとギルベルトが聖堂に足を踏《ふ》み入れた時、そこにはすでに百名近い新入生と十名ほどの教師陣《じん》が集まって、タクトの授与式を始めていた。

　遅《おく》れてきた二人を見て、同級生たちがざわめく。いや、正確にはその視線が自分たちの手元に集中しているのに気づいて、アリアナはギルベルトの手をバッと振りほどいた。

（まずいわ、悪目立ちしてる。今世のギルは公爵《こうしゃく》家の次男だってすっかり忘れてたわ）

　入学式でも、ギルベルト狙《ねら》いの声を聞いたくらいだ。そんな有望株が同級生の少女と手をつないで遅刻してきたら、それは耳目《じもく》を集めるだろう。案の定、ざわついている学生たちを見て、進行役を務めている教師のノイマンがコホンとわざとらしい咳払《せきばら》いをした。

「皆《みな》さん、今は授与式の最中ですよ。次、ロザモンド・シュナイダー、前へ！」

　学生たちが慌《あわ》てて前を向く。その中から、緑の猫目《ねこめ》が印象的な少女が進み出た。

（あ！　あの子、入学式で隣《となり》だったロザモンドだわ。それに、あれは本物の選定石!?）

　アリアナはくわっと目を見開いて前方の拓《ひら》けた空間を凝視した。木製のがっしりした台座の上に一抱《ひとかか》えほどもある巨大な水晶《すいしょう》が鎮座《ちんざ》している。その表面はたった今切り出してきたばかりのようにゴツゴツしているのに、石越《ご》しに下の台座まで見通せるほど澄《す》んでいる。

（あぁぁぁー！　この透明度《とうめい》に形！　『ステラ学院の秘密』に出てきた描写《びょうしゃ》通りだわ！）

アリアナが身悶《みもだ》えする中、ロザモンドが緊張《きんちょう》した面持《おもも》ちで選定石に手を伸《の》ばす。その指先が触《ふ》れた瞬間《しゅんかん》、石が内側から光り出した。

透明だった石の表面に様々な色が浮かんでは混ざり、消えていく。やがてそれは青緑黄の三色を帯びた光となって聖堂を包んだ。

「うわっ！　新入生で適性が三属性⁉」

「彼女、平民から宮廷《きゅうてい》魔術師になったシュナイダー氏のご令嬢《れいじょう》だろ？　さすがだな」

同級生たちの話し声が聞こえたのだろう。ロザモンドの横顔にホッとしたような、それでいて誇《ほこ》らしげな笑みが浮かぶ。彼女が自慢《じまん》に思うのも無理はない。

この世界を構成する物質――エレメントは、地水火風の四属性に分類される。魔族が呪《じゅ》文《もん》という声の振動《しんどう》を通じてエレメントに働きかける音声魔術を使うのに対し、人間の魔術師はタクトを使って宙空に魔法陣を描《か》くことでエレメントに干渉《かんしょう》する描画魔術を使う。

魔術を使う上では四属性すべてに干渉できることが理想だが、すべてに適性のある人間は多くない。というより、全属性の魔術師にさえ多少の不得手は存在する。

そこで人間の魔術師はタクトの芯《しん》に魔獣《まじゅう》や魔木の一部を使うことで、自らの苦手な属性を補う。例えば火属性が弱い魔術師のタクトには、火属性を持つ魔獣の牙《きば》が使われることによって、火属性の魔術が強化されるのだ。

アリアナが固唾《かたず》を呑んで見守る中、選定石の放つ輝《かがや》きが徐々《じょじょ》に和《やわ》らいでいき、その中から一本のタクトが浮かび上がってきた。

「ロザモンドくんのタクトはミーツェの牙を芯に使ったものか。良い選定だな」

魔獣学の教師アドラーが選定石を横から覗《のぞ》き見て、納得《なっとく》顔で講評する。

「そのタクトは当面の間、君の苦手な火属性を補ってくれるだろう。卒業までに火属性をもっと自由に使えるよう、魔術の修練に励《はげ》みたまえ。君の成長に期待している」

「はい！」

同級生たちがロザモンドに羨望《せんぼう》の眼差《まなざ》しを注ぐ。彼女は満面の笑みで振《ふ》り返り、途中《とちゅう》でギョッと目を見開いた。目が合ったのだ。興奮して、異様にキラキラ輝く紫《むらさき》の瞳《ひとみ》と。

（タクトの授与式を生で見られるなんて、人間に生まれ変わって本当によかった……！）

魔王時代、戦場でタクトを片手に向かってくる魔術師たちは正直うっとうしくて仕方なかった。しかし、それはそれ。アリアナは『ステラ学院の秘密』で、主人公のフリーダたちが使っているタクトにずっと密《ひそ》かな憧れを抱いていたのだ。

（特に、エドガーが亡《な》き親友のタクトを使ってフリーダを守るシーンとか最高よね！　あの親友、フリーダのことがずっと好きだったんだもの。自分の死後もタクトを通じて最愛の人を守るとか、もう……！）

思い出しただけで胸が熱くなり、アリアナは身悶えした。が、隣に立つギルベルトの生暖かい視線に気づいて、すんと元に戻《もど》る。今は授与式の最中だ。周囲の学生たちに馴染《なじ》むためにも、目の前の現実に集中しておとなしくしていた方がいい。

タクトの授与は聖堂に来た順で行われているらしい。学生たちが次々に名を呼ばれては、嬉《うれ》しそうにタクトを受け取っていく。その一つ一つを楽しく見守り、待つこと一時間。

「次、アリアナ・フォン・コルティッツ！」

名を呼ばれ、アリアナは期待に胸を膨《ふく》らませた。ついに憧れのタクトをもらえるのだ。

「アリアナ、魔力の出し過ぎに気をつけて」

「大丈夫《だいじょうぶ》よ、ギル。任せて！」

胸を張って笑うアリアナに、ギルベルトが気遣《きづか》わしげな視線を向けてくる。彼が元魔王の自分を心配する気持ちもわかる。でも、今の自分はあくまで人間だ。魔王の力を受け継《つ》いでいるからといって、そこまで神経質になる必要はないだろう。

アリアナは緊張と期待でうるさい心臓をなだめながら、選定石の前に進み出た。大きく息を吸い、石の上に手を置く。ヒヤッとして氷のようだと感じた、その直後のことだ。

（うわっ！　すごい吸引力！）

掌《てのひら》から魔力をぐんっと吸い取られる感覚に驚《おどろ》いて、アリアナは触れた手につい力を込めてしまった。その瞬間、石が内側からカッと光り、稲妻《いなずま》のような光が聖堂を貫《つらぬ》いた。

「キャッ！」

「なに今の光⁉」

聖堂のそこかしこで悲鳴が上がる。そのすべてを包み込むように、暗雲が聖堂内を覆《おお》った。しかしそれは一瞬のことで、辺りを満たす闇《やみ》はすぐに晴れていき……、

「え？」

アリアナは目を疑った。彼女の前には、元魔王の魔力を吸い取った選定石がある。それは全属性を示す四色の輝きを放つ……代わりに、なぜかどす黒い闇色に染まっていた。

（なんか思ってたのと違《ちが》うけど……この純黒ってなんの属性かしら？　タクトは？）

たとえ純黒の解釈《かいしゃく》ができなくても、タクトを入手できれば属性が判明するだろう。

そう考えたアリアナは選定石に手をかざし、タクトが浮かび上がってくるのを待った。

それは根気強く、じっと待った。が、いつまで経《た》っても石は沈黙《ちんもく》を貫いたままだ。

「これはどういうことだ？　まさか選定石が壊《こわ》れたのか？」

突然《とつぜん》の異常事態から最初に立ち直ったアドラーが呆然《ぼうぜん》とつぶやくのが聞こえた。

「私はこの学院に勤めて三十年になるが、こんな純黒の属性なんて一度も……」

「待ってください。私は過去に一度だけ純黒の属性について文献《ぶんけん》で読んだことがあります」

混乱する教師陣の前に、歴史学担当の女性教師――クラインが進み出た。

「すべての属性を兼《か》ね備えた高位魔族の中には全属性が不可分なほどに混ざり合い、闇の

ような黒を示す者がいるという話です」

「え？　魔族？」

「ええ、例えば魔王など」

その場にいた全員がアリアナの方をバッと振り向く。アリアナの背中を一筋の汗《あせ》が伝い落ちていった。ここに来て、ようやく彼女にもことの重大さが理解できたのだ。

そもそもタクトとは、魔術師の欠けた属性を補うために存在するものであり、選定石を通じてその魔術師にふさわしいものが選ばれる。しかし、すべての属性を最高レベルで有している魔王には最初から補う属性なんて存在しない。よって、いくら選定石に魔力を注いだところで、どのタクトも飛んできやしないのだ。

(ど、どうしよう？　ここはこっそり呪文を唱えて適当なタクトを引き寄せるべき？……ううん、ここで音声魔術を使ったら、それこそ魔族だと疑われるわ)

アリアナは転生後もなんの疑問も持たずに呪文で魔術を発動させていたが、人間の魔術師は普通《ふつう》タクトなしで魔術を使えない。そう、魔族の血でも引いていない限りは。

「アリアナくん、君はいったい……」

「い、いやですよ、先生！　私は正真正銘《しょうしんしょうめい》、普通の人間です。さっき先生自身がおっしゃっていたように、選定石が壊れたせいで変な反応をしたんじゃありませんか？」

「……………………」

アリアナの苦し紛《まぎ》れの言い訳に、教師たちの顔がますます怪訝《けげん》そうに歪《ゆが》む。

（ううっ、このままじゃまずいわ。他《ほか》に何か人間らしさをアピールできる方法は……）

アリアナは頭をひねったが、それですぐに対応策が思いつくようなら、もっと前から人間らしさを極《きわ》めている。まさに万事休《ばんじきゅう》すだと感じた、その時だった。

「先生、私に提案があります」

混乱の渦中《かちゅう》で手を挙げる者がいた。今まで黙《だま》って事態を見守っていたギルベルトだ。

「ギルベルトくん、なんだね？　純黒の魔力について、君も何か知っているのか？」

少し苛立《いらだ》った口調のアドラーに問い詰《つ》められ、ギルベルトが首を横に振る。

「純黒の魔力は私も初めて見ました。ただ、その選定石が本当に壊れているなら、アリアナ以外の人間が魔力を流した場合でも、同じように変な反応をするはずだと考えたのです」

「まぁ、論理的に考えれば、そうなるはずだな」

「さて、ここに全属性であることは判明しているのに、タクトは持っていない人間がちょうど一人います。試《ため》しに使ってみてはいかがです？」

ギルベルトがニッと挑発《ちょうはつ》的に笑って自分を指さす。アドラーは一瞬驚いたように目を瞠《みは》り、すぐに「ああ」と納得した顔でうなずいた。

「そういえば、君は『勇者の再来』だったな。選定石が正常に動いていれば、あの勇者と同じように君には全属性のタクトが贈《おく》られるということか。……いいだろう、ものは試しだ。やってみてくれ」

「ありがとうございます」

ギルベルトが一礼して選定石に手を伸《の》ばす。次の瞬間、その場にいた全員が息を呑《の》んだ。ギルベルトが触《ふ》れた先から浄化《じょうか》されていくように、漆黒《しっこく》の石がみるみる真珠《しんじゅ》色に塗《ぬ》り替《か》えられていったのだ。

「純黒の次は真珠色だと⁉　こんな色、見たことないぞ！」

「選定石はやはり壊れていたのか⁉」

（ギルってば、何をやって……え？　そんなことをしたら石が……！）

アリアナはハッとしてギルベルトを見た。教師たちも異変に気づいたらしい。彼の手から放たれる魔力《まりょく》が爆《ばく》発《はつ》的に増したのと同時に、何かがピシッと割れる音が辺りに響《ひび》いた。

「せ、選定石にヒビが……！　ギルベルトくん、すぐに手を離《はな》したまえ！」

アドラーの絶叫《ぜっきょう》を受けてギルベルトが手を離す。しかし一瞬遅《おそ》かった。まばゆい光と共にパリンッと音を立てて砕《くだ》け散った選定石が宙を舞《ま》い、氷雨《ひさめ》のように聖堂内に降り注ぐ。皆《みな》、あまりの衝撃《しょうげき》に声も出ない。あんぐり口を開けて舞い散る石のかけらを凝視《ぎょうし》する中、ギルベルトがくるりと振り向いた。

「先生方、申し訳ございません。やはりこの選定石は途中から壊れていたのではありませんか？　普通に手をかざしただけなのに、突然魔力を大量に吸い取られて驚きました」

「いや！　だからと言って、今までに何千という学生の属性を判定してきた選定石がそんな簡単に砕け散るものかね⁉……ギルベルトくん、まさかわざとやったんじゃないだろうね？」

アドラーがギルベルトに疑いの眼差《まなざ》しを向ける。アリアナは見ていて胃が痛くなった。

（アドラー先生の解釈は正しいわ。ギルは最後、全力で選定石を壊しにかかっていたもの）

きっとギルベルトは教師たちが授与《じゅよ》式のあとに選定石の精査をして、そこからアリアナの前世がバレることのないように、大量の魔力をたたき込んで砕いてくれたのだろう。

（庇《かば》ってくれたのは嬉しいけど、これじゃギルまで疑われてしまうわ。どうしよう？）

入学早々目立ちたくはないが、これ以上ギルベルトに迷惑《めいわく》をかけるわけにはいかない。

アリアナは逡巡《しゅんじゅん》した末に思い切って手を挙げた。気づいたアドラーが眉根《まゆね》を寄せる。

「なんだね、アリアナくん？　何か気になったことでも？」

「はい。実は私もギル……ベルトくんと同じで、選定石に触れた瞬間、大量の魔力を吸い取られて驚いたんです。私の場合、属性の判定は初めての経験だったので、そんなものかと思っていたのですが、やっぱりあの時点で選定石は壊れていたのかも……しれません」

アリアナの声が次第《しだい》に自信を失って小さくなる。その発言をギルベルトが継いだ。

「この選定石は百年以上使われている年代物ですよね？　経年劣化《れっか》で調子が悪くなっていたところに私たちの魔力を大量に吸い取って、トドメを刺《さ》されたのではありませんか？」

「確かに、ギルベルトくんの魔力量は宮廷《きゅうてい》魔術師も凌駕《りょうが》するほどだと聞いているが……」

アドラーが疑念を捨てきれずに腕《うで》を組む。そこへギルベルトがたたみかけた。

「だいたい先生、わざと選定石を壊して、私たちになんのメリットがあるんです？　選定石が砕けたせいでタクトをもらえずに明日《あした》からの授業で困るのは私たちですよ？」

「それはそうかもしれないが……すまない。ちょっと協議させてもらおう」

アドラーの発言を受けて、教師陣《じん》が聖堂の隅《すみ》に集まる。彼らは選定石のメンテナンス状《じょう》況《きょう》などについて検討したようだが、めぼしい結論を出すには至らなかったらしい。

「問題の選定石が砕けてしまっては仕方ない。原因の調査は後日改めて行うとして、君たちには当面の間、授業に支障が出ないように予備のタクトを渡《わた》しておこう」

アドラーはまだ完全に納得《なっとく》したわけではないらしい。渋《しぶ》い顔つきのままだったが、それでも予備のタクトをしまってある棚《たな》にアリアナとギルベルトを案内してくれた。

（よかった。とりあえず、この場は切り抜《ぬ》けられたと考えていいのよね？）

入学初日に元魔王だとバレる最悪の事態は防げたと知って、アリアナは肩《かた》の力を抜いた。

ただ、やはりまだ安心してばかりはいられないらしい。

「すごいな、ギルベルト。あの選定石を壊すって、どんだけだよ？」

「彼の言ってることが本当なら、あのアリアナって子の魔力も相当よね」

（ううっ、目立ってる。……ギルはこんなに注目されて平気なのかしら？）

ギルベルトは同級生たちの声など聞こえていないかのように涼《すず》しい顔をしている。だが、その表情がわずかにこわばっていることに気づいて、アリアナは眉をひそめた。

（ギル？　なんだか様子が変だわ。もしかして……）

心配になっても、衆人環視《しゅうじんかんし》のもとではギルベルトに確かめるわけにはいかない。アリアナは不安をグッと呑み込み、この場は笑顔《えがお》でアドラーから予備のタクトを受け取った。

タクトの授与式を終えて聖堂を出た時、辺りは穏《おだ》やかな夕暮れに包まれていた。アリアナは寮《りょう》に戻《もど》る学生たちの流れに逆らい、ギルベルトを連れて学院外れの池に向かった。

池に近づくと、底に沈《しず》んだコインが夕陽《ゆうひ》を反射して輝《かがや》いているのが見える。

『ステラ学院の秘密』に書かれていた通りだ。この池に向かって後ろ向きにコインを投げ込むと、水の女神《めがみ》が願いを聞き入れてくれて、恋《こい》が叶《かな》うのだという。

「こんなところまで俺を連れてきて、どうしたんです？　愛の告白なら、池に願うより、直接俺に言ってくれた方が確実だと思いますが」

アリアナに手を引かれたまま、ギルベルトが軽口をたたく。アリアナはムッとしたが、取り合わずに彼を池の畔《ほとり》に建つ東屋《あずまや》まで連れて行き、そこでようやく手を離した。

「アリアナ、本当にどうしたんです？　ここは恋人がよく逢瀬《おうせ》に使う東屋のはずですが」

「そうね。プライバシーが守られるという点では、逢瀬以外の用途《ようと》にももってこいだと思ったから来たのよ。あなたはそこのベンチに座ってちょうだい。で、これを飲む！」

「は？」

困惑《こんわく》しているギルベルトの鼻先に、アリアナはカバンから取り出した小瓶《こびん》を突《つ》きつけた。もったりとして茶色がかった怪《あや》しさ満点の液体が、縁《ふち》までたっぷり入っている。

「あの、アリアナ？　これは……」

「回復薬よ。万が一の時に備えて、母が私に持たせてくれたの」

「なぜそれを俺に？」

「まさか私が気づいていないと思ってたの？　あなた、本当は立っているのもつらいくらい魔力を消費してるんじゃない？　隠《かく》したつもりでも、さっきから様子が変だもの」

授与式でのことを思うと、自分の不甲斐《ふがい》なさに涙《なみだ》が出そうになる。互《たが》いに学生生活を楽しもうと宣言した直後に、ギルベルトに自分の尻拭《しりぬぐ》いをさせてしまうなんて。

「私が元魔王だとバレないように、選定石を壊してくれてありがとう。だけど、もうあんな無茶《むちゃ》はしないで。お詫《わ》びになるかわからないけど、とりあえず回復薬を──」

「ありがとうございます、アリアナ。ですが俺の魔力は一晩寝《ね》れば回復しますから、そういう貴重な薬は何かあった時のために取っておいて……アリアナ⁉　いったい何を──」

アリアナが無言でギルベルトの肩を押す。そのままよろけるようにベンチに座った彼を見下ろして、アリアナはため息をこぼした。

「そんなフラフラの状態で何を言ってるの？　今こそ、その何かあった時でしょ？」

「ですが……」

「どうしても飲まないと言うなら、鼻をつまんで口から流し込むわよ」

アリアナがなおも抵抗《ていこう》するギルベルトの隣《となり》に腰掛《こしか》け、回復薬を飲むまで見張るかまえを取る。ギルベルトはそんな彼女の態度に目を丸くし、プッと吹《ふ》き出した。

「な、何よ？　急に笑って」

「アリアナは昔から変わりませんね。自分だって元魔王だとバレそうになって大変な時に、そうやって人の心配ばかりして」

「現に今、私を庇ったせいで大変な目に遭《あ》ってる人には言われたくないんだけど」

「なら、俺たちは相思相愛ですね」

「……やっぱりあなた、私に力ずくで回復薬を飲まされたい？　口だけ回復しても、身体《からだ》が動かないなら仕方ないわよね」

「いえ、結構です。ありがたく頂戴《ちょうだい》します」

ギルベルトが真顔でアリアナから小瓶を受け取り、中身を一気に飲み干す。「うっ」と顔を歪《ゆが》めて口を押さえた仕草に一抹《いちまつ》の申し訳なさがこみ上げてきたが、それでもアリアナは、彼が回復薬を飲んでくれたことにひとまずの安心感を覚えた。

「これで一晩寝れば、だいぶ回復するはずよ。あとは選定石の方だけど、あれってすごく高価で貴重な魔術具《まじゅつ》だったんでしょう？　しかも百年以上前から使われていたって……」

粉々に砕《くだ》け散った選定石を思い返して、アリアナは胃が痛くなった。

「百年前って言えば、『ステラ学院の秘密』に出てきた選定石のモデルになっていたかもしれないわよね。そんな聖具にも等しいものを私のせいで壊《こわ》してしまったなんて……なんとか直すことはできないかしら？」

選定石に触《ふ》れたのは今日が初めてだが、その原理さえ理解できれば、似たような魔術具を作ることはできるかもしれない。そうすれば元魔王の魔力に反応しないよう、こっそり細工を施《ほどこ》しておくこともできるし、学院への賠償《ばいしょう》もできる。

そう考えたアリアナは聖堂のある方をちらちらと気にかけ……不意に不穏《ふおん》な気配を感じてバッと振《ふ》り返った。ギルベルトがなぜかすごくいい笑顔でこちらを見ている。

「あの、ギル？」

「まさかと思いますが、選定石を自分で修理しようなどと考えていませんよね？」

「……ま、まさかー。ほとぼりが冷めた頃《ころ》に選定石のレプリカを作って、こっそり聖堂に置いてこようかとは考えたけど」

「そういう心臓に悪いサプライズはやめてください。選定石のように高度で複雑な魔術具がある日突然《とつぜん》、匿名《とくめい》で聖堂に届けられていたら事件ですから。選定石を壊した分は別の形で学院に返せばいいでしょう。公爵家《こうしゃくけ》からの寄付など、方法はいくらでもあります」

「でも、それじゃあ、あなたの負担が増すだけだわ」

アリアナとしては、なんとかギルベルトに迷惑《めいわく》をかけない方法を取りたいのだが、未《いま》だ人間社会に馴染《なじ》みの薄《うす》い彼女には具体的なやり方が思い浮《う》かばない。

「今日助けてもらった分のお礼も含《ふく》めて、何か私にできることはないかしら？」

アリアナの真摯《しんし》な想《おも》いが伝わったのだろう。ギルベルトは「別に」と言いかけた口を閉じ、少し悩《なや》んでから「それならピッタリのお礼があります」と答えた。

「何？　私にできることならなんでも……えっ⁉」

アリアナは言葉を失った。アリアナの頰《ほお》にギルベルトの髪《かみ》が触れたと思った、その瞬間《しゅんかん》、肩に彼がポスンと頭を乗せてきたのだ。

「あ、あの、ギル？　何をして――」

「お礼、してくれるんですよね？　なら、少しこのままでいてください」

「え、でも……」

「アリアナは、俺にこうされるのが嫌《いや》ですか？」

「べ、別に嫌じゃないけど……！」

驚《おどろ》くほど近くで聞こえた問いかけにアリアナの声がうわずる。

ギルベルトは魔力が枯渇《こかつ》して疲《つか》れているだけだ。それなのに肩に感じる重みと体温が落ち着かなくて、そわそわする。

（相手はあのギルなのに……）

アリアナはギルベルトの横顔をちらっと盗《ぬす》み見て、声にならないため息をこぼした。弟みたいに思っている彼が相手でも緊張《きんちょう》してしまうなんて、こんな状態で自分に『ステラ学院の秘密』のような恋ができるだろうか？

（何事もあきらめちゃダメよ。まずは全力で周囲に馴染むところから始めなきゃ）

今日みたいにギルベルトに迷惑をかけないためにも、そしてこの学院で素敵《すてき》な出会いを果たすためにも、まずは完璧《かんぺき》な一般人《いっぱん》を目指してみせる！

アリアナは内心で雄々《おお》しく誓《ちか》った。が、当面の間はドキドキとうるさい心臓に耐《た》えながら、ギルベルトに肩《かた》を貸し続けることしかできない。そんな彼女の緊張と戸惑《とまど》いなどつゆ知らず、ギルベルトは日が暮れるまでその肩に頬を寄せていた。

タクトの授与《じゅよ》式を終えた翌日、アリアナは昨日の誓いを胸に、意気揚々《いきようよう》と使い魔召喚《しょうかん》の儀式《ぎしき》に臨《のぞ》んだ。それなのに、何がいけなかったのだろう？

召喚を終えた彼女の前には今、隆々《りゅうりゅう》とした巨軀《きょく》を黒く硬《かた》い鱗《うろこ》で覆《おお》われたドラゴンが鎮座《ちんざ》している。

（なんか私、浮いてない？）

慌《あわ》てて周囲を見回したアリアナの頬を一筋の冷や汗《あせ》が伝い落ちていった。

人間の魔術師は魔術を発動させるために魔《ま》法陣《ほうじん》を描《か》いている間、無防備になる。その間の護衛やメッセンジャーの役割を務めるのが、使い魔と呼ばれる魔獣《まじゅう》たちだ。その召喚の儀式では、特殊《とくしゅ》な紙に術者が自らの血を使って魔法陣を描き魔力を注ぐことで、術者と相《あい》性《しょう》が良く、彼らと同等かそれ以下の力を持つ魔獣が呼び出される。

そのせいか、学院のグラウンドは今、新入生たちが召喚した小型や中型のおとなしい魔獣たちで埋《う》まっており……やっぱりどう見ても明らかに自分だけ周囲から浮いている。

アリアナを睥睨《へいげい》するドラゴンの口には、岩をもかみ砕くほど鋭《するど》い牙《きば》が並んでいる。その牙の間からフシューと高温の蒸気が漏《も》れ出る様を見た学生たちが顔を引きつらせて固まり、彼らが召喚した魔獣たちも毛を逆立ててドラゴンを警戒《けいかい》している。

そんな中、アリアナも目の前のドラゴンを見上げたまま動けずにいた。腰が抜《ぬ》けたわけではない。よく見たら、この顔に見覚えのある気がしてきたのだ。

（私に呼ばれて来るなんて、もしかしてこの子……）

じっとドラゴンを見つめる。すると、ドラゴンの方もアリアナを見下ろしながらフシュフシュと連続で蒸気を吐《は》き出し、しっぽをバタバタ震《ふる》わせた。その様子にアリアナは確信した。このちょっと荒《あら》っぽい愛情表現といい、艶《つや》のある黒い鱗といい、間違《まちが》いない。

（この子、クッキーだわ！　まさかこんなところで再会できるなんて！）

魔王時代、傷ついているドラゴンの子どもを拾って介抱《かいほう》したことがあった。その時にクッキーばかり好んで食べていたから、クッキー。

アリアナにとっては、百年ぶりに再会した愛《いと》しのペットだったが――。

「アリアナくん！　ドラゴンを召喚するなんて、いったい何をしたんだ⁉」

背後で上がった怒声《どせい》に、アリアナの全身がビクッと震える。ついさっきまでクッキーを前にして顎《あご》が落っこちるほど驚いていたアドラーが顔を真っ赤にして叫《さけ》んでいた。

「選定石のことがあるから、もしやと思っていたが、よりにもよってドラゴンなんて――」

「あ、あの、先生！　私は故意にドラゴンを召喚したわけじゃなくて――」

「実に素晴《すば》らしい！　でかしたぞ、アリアナくん！」

「……へ？」

アドラーに肩をたたかれ、アリアナはキョトンとした。そういえば彼は入学式でも魔獣愛を語るほどの魔獣好きだった。その目は今クッキーを見上げ、うっとり細められている。

「ああっ！　生きているうちにこの距離《きょり》でドラゴンを拝めるなんて、ありがたや……！　彼らはプライドが高く気性も荒いせいで、普通《ふつう》は召喚に応じないものなのに」

（そうなの⁉）

「ドラゴンと言えば『魔王の牙』が有名だよな？　ほら、百年前の戦《いくさ》のさ」

「ああ。魔王の子飼いのドラゴンが突如《とつじょ》戦場に現れて、一個大隊を全滅《ぜんめつ》させたんだろう？」

「え……」

学生たちのささやきを耳にしたアリアナは、大変微妙《びみょう》な気持ちでクッキーを見上げた。

そういえば、魔王時代に留守番を嫌がったクッキーがキュンキュン鳴きながら戦場まで追いかけて来たことがあったが、まさかその時のことを言っているのだろうか？

（それにしても、魔王の牙って……）

満足そうに甘えてクッキーばかり食べていたドラゴンに、そんなごつい二つ名は似合わない……と思うのは、やはり飼い主馬鹿《ばか》のアリアナだけのようだった。

「ドラゴンを使い魔にするって、本気かよ？　アドラー先生もさすがに認めないよな？」

「万が一、彼女がドラゴンの使役《しえき》に失敗して暴走させたら、対魔兵器のヴェノムを使った時くらい被害《ひがい》が出るわよ。きっと私たち、全滅だわ」

（え、何そのヴェノムって？　私、知らないんだけど）

学生たちの責めるような視線を感じたのだろう。クッキーを前にして目を輝《かがや》かせていたアドラーが、気まずそうにゴホンと咳払《せきばら》いをした。

「あー、その、いつまでもドラゴンを愛《め》でていたい気持ちはわかるが……アリアナくん、そろそろ召喚を解こうか。この学院でヴェノムが使われることはないにしても、学生の君がドラゴンを使い魔にするのはさすがに危険すぎる」

「あの、先生、ヴェノムってなんですか？　対魔兵器って物騒《ぶっそう》な単語が聞こえましたけど」

「おや、アリアナくん、君はヴェノムの話を聞いたことがないのかね？」

思わず眉間《みけん》に皺《しわ》を寄せたアリアナを、アドラーが意外そうに見返す。

「ヴェノムというのは、今から百年ほど前に開発された毒物だよ。皮膚《ひふ》から吸収された毒が魔族や魔獣の神経に達すると、彼らは理性を失って凶暴化《きょうぼう》するんだ」

「なっ……！」

アリアナは絶句してアドラーを見つめた。自分がその名前を知らなかったということは、おそらく魔王の死後に開発されたものなのだろう。

（そんな野蛮極《やばんきわ》まりない毒を魔族や魔獣相手に使うなんて……！）

「安心したまえ、アリアナくん。ヴェノムの使用や売買は現在、国際条約で禁止されてるし、その解毒《げどく》法も確立されてる。同じ魔獣を愛する者として気持ちはわかるが、心配ない」

怒《いか》りに震えるアリアナの肩を、アドラーが落ち着かせるように優《やさ》しくたたいた。

「ただヴェノムの使用がなかったとしても、学生がドラゴンのようにプライドの高い魔獣を使い魔にする場合には、常に暴走と反逆のリスクを伴《ともな》う。彼らは契約《けいやく》後でも術者の方が自分たちより劣《おと》っているとみるやいなや、襲《おそ》いかかってくるものだからな。昨日の選定石の一件から君の魔力が強いことはわかっているが、君がこのドラゴンを倒《たお》して絶対服従でもさせられない限り、彼を使い魔にするのはやめた方がいい」

アドラーの真摯《しんし》な説明に、周囲の学生たちが深々と同意してうなずく。アリアナは召喚の魔法陣が描かれた紙と目の前のドラゴンをしんみりした気持ちで見比べた。

魔王が倒されてから百年も経《た》つのに、クッキーが自分のことを覚えていて、しかも召喚に応じてくれて嬉《うれ》しかった。だけど、普通の学生はドラゴンを使い魔にできないらしい。

（クッキー、ごめんなさい。いつか会いに行くから待っていて。それまで少しのお別れよ）

召喚の魔法陣を破けば、契約前の魔獣はもといた場所に戻《もど》るはずだ。アドラーに促《うなが》されるまま、アリアナが断腸の思いで紙に手をかけた、その時だった。

「グルゥォォォォ！」と、地の底から響《ひび》くようなドラゴンの咆哮《ほうこう》が辺りを揺《ゆ》らした。

「うわっ！　なんだ、今の⁉」

「しまった！　みんな伏《ふ》せろ！　ブレスが来るぞ！」

青ざめたアドラーが叫び、学生たちが一斉《いっせい》にその場にうずくまる。血よりも赤いドラゴンの目がギロリとアリアナをにらんだ。長い首が彼女に向かって勢いよく振《ふ》り下ろされる。

（クッキー⁉　まさかこれは暴走……じゃなくて！　イヤイヤをしてるの⁉）

アリアナは焦《あせ》った。召喚解除を拒否《きょひ》したクッキーは、かつての主《あるじ》の胸元《むなもと》に鼻をこすりつけて甘えようとしているのだろう。が、傍目《はため》には暴走したドラゴンが人間の少女を襲っている絵面《えづら》にしか見えない。

「アリアナくん、退《さ》がりなさい！」

アドラーがタクトを取り出して宙空に魔法陣を描く。

（やめて！　そんな攻撃力《こうげき》の高い魔術を放たれたらクッキーが……！）

クッキーがグワッと口を開き、アドラーの方を向く。その喉《のど》の奥が熾火《おきび》のようにチリチリと赤く光り始めた。

まずい、ブレスを吐く気だ！　止めなければ！　でもどうやって!?

（ああ、もう！　しょうがないわ！）

アリアナが自らの立場をかなぐり捨てクッキーの前に飛び出そうとした、その時だった。

「アリアナ、ここは俺が」

「……ギル!?」

アリアナが振り向いた時にはもうギルベルトが彼女を庇《かば》って前に出ていた。いつの間に魔法陣を描いていたのだろう。宙空に生まれた光の矢がクッキーめがけ飛んでいく。

アリアナが止める間もなかった。光の矢はクッキーの頭上に達するやいなや、パンッとハデな音を立ててはじけた。

辺りが目もくらむような閃光《せんこう》に包まれる。ぼやけた視界の中で、黒い巨軀《きょく》が地響《じひび》きを立てて倒れる姿が巨大な影絵《かげえ》のように見えた。

「い、今のはいったい……？」

「ギルベルトくん、君がやったのか⁉」

魔術を発動し損《そこ》ねたアドラーが、啞然《あぜん》としている学生たちと共に振り返る。ギルベルトは何も言わない。静かにたたずむ彼の横顔を、アリアナも信じられない思いで見つめた。

（まさかギル、そんな……！）

光の矢がはじける直前に、アリアナの耳は確かに拾っていた。彼女とクッキーにしか聞こえないほどの小声で、ギルベルトが「クッキー、バンッ！」と命じたのを。

あれはクッキー必殺の一発芸。お手とお座りをマスターした彼はご褒美《ほうび》のクッキー欲しさに「バンッ！」と言われたら死んだ振りをするよう、ギルたちに仕込まれていたのだ。

「おい！　あのドラゴン、死んだのか？」

「いや、ドラゴンだぞ？　そう簡単には……うわっ！」

遠目に様子を窺《うかが》っていた学生たちの前で、クッキーがむくりと起き上がる。クッキーはギルベルトの姿を見つけると、何事もなかったかのように彼に向かって頭を垂《こうべ》れた。

「ド、ドラゴンが従っただと……？　そんな馬鹿な……！」

愕然《がくぜん》とするアドラーの声を聞きながら、ギルベルトが前に進み出る。その手が、硬く黒い鱗《うろこ》で覆《おお》われた頭をなでた。

ご褒美のクッキーをもらえなくて、クッキーはご不満らしい。その口からブシュッと変な音を立てて蒸気がこぼれた。だがギルベルトがもう一度頭をなでると、ポンッという音と共に辺りに煙《けむり》が満ちた。その中から現れたのは大型犬サイズの小さなドラゴンだった。

「ドラゴンの変身……！　話には聞いていたが、まさか本当にあるとは……！」

感涙《かんるい》にむせぶアドラーが言葉を詰《つ》まらせ、今にも拝み倒しそうな勢いでクッキーを見つめる。ギルベルトはそんな教師に向かって、にっこり笑顔《えがお》で宣言した。

「このドラゴンは私の使い魔《ま》にします。服従させられるのであれば、いいんですよね？」

「え？　いや待ってくれ、ギルベルトくん。君が優秀《ゆうしゅう》なことはよくわかったが、さすがに学生の使い魔にドラゴンを選ぶのは……」

「召喚《しょうかん》された魔獣《まじゅう》が術者に倒された場合、その魔獣が術者を襲うことはもうない——儀式《ぎしき》の前にそう説明なさったのは、先生ではありませんか」

「そ、それはそうだが……」

「ドラゴンの生態については、まだ不明な点も多いと言います。私の使い魔にすれば、変身以外にも貴重な場面を目撃《もくげき》する機会に恵《めぐ》まれるかもしれません。そう思いませんか？」

「…………………」

アドラーが眉間に深い皺を何重にも刻み、理性と欲望の間で葛藤《かっとう》しているのが手に取るようにわかる。魔獣を愛してやまない彼が落ちるのは、きっと時間の問題だろう。

ギルベルトがアリアナの方を向く。彼女がうなずくのを見て、その顔が安堵《あんど》に緩《ゆる》んだ。

彼としても、元魔王のペットを使い魔にすることには若干《じゃっかん》のためらいがあったらしい。

その後、アリアナの予想通り、アドラーはギルベルトがクッキーを使い魔にすることを表面上は渋々《しぶしぶ》認めた。もっとも、その顔には内心のウキウキした喜びがにじみ出ていたが。

クッキーをギルベルトに譲《ゆず》ったアリアナはそれから二度目の儀式を行い、グリュコスという魔獣を召喚した。これまた魔族領にしか生息しない、巨大な鷲《わし》の形をしためずらしい魔獣だが、ドラゴンのあとだと普通《ふつう》に感じられたのか、特に誰《だれ》もつっこみはしなかった。

ただ一人、嫉妬《しっと》したクッキーがものすごい目でグリュコスをにらんでいたが、このグリュコスは空気の読める性格をしていたらしく、ビビってすぐクッキーに恭順《きょうじゅん》の意を示した。

クッキーは子分ができたことで溜飲《りゅういん》が下がったのだろう。再びご機嫌《きげん》に戻った。

こうして結果だけ見れば、すべて丸く収まったように思えたが……。


「ごめんなさい、ギル！　今日もあなたにすごく迷惑《めいわく》をかけたわ」

使い魔の召喚を解いたあと、アリアナは昨日と同じ東屋《あずまや》にギルベルトを連れて来て盛大《せいだい》に頭を下げた。今日も騒動《そうどう》に巻き込んでしまったなんて、いくら謝っても謝り足りない。

ギルベルトはひたすら恐縮《きょうしゅく》するアリアナを前にして、小さく首を横に振った。

「別に迷惑だなんて思ってませんよ。俺も久々にクッキーに会えて嬉しかったですし」

「ありがとう。ギルにそう言ってもらえて助かるわ。でも、通常授業が始まる前からこんなにトラブルが続くなんて……やっぱり私に普通の人間は無理があるのかしら？」

アリアナがぽつりとこぼした弱音に、ギルベルトは賢明《けんめい》にも何も言い返さなかった。代わりに、彼は小さく肩《かた》をすくめて別の言葉を口にした。

「確かに、何かと規格外のあなたには、森に引き籠《こ》もっていてもらった方が都合がいいと感じる人間は多いでしょうね」

「ううっ、そうよね。やっぱり私がこの学院にいると、何かと迷惑をかけて――」

「ですが、あなた自身はこんなところで夢をあきらめてしまって、本当にいいんですか？」

「え、夢？　急になんの話？」

首をかしげたアリアナを見て、ギルベルトがニヤリと意味ありげに口の端《はし》をつり上げる。

「前世からの夢だったんですよね？　この魔術学院で、運命の恋《こい》をすることが」

「…………っ⁉　ギ、ギル！　なんでそのことを……！」

「あなた自身が俺に語ってくれたんですよ？　来世があるなら、『ステラ学院の秘密』のような学院生活を送って、ただ一人の相手を好きになり、その者から愛し愛される関係を築きたいと」

（あぁぁぁぁぁぁぁぁー！）

アリアナは声にならない悲鳴を上げて、その場にしゃがみ込んだ。前世でギルが『ステラ学院の秘密』の新刊を渡《わた》しに来てくれた時のことだ。確かに来世の夢について熱く語った。だが、そんな前世の黒歴史を真顔で声に出して指摘《してき》しないでほしい。

あまりの恥《は》ずかしさに耐《た》えきれず、頭を抱《かか》えて悶絶《もんぜつ》する。そんなアリアナの耳に、ギルベルトがクスッと意地悪く笑うのが聞こえた。

「どうしたんです、アリアナ？　もう恋はしなくていいんですか？」

「いや、するわよ！　する気満々だけど！　でも……！」

これはいったいなんの羞恥《しゅうち》プレイだろう？　ギルベルトはアリアナの答えをじっと待っている。その無言の圧力に耐えきれず、アリアナは半ばやけになりながら涙目《なみだめ》で叫《さけ》んだ。

「いくら私が恋をしたいと願っても、相手がいないのよ！　あなたも見てたでしょう？　選定石を純黒に染めちゃったり、ドラゴンを召喚しちゃったりして、ドン引きしてる同級生たちの姿を。こんな規格外の伯爵令嬢《はくしゃくれいじょう》を好きになってくれる人なんて――」

「俺にしておけばいいじゃないですか」

「……え？」

「俺がアリアナの恋人になりますよ」

「…………………」

アリアナは頭が真っ白になった。何を言われたのか、すぐには理解できなくて、ギルベルトの顔を穴の開くほどじっと見つめてしまう。その視線に耐えられなかったのか、ギルベルトが照れくさそうに落ちてきた前髪《まえがみ》をくしゃっとかき上げた。

「そんなに驚《おどろ》かないでください。今のあなたは元魔王の前世を隠《かく》すだけで苦労してるのに、その状態で恋愛《れんあい》までするのは大変でしょう？　だから、他《ほか》の男のことなんて考えないでください。あなたさえ望むなら、俺が恋の練習相手になります」

「恋の、練習？　本当の恋じゃなくて？」

「……別に俺は練習じゃなくていいですけど」

「え？　何か言った？」

「いいえ、何も」

ギルベルトがなぜかすねた様子で上目遣《うわめづか》いにアリアナを見ながら続ける。

「魔術でもなんでも、うまくなるためには練習が必要でしょう？　恋も同じです。あなたが前世から憧《あこが》れ続けた恋をするために、俺と練習をするんです」

「練習って……確かにそういうことができたら私は助かるけど、ギルは？　私と恋の練習なんてして、あなたは本当にそれでいいの？」

今の自分が誰かを好きになって告白したところで、玉砕《ぎょくさい》するのは目に見えている。その点、自分のことをよく知っているギルベルトが相手であれば、恋の練習中に多少変なことをしても大目に見てくれるし、彼から学べることも多いだろう。しかし、そんな自分のワガママにつき合うばかりで、彼の方に何かメリットはあるのだろうか？

「今世のあなたと私は対等な関係よ。それなのに、私だけが得をするなんて――」

「そうですか？　恋の練習をすることで、俺にも十分メリットはあると思いますが」

「え、どこに？」

「それは……秘密です」

ギルベルトが唇《くちびる》に人差し指を押し当ててイタズラっぽく笑う。

「ちょっと！　それじゃあ、いつまで経《た》ってもメリットが何かわからないままじゃない」

「気になるなら、わかるようになるまでいっぱい考えてください、俺のことを。答え合わせなら、いつでも喜んで受け付けます」

ギルベルトが愉《たの》しげに笑って、ベンチから立ち上がる。これ以上何かヒントを出す気はないらしい。彼はアリアナに背を向け、寮《りょう》のある方へと先に戻《もど》って行った。

恋はしたい。その練習もしてみたい。でも、あのギルベルトを相手に？

自分と恋人の振《ふ》りをすることで、彼が得することなんて本当にあるのだろうか？

ギルベルトが消えた先をいくら見つめたところで、答えは出ない。アリアナはある意味今世最大の難問を前にして、その場から一歩も動けずに頭を抱えた。

翌日、アリアナはまんじりともせずに寮の一人部屋で夜明けを迎《むか》えた。考えれば考えるほど、ギルベルトの真意がわからなくて悩《なや》んでしまう。公爵家で教育を受けたのか、彼は自分と練習をしなくても、エスコートのような女性の扱《あつか》いに慣れているように見えたのに。

(異性に免疫《めんえき》のない私と違《ちが》って、私との練習がギルのメリットになるとは思えないわ。というか、それ以前にギルは恋愛に興味なんてあるの?)

アリアナの知る限り、前世のギルには恋人がいたためしもなければ、浮《う》いた噂《うわさ》の一つも聞かなかった。周りが魔族《まぞく》ばかりだった点を差し引いても、その姿勢は徹底《てってい》していた。

(前世で私と一緒《いっしょ》の時にはたまに甘いセリフを口にしていたけど、私のことが好きだった……わけないわね。好きな相手に対しては普通もっと甘い雰囲気《ふんいき》になるものでしょう?あれは『ステラ学院の秘密』が好きな私をからかって遊んでいただけだわ)

だとしたら、今回の恋の練習もそういった遊びの延長なのだろうか? でも、そんなことをしてギルベルトになんのメリットがあるのだろう?

いくら悩んでも、結局同じ疑問に立ち戻るだけで先へ進めない。アリアナは「はぁー」とため息をついて、ベッドから上半身を起こした。

白々とした朝陽《あさひ》がカーテンの隙間《すきま》から部屋に差し込んでいる。時刻は六時。寮の朝ご飯にはまだちょっと早い。

(このまま寝《ね》ていたってろくなことがなさそうだし、少し外を歩こうかしら?)

朝の清々《すがすが》しい空気を吸えば、この行き詰《づ》まった頭も多少マシになるかもしれない。そう考えたアリアナは制服に着替《きが》え、寝ている隣人《りんじん》たちを起こさないようにそっと寮を出た。

魔術学院の朝は意外と早い。アリアナが外に出た時にはすでに寮住まいの学生がジョギングをしたり、アドラーが学院内で飼っている魔獣《まじゅう》の小屋に早足で向かったりしていた。『ステラ学院の秘密』を愛読するアリアナとしては、こういった学院の風景は何度見ても飽《あ》きることがない。だが今朝はあまり人と顔を合わせる気にならず、アリアナの足は自然と人気《ひとけ》のない方へ赴《おもむ》き、気づいた時には学院の外れにある大きな池の前に来ていた。

恋の成就《じょうじゅ》を願って、乙女《おとめ》たちが投げ入れたものだろう。池の底に沈《しず》んだコインが、差し込む朝陽を浴びてキラキラ輝《かがや》いている。ここは学院内で一二を争うほど好きな場所だが、今朝ここへ来たのは間違いだったかもしれない。池の畔《ほとり》に建つ東屋《あずまや》を見ていると、昨日のことが嫌《いや》でも思い出されてしまい、アリアナは頰《ほお》が熱くなるのを感じた。

（ああ、もう！　ギルのメリットってなんなのよ？　もういっそ本人に聞いた方が――）

「アリアナ？　そんなところで頭を抱えながらうなって、どうしたんです？」

「へ？　ギル？」

後ろから急に声をかけられ、アリアナはギクッとした。絶賛悩み中の今、悩みの種から話しかけられるなんて、タイミングがいいのか悪いのか。とはいえ、無視するわけにもいかず、気まずさを押し込めて振り返る。アリアナは目をパシパシ瞬《しばた》かせた。

（え、何これ？　どういう状況《じょうきょう》？　というか、ギルの後ろの子たちは誰《だれ》？）

五人の女子学生たちが、こちらに向かって歩いてくるギルベルトの後ろについている。中の一人がアリアナを見て、その目に敵意に満ちた光を浮かべた。

「ギルベルト様、彼女って昨日ドラゴンを召喚《しょうかん》した子ですよね？　昨日も仲良さそうにお話ししていらっしゃいましたけど、お知り合いなんですか？」

「はい。すみませんが、彼女と話があるので、私はここで失礼します」

「えぇー。なら、私たちも一緒に――」

「皆《みな》さんはどうかこのまま朝の散策を楽しんでください。では」

にっこり笑うギルベルトを前にして、女子学生たちがあからさまに肩《かた》を落とす。ただ、ここでごねても印象が悪くなるだけだとわかっているのだろう。彼女たちは妙《みょう》に鼻にかかった声で「またあとで」と告げると、アリアナに鋭《するど》い一瞥《いちべつ》を残し去って行った。

「改めておはようございます、アリアナ。こんな朝早くからどうしたんです？」

「ギルの方こそ、女の子たちに囲まれて何かあったの？」

「いつものことですよ。早く目が覚めたので外を歩いていたら、話しかけられたんです」

「えっ？　普通《ふつう》に歩いているだけで、女の子たちがあんなに集まってくるの？」

そんな恋愛小説のような話が現実にあるなんて、にわかには信じがたい。自分には未《いま》だに話しかけてくれる同級生の一人もいないのに、なんて羨《うらや》ましい話だ。

「どうしたんです、アリアナ？　もしかして妬《や》いてるんですか？」

ムスッとしているアリアナを見て、ギルベルトがからかうように聞いてくる。

「べ、別に羨ましくなんてないわよ？　むしろ、毎日あんなたくさんの女の子たちから話しかけられていたら、気の休まる暇《ひま》もなくて大変よね」

「……ええ、本当に。俺に恋人《こいびと》がいたら、余計な気も遣わなくて済むんですが。独り身のせいか休日も興味のないお茶会に呼ばれることが多くて、毎回断る理由に苦労しています」

ギルベルトは異性からモテたり、社交の場に呼ばれたりしてもあまり嬉《うれ》しくないのだろうか。なんだか微妙《びみょう》な顔つきで嘆息《たんそく》している。

（そりゃあ、恋人のいる相手には誰だって遠慮《えんりょ》するでしょうけど……あ、もしかして！）

アリアナはハッとしてギルベルトを見上げた。昨夜から悩んでいたメリットの正体が突《とっ》如《じょ》として今、天啓《てんけい》のごとく理解できた気がする。

「アリアナ？　今度は急に黙《だま》り込んで、どうしたんです？」

じっと自分を見つめる視線に不穏《ふおん》な気配を感じたのか、ギルベルトが眉《まゆ》をひそめる。アリアナは今答えを伝えるべきかどうか一瞬《いっしゅん》悩んだ。だが、善は急げだ。こういう気恥《きは》ずかしいことは、勢いでさっさと終わらせてしまうに限る。

「あのね、ギル。昨日の提案について、私なりに一晩考えたんだけど」

「…………」

ギルベルトが息を呑《の》んで顔をこわばらせる。まさかこのタイミングでその話題を振られるとは思っていなかったのだろう。アリアナもつられて緊張《きんちょう》しながら続けた。

「私、あなたと恋の練習がしたいわ。あなたの言うメリットが何か、わかった気がするの」

「……本気、ですか？」

アリアナを見つめる海色の瞳《ひとみ》が衝撃《しょうげき》を受けたように大きく見開かれる。

「本当に俺の気持ちが伝わったんですか？　その上で俺の恋人になってくれると」

「え、ええ。元配下のあなたとなんて、ちょっと恥ずかしいけど」

「俺もです」

ギルベルトがフッと力を抜《ぬ》いて微笑《ほほえ》む。その顔があまりにも優《やさ》しかったせいだ。アリアナは急に恥ずかしくなって、彼の顔をまともに見られなくなってしまった。

「アリアナ？　どうして下を向くんです？」

「あ、いや、その、こういうことは私、初めてで……。うまくできるかわからないけど、私も頑張《がんば》るから、その……ギル？」

うつむいたアリアナの頭をギルベルトが安心させるように優しくなでていた。

「百年も待ったんです。今さら焦《あせ》る必要はありません。少しずつ慣れていきましょう」

「え、百年？　ギルってば、そんな前から私にそういう役割を求めていたの？」

「ええ、気づきませんでしたか？」

「全然知らなかったわ。それなら、なおのこと気合いを入れて頑張らなきゃね」

「ええ。期待しています、あなたの恋――」

「防波堤《ぼうはてい》！」

「……………………は？」

頭をなでていたギルベルトの手がピタッと止まる。深い沈黙《ちんもく》が二人の間に落ちた。

「……すみません、アリアナ。その防波堤とはなんです？」

「え？　あなたのもとには望みもしない縁談《えんだん》やお茶会の誘《さそ》いが舞《ま》い込んでいると言うし、さっきも女の子たちに騒《さわ》がれて困ってたんでしょう？　そこで私の出番ってわけよ！」

真顔で沈黙しているギルベルトに向け、アリアナは自信満々に胸をたたいてみせた。

「私と恋人同士の振りをしていれば、あなたに声をかけてくる女子学生の数は格段に減ると思うわ。それに私も恋の練習ができてお互《たが》いに幸せ……ってギル、どうしたの？　なんか眉間《みけん》にすごい皺《しわ》が寄ってるけど」

「俺は今、自分の見通しの甘さを嘆《なげ》くべきか、それともこれは恋の練習のし甲《が》斐《い》があると喜ぶべきか、悩《なや》んでいるだけです」

「……ごめん。本気で何を言っているのか、わからないわ」

さっきまで乗り気だったくせに、急にどうしたのだろう？　アリアナは嘆息しているギルベルトの真意を問い質《ただ》したかったが、残念ながらそうしている時間はなかった。

「おはようございます、ギルベルト様、それにアリアナさんも。気持ちのいい朝ですね」

聞き知った声に驚《おどろ》いて振《ふ》り向く。いつからそこにいたのだろう。入学式でアリアナの隣《となり》に座っていた少女——ロザモンドがこちらに向かって歩いてくるのが見えた。入学式の時のツンツンした印象とはまるで違《ちが》う。彼女はギルベルトに親しげに笑いかけている。

(この感じ……ギル、ロザモンドと友達なの？　いいなぁー)

アリアナの羨望《せんぼう》の眼差《まなざ》しにはきっと気づかなかったのだろう。ロザモンドは彼女の方には目もくれず、ギルベルトの前まで来て足を止めた。

「ギルベルト様、先日お話ししたお茶会へのご出席、考えてくださいましたか？　私の父をはじめ、宮廷魔術師《きゅうていまじゅつし》の方々がたくさんお集まりになりますの。『勇者の再来』と誉《ほま》れ高いあなたにお越《こ》しいただけたら、皆様きっとお喜びになりますわ」

(……え。そんな風にギルを誘って大丈夫《だいじょうぶ》？　ギルは「勇者の再来」って呼ばれるのが大《だい》嫌《きら》いな上に、お茶会も好きじゃないって、さっき話してたけど……)

アリアナはロザモンドのことが心配になった。隣を見ると、案の定ギルベルトは思案する顔つきで腕《うで》を組んでいる。この様子はきっと断る口実を探しているのだろう。

(どうせなら、ギルベルトの代わりに私を誘ってくれたらいいのに。私なら手土産《てみやげ》持参で喜んでお茶会に駆《か》けつけるわ)

アリアナとしてはロザモンドと友達になりたくて、つい彼女に熱い視線を送ってしまう。

その時だった。ギルベルトがうずうずしているアリアナの手を不意に横からつかんだ。

（え、何？　私、そんなに落ち着きがなかった？）

てっきり自分の態度を咎《とが》められたのかと思って慌《あわ》てる。だがギルベルトはアリアナに何か注意をするわけでもなく、彼女の手を取ったままロザモンドに微笑みかけた。

「申し訳ありません、ロザモンド。あいにく、そのお茶会の日は恋人と先約がありまして」

「こ、恋人ですって？　まさか……」

「ご紹介《しょうかい》します。私の恋人のアリアナ・フォン・コルティッツです」

（………………へ？）

紹介された当人のくせに、アリアナはポカンとして隣のギルベルトを見上げた。

ギルベルトが無言で手をギュッと握《にぎ》りしめる。アリアナはハッと我《われ》に返った。

（いけない！　今の私はギルの防波堤だったわ！　恋人っぽく見えるようにしなきゃ！）

とはいえ、こういう場合に普通の恋人はどう振る舞うものかわからなくて焦る。その時だった。不意にアリアナは背筋が薄《うす》ら寒くなるのを感じてた。

（何この殺気!?……ロザモンド？）

緑の猫目《ねこめ》と目が合い、息を呑む。ロザモンドは声に出してこそ何も言わなかったが、アリアナを見つめる瞳の奥には隠《かく》しようのない嫉妬《しっと》心が潜《ひそ》んで見えた。

「……そうですか、ギルベルト様のお気持ちはよくわかりましたわ。今回のお茶会は残念ですが、お気が変わられましたら、いつでもお声かけください」

「ありがとうございます。あなたのお父上にも、どうかよろしくお伝えください」

「お気遣《きづか》いありがとうございます。では、またのちほど授業で」

ロザモンドがアリアナの方を上目遣いににらみ、足早にその場を去って行く。

アリアナは頭を抱《かか》えたくなった。というより、用心深いギルベルトが未だに手をつないだままでいなければ、間違いなく頭をかきむしってその場にしゃがみ込んでいただろう。

（ロザモンドとは友達になりたかったのに、あんな風に敵視されるなんて……）

自分から防波堤役を申し出たと言っても、あの反応にはへこむし泣きたくもなる。

「ねぇギル、あなたもあれで本当によかったの？」

アリアナは早速《さっそく》自分の選択《せんたく》を後悔《こうかい》し始めて、ギルベルトに話しかけた。

「あなたが恋愛《れんあい》に興味ないのは知っているけど、あんな風にお誘いを断り続けていたら、この先本当に好きな人ができた時に困らない？」

「かまいませんよ。あなたさえいれば、俺は満足ですから」

「そりゃあ、今は防波堤役の私が一人いれば十分かもしれないけど……」

「期待していますよ、俺のかわいい恋人《こいびと》に」

「…………っ！」

アリアナは反射的にバッと顔を背《そむ》けた。ギルベルトの甘くささやく声が耳をくすぐった、

その瞬間、頬《ほお》が熱くなって鼓動《こどう》が跳《は》ね上がった。

「どうしたんです、アリアナ？　顔が赤いですよ」

「き、気のせいよ！」

「そうですか？　なら、覚えていてください。世の恋人はこういう風に言葉で相手に愛情を伝えるものなんですよ。あなたもぜひいろいろ試《ため》してみてくださいね」

「え……」

にっこり笑うギルベルトを前にして、アリアナは言葉を失った。すでに心臓が痛いほどドクドク高鳴っているのに、これ以上自分にどうしろと？

硬直《こうちょく》しているアリアナを見て、ギルベルトがクスクスと愉《たの》しそうに笑う。

「そろそろ朝食の時間です。寮《りょう》に戻《もど》りましょう」

(待って！　今のは私をからかっただけなの？　それとも……本気なの？)

恋の練習も防波堤の役割もまだ始まったばかりだというのに、最初からこんな調子で心臓がもつだろうか？

アリアナの手を引いて、ギルベルトが歩き出す。彼に言いたいことはたくさんあった。それなのに、つないだ手の温《ぬく》もりがあまりにも優しかったせいだ。アリアナは真っ赤になった顔を見られないようにするだけで手一杯《ていっぱい》で、何も口に出して言えなかった。

第三章　元魔王だって学院生活を謳歌したい

魔王から人間の少女に生まれ変わって十六年。さらに伯爵令嬢《はくしゃくれいじょう》として憧《あこが》れのステラ学院に入学してから一ヶ月。ギルベルトやロザモンドと同じクラスになったアリアナは、二人以外の同級生たちの顔も覚え、日々の授業にもやっとなんとか慣れてきた。だが、それでも放課後になる頃《ころ》にはげっそり疲《つか》れ果てて、東屋《あずまや》のベンチに身を投げ出していた。

（ううっ……、元魔王の力がこんなにも規格外だなんて知らなかったわ……）

この一ヶ月間に体験したことを思い出して、アリアナは思わずうめいた。

入学早々いろいろとやらかした彼女だったが、憧れのタクト（でも借物）に誓《ちか》って「学院生活を満喫《まんきつ》してみせる！」と張り切っていた。今にして思えば、それがまずかったのかもしれない。

アリアナは実践《じっせん》魔術学の最初の授業でタクトに魔力を込め過ぎてしまい、明かりを生み出すだけの課題のはずが、危《あや》うく校舎の壁《かべ》に風穴を開けそうになった。実際には壁をちょっと焦《こ》がした程度で済んでホッとしたが、それでも周りからドン引きされ、一部の同級生たちからは神妙な顔つきで遠巻きに拝まれるようになってしまった。

そこで反省したアリアナは、同級生たちを観察して真似《まね》することに決めた。中でも参考にしたのがロザモンドだ。魔術記号学の授業で、たまたま彼女と同じ班になったことがきっかけだった。

ロザモンドは勉強熱心で、魔法陣《まほうじん》を構成する記号について論じる班課題では、率先《そっせん》して様々な意見を述べてくれた。彼女の役に立ちたかったアリアナは、魔王時代の知識を披露《ひろう》し過ぎないように気をつけながら一生懸命《いっしょうけんめい》にサポートを行い、議論を交《か》わした。

その結果、アリアナはロザモンドと共に学識の深さを教師たちから絶賛されて「将来の宮廷魔術師候補」ともてはやされるようになってしまった。

実は、ロザモンドはギルベルトほどではないにしろ、王都では有名な神童だったらしい。真似する相手を完全に間違《まちが》えた。

この一件と、さらにギルベルトの恋人になったという噂《うわさ》のせいもあってか、今では大勢の人たちがアリアナの言動に注目している。その状況《じょうきょう》は、何か一つでも魔王らしさを醸《かも》し出しただけで一発アウト、人間の世界から即《そく》退場を言い渡《わた》されかねない恐《おそ》ろしさだ。

(ううっ、なんで私の青春だけこんな危険と隣《とな》り合わせなの？　私は同級生たちと『ステラ学院の秘密』の話題で盛り上がったり、素敵《すてき》な恋をしたりしたいだけなのに……)

今のところ実現できた夢は休日の聖地巡礼《じゅんれい》くらいだ。『ステラ学院の秘密』を片手に学院内の各所を訪《おとず》れては、フリーダとエドガーの恋の思い出に浸《ひた》っている。それも一人で。

（こんな青春、寂《さび》しすぎるわ……。もういっそのこと、私の方から『ステラ学院の秘密』を布教して、学院内で同志を作っていくべきかしら？　そう、最初はロザモンドから）

ギルベルトにお茶会の誘《さそ》いを断られて以来、ロザモンドは何かとアリアナにつっかかってくるようになった。時に当たりが厳しいと感じることもあるけれど、そんな彼女のことをアリアナは嫌《きら》いになれなかった。それどころか同級生たちから遠巻きにされる中、面と向かって自分と話してくれる彼女の存在を嬉《うれ》しく思ってさえいた。

（魔術記号学の議論だけじゃ、もう物足りない。私はもっとロザモンドと仲良くなって、恋バナや小説の話をしたいのよ！　道のりは険しそうだけど……）

ツンとしたロザモンドの態度を思い返して、思わず遠い目になる。その時だった。柱の陰《かげ》からひょいとこちらを覗《のぞ》いた顔と目が合って、アリアナはとっさに上半身を起こした。

「ギル、どうしてここに？　今日は公爵家の会合があって、学校を休んでたんじゃないの？」

ギルベルトの公爵家では、国の内外や王都で重要な事件が起きた時に親族が招集されて情報交換《こうかん》をするという。今日も何かあったのか、朝早くから呼ばれていたはずだが……。

「会合は昼前に終わりましたよ。課題をやる前に一息つきに来たら、あなたがいたんです」

ギルベルトが隣《となり》に座って、アリアナの顔を心配そうに覗き込んでくる。

「何やら深刻そうな顔をしていましたけど、何かあったんですか？」

「別に……、実らぬ片思いに胸を焦がしていただけよ」

「ああ、今日もロザモンドに話しかけて、そっけない態度を取られたんですね」

「うっ……で、でも一緒《いっしょ》に班課題をやってる間は、熱心に私の話を聞いてくれるもの」

「…………………………」

ギルベルトの眼差《まなざ》しが、まるでかわいそうな子を見るようなものになる。

「あなたはロザモンドのことを気に入っているようですが、友人が欲しいのであれば、他《ほか》の同級生たちにも声をかけてみたらいかがです？」

「そうしたいのはやまやまだけど、他の子たちは私を遠巻きに眺《なが》めるか、崇《あが》めるか、あなたの恋人として敵視するかの三択で、話しかける以前に近寄ることすらできないのよ」

アリアナは自分で言っていて悲しくなってきた。自分がどれだけ仲良くしたいと願っても、それ以前に会話が成立しないのであれば、友情も何も始まらない。

「大丈夫《だいじょうぶ》ですよ、アリアナ。入学当初のインパクトが強すぎたせいで未《いま》だに同級生たちから引かれている面はあるかもしれませんが、そういった記憶《きおく》はいずれ薄れていくものです。実際、慣れない環境《かんきょう》にもかかわらず、あなたはよく頑張《がんば》っていますよ」

「本当？　少しは普通《ふつう》の女の子らしく見えて……ないわよね、その感じ」

ギルベルトの生暖かい視線から、アリアナはいろいろ悟《さと》った。努力を褒《ほ》めてもらえるのは嬉しいが、それに伴《ともな》う結果が出ていなければ意味がないと焦《あせ》ってしまう。

「せっかく憧れのステラ学院に入学できたのに、これじゃなんのために生まれ変わったのかわからないわ。恋も友情も絶望的だなんて」

「なら、練習しましょうか？」

「練習？　もっと周囲に馴染《なじ》めるようにするために？」

「それもありますが、もう一つの練習を忘れていませんか？　俺との恋《こい》の練習です」

「あっ……！」

そういえばこの一ヶ月間、ギルベルトと一緒にいることは多くても、それだけだった。悪目立ちしないように振《ふ》る舞《ま》うことに手一杯で、他のことにまで気が回らなかったのだ。

「その様子、まさか忘れていたのですか？」

「そ、そんなわけないじゃない！　そりゃもう、すごく楽しみにしていたわ」

「なら、いいんですが」

ギルベルトから微妙《びみょう》に冷たい視線を向けられ、アリアナは咳払《せきばら》いをした。

「あなたと練習をすれば、『ステラ学院の秘密』みたいな恋ができるようになるのよね？」

「試《ため》してみますか？」

ギルベルトが挑発《ちょうはつ》的に笑って見つめてくる。アリアナは緊張《きんちょう》した。

ついに恋の練習が始まった。最初は何をするのだろう？　手を握《にぎ》るとか？　それとも、エドガーのような甘いセリフを耳元でささやかれるのだろうか？

恋愛《れんあい》経験ゼロのアリアナには想像もつかない。ただ何が起きてもいいように、ドキドキしながら背筋を正して待つ。そんなアリアナのことをギルベルトはまっすぐに見つめていた。互《たが》いの息遣《いきづか》いさえ聞こえそうな近距離《きんきょり》でじっと、ずっと、永遠に。

(な、何これ？　見つめ合ってるだけなのに、なんかこう……)

胸の奥がそわそわして落ち着かない。ギルベルトの方は先ほどから表情一つ変わらないのに、なんで自分だけ？

ここで目を逸《そ》らしたらなんだか負けな気がして、アリアナは懸命にギルベルトを見つめ返した。その時だった。ギルベルトが不意にフッと柔《やわ》らかく微笑《ほほえ》んだ。

(え？　えっ？)

完全な不意打ちに、アリアナの頬《ほお》がぶわっと熱くなる。

「いいですね、その反応。そんなに照れてくれるなんて、練習のし甲斐《がい》があります」

「なっ……！　べ、別に照れてないから！　あなたが急に笑うから反応に困っただけで」

「へぇー、そうですか。なら、次はもっと恋人らしいことを試してみますか？」

「へっ？」

「俺と見つめ合うだけでは、アリアナは特に何も感じないんですよね？　なら、次の段階に進んでも問題ないですね」

ニコッと笑うギルベルトを前にしてアリアナは頭が真っ白になった。本当は近距離で笑いかけられただけでビックリするほどときめいたのに、これ以上は耐《た》えられる気がしない。

「あー、その……ギル？　恋の練習もいいけれど、続きはまた今度にしない？　今日は私……そう、薬草学の課題をやらなきゃいけないことを思い出したわ」

アリアナはギルベルトから目を逸らし、もっともらしい言い訳を必死で言い募《つの》った。

「ほら、ギルは今日、授業を休んだでしょう？　だから私のノートを貸して――」

「アリアナ」

カバンに伸《の》ばしたアリアナの手に、ギルベルトの手が重なる。たったそれだけのことなのに、アリアナは触《ふ》れた先から全身が緊張するのを感じた。

「あ、あの、ギル……？」

「練習はまだ終わってません。今のあなたは俺の恋人なんですから、俺だけ見てください」

ギルベルトがアリアナの手を握りしめる。顔は見えていないのに……いや、だからこそ余計に耳元でささやかれる声が甘く感じられて、息が止まりそうになる。

「もう一度こっちを向いてください、アリアナ」

（ま、待って……！　これ以上は私……！）

アリアナが思わずギュッと目をつぶった、その時だった。

「アリアナ!?」

ギルベルトが叫《さけ》んで手を離《はな》す。アリアナを中心として生まれた突風《とっぷう》が二人の間を吹《ふ》き抜《ぬ》け、カバンを地面に落とした。その音で我《われ》に返ったアリアナは青ざめた。

(まさかこれって魔力《まりょく》の暴走⁉)

こんな失態、いつ振りだろう？　魔族は不測の事態に直面して感情が激しく揺《ゆ》さぶられた時、制御《せいぎょ》しきれなかった魔力を周囲にまき散らしてしまうことがある。その癖《くせ》が、まさか人間に生まれ変わった今も受け継《つ》がれていたなんて！

「ギル、ごめんなさい！　怪我《けが》はない？」

「俺は平気です。それにしても、久々にハデにやらかしましたね。あなたは前世の性格だけでなく、元魔王の魔力や資質も色濃《いろこ》く受け継いでいるんですね」

「ううっ、一応今世の両親は人間のはずなのに、こんなことになるなんて……」

しょんぼり落ち込むアリアナの隣で、苦笑《くしょう》したギルベルトが足下《あしもと》に散らばった教科書やカバンを拾う。破れたページがないか、パラパラと確認《かくにん》していた手がふと途中《とちゅう》で止まった。

「ギル、どうしたの？　もしかして教科書、破けちゃってた？……って、何これ？」

ギルベルトの手元を覗き込んだアリアナは思い切り眉《まゆ》をひそめた。彼が持っていたのは魔術記号学の教科書だった。そこには魔法陣《まほうじん》に使われる魔術記号の解説やメジャーな魔法陣の例が描《か》かれている。どれも見慣れたもののはずなのに、何かおかしい。違和感《いわかん》がある。

(あ、もしかして！　ここ、フェイクの記号が追加されてる？)

いつもとの違《ちが》いに気づいて、アリアナはポンと手を打った。教科書に似せたフォントで、創水《そうすい》魔術の魔法陣の例に手書きの記号が描き加えられている。うっかり授業でこの魔法陣を描いていたら、水が噴水《ふんすい》のように飛び出して大目玉を食《く》らっただろう。

「アリアナ？　大丈夫ですか？」

静かに教科書に見入っているアリアナを心配して、ギルベルトが声をかけてくる。

アリアナは勢いよく顔を上げた。思わずグッと拳《こぶし》を握りしめて叫ぶ。

「すごいわ、ギル！　私もついにイタズラをしてもらえるようになったのね！」

「…………は？」

ギルベルトが不可解そうに眉根《まゆね》を中央に寄せる。アリアナはうっとりした表情で教科書を見つめながら、描き加えられたばかりの魔術記号を指でなぞった。

「このイタズラをしたのは、きっとロザモンドね」

魔術記号学の授業が終わる直前、先生に呼ばれて席を立ったことをアリアナは思い出した。戻《もど》ってきた時に、ロザモンドが自分の方をやたらと気にしていると思ったが、それはこのイタズラをしたせいで、落ち着かなかったからかもしれない。

「ある意味、これは愛情の裏返しよね。こういう手の込んだイタズラを実践《じっせん》するには気力も体力も時間も必要だし、本当に関心のない相手は無視すればいいだけだもの」

そういえば『ステラ学院の秘密』にも、恋敵《こいがたき》であるフリーダへの嫌《いや》がらせから大げんかに発展し、本音をぶつけ合ったことで彼女と親友になった女の子がいた。

「このイタズラをきっかけとして、私もロザモンドと友情を育《はぐく》めたら……って、ギル？

下を向いてどうしたの？」

横を見ると、さっきまで心配そうにしていたギルベルトが顔を手で覆《おお》い、うつむいている。その肩《かた》が小刻みにプルプル震《ふる》えているのを見て、アリアナはムッとした。

「何よ、ギル？　何がおかしいの？」

「すみません。生まれ変わってもあなたはあなたのままだと思ったら、なんだか嬉《うれ》しくて」

「どういう意味よ？」

「あなたのそういう無駄《むだ》に前向きなところが、俺は好きだという話です」

ギルベルトが口の端《はし》をニヤッとつり上げて笑う。アリアナは頬を膨《ふく》らませた。やっぱりギルはギルだ。恋の練習中はあんなにドキドキしたのに、普段《ふだん》は生意気なんだから。

(でも、こっちの方が安心できていいわ。やっぱりギルはこうでなくちゃ)

アリアナの視線の変化に気づいたのだろう。ギルベルトが笑いを収めて真顔になる。

「アリアナ？　もしかして俺が笑ったこと、怒《おこ》ってます？」

「ううん。あなたも前世の頃《ころ》から変わってないなぁーと思って。私と一緒《いっしょ》で、一度転生したくらいじゃ、やっぱり本質は変わらないものね。なんだか嬉しいわ」

「…………………」

ギルベルトが無言でアリアナを見つめる。その海色の瞳《ひとみ》に、切なさと悲しさの入り交じったかすかな光がよぎった。

「俺は確かにあのギルの生まれ変わりです。ですが、もし……そう、もし俺が昔のままの俺でなかったら、あなたはどうなさいますか？」

「ギル？　どうしたの？」

「……え？　どういうこと？」

ギルは今世でもギルだと感じたばかりなのに、そう思われることが嫌だったのだろうか？　訝《いぶか》るアリアナを前にして、ハッと我に返ったギルベルトが視線を逸らす。

「すみません。今の質問は忘れてください。そろそろ寮《りょう》に戻りましょう」

ギルベルトが東屋《あずまや》を出て行く。アリアナにはやっぱり彼の意図がわからなかったが、あの質問をした時の切なげで迷うような表情まで忘れることはできなかった。

（あの様子、もしかして前世で私が死んだあとに何かあったのかしら？）

ギルベルトが前世のことで傷つき悩《なや》んでるのであれば慰《なぐさ》めたいし、力になりたい。だが前世について何も聞かないと宣言した手前、今のアリアナにできることはなさそうだった。

（私が前世の最期《さいご》を思い出せば、ギルも私にいろいろ話せるようになるのかしら？）

あの時のことを思い出そうとすると、未《いま》だに強烈《きょうれつ》な頭痛に襲《おそ》われる。そんな自分を心配して、ギルベルトはあえて何も語らずに我慢《がまん》しているのかもしれない。そう思うと、気を遣われている自分がますます不甲斐なく感じられて、アリアナは唇《くちびる》をキュッと噛《か》みしめた。

強くなりたい。どんな過去も受け入れた上で、今世を人間として生きていくために。

いつまで経《た》っても来ないアリアナを心配したのだろう。ギルベルトが足を止めて振《ふ》り返る。アリアナは目元ににじんだ涙《なみだ》を拭《ぬぐ》い、慌《あわ》てて彼のあとを追いかけた。


翌朝、アリアナは目の下に大きなクマを作った姿で歴史学の授業に向かった。

昨日、何か悩んでいるギルベルトを前にして、前世の最期を思い出したいと願った。しかし「それはそれ、これはこれ」というやつで、アリアナにとって歴史学の授業は未だに気が重かった。

（人間のための授業だから、どうしても人間寄りの歴史になるのは仕方ないけど……）

歴史学担当のクラインは几帳面《きちょうめん》な性格をした五十代半ばの教師で、授業もわかりやすくて面白《おもしろ》いが、彼女が語る魔族や魔王の話には、元当事者の目からすると結構な誤解が含《ふく》まれていることもあるのだ。

（人間が魔王を嫌《きら》うのはわかるけど、枕詞《まくらことば》に「史上最悪の」ってつけなくてもいいのに）

自分だって魔王として完璧《かんぺき》だったとは思わないが、それでも正面から「悪」呼ばわりされることはなかなかにつらい。今授業でやっているのは、人間の魔術師が誕生した頃の歴史だから、魔王や勇者について本格的に学ぶのは来年以降になるだろう。

（そんな授業に私、耐《た》えられるかしら？……まぁ、でも今から来年の心配をしていても仕方ないわよね。それより今は今で、やらなきゃいけないことがあるし……よし！）

アリアナは教室の前で大きく息を吸うと、気分を切り替《か》えて中に入った。

ギルベルトは今日も公爵《こうしやく》家の会合に出るため、授業を欠席している。昨日あんなことがあった手前、顔を合わせずに済むことに少しホッとして、アリアナは室内を見回した。彼女の目的の相手は教室の中程《ほど》にいた。目が合った途端《とたん》、緑の猫目《ねこめ》が気まずそうに横を向く。

（うん、ロザモンドは今日も安定のツンツン具合ね。でも大丈夫《だいじょうぶ》！　今日はとっておきの話題だって用意してあるんだもの。今日こそ授業以外でもおしゃべりしてみせるわ！）

アリアナは意を決し、ロザモンドめがけてツカツカと通路を歩いて行った。

「おはよう、ロザモンド。お隣《となり》、座っていいかしら？」

横に来たアリアナを見て、ロザモンドがビクッと肩を震わせる。

（え、何この反応？　なんか怯《おび》えられてるような……でもなんで？）

アリアナにはロザモンドの真意がわからなかったが、とりあえず隣に座ってカバンに手を伸《の》ばす。彼女が取り出した教科書を見た瞬間《しゅんかん》、ロザモンドの表情がさらにこわばった。

「ねぇロザモンド、ここに描かれている魔術記号なんだけど」

「そ、それは……！　つい魔が差しただけで――」

「ああ、やっぱりこれを描いたのはあなただったのね！　私がちょっと席を離《はな》れた間に、これだけのイタズラを思いついて実行に移すなんて、すごいわ」

「……は？　すごい？」

ロザモンドの眉間《みけん》に不可解そうな皺《しわ》が刻まれる。緊張《きんちょう》しているアリアナはその反応に気づくことなく、フェイクの魔術《まじゅつ》記号が描《か》かれたページを笑顔《えがお》で指さした。

「あなたは水属性の魔術に詳《くわ》しいのね。こういう魔術記号の発想、私にはなかったから面白くて。もしよければ今度ゆっくり話を――」

「あなた、人を馬鹿《ばか》にしてるの？」

アリアナの話を遮《さえぎ》り、ロザモンドがガタッと音を立てて椅子《いす》から立ち上がった。

「へ？　馬鹿にして……って、私がロザモンドを？」

アリアナは仰天《ぎょうてん》した。彼女としては、ロザモンドと友達になりたくて必死で話題作りをしたつもりなのに、どうしてそうなる？　戸惑《とまど》うアリアナをロザモンドがキッとにらんだ。

「こんな悪意に満ちた魔術記号を無断で教科書に描かれたら、普通は誰《だれ》だって怒るものよ。それなのに、あなたときたらヘラヘラ笑いながら私を褒《ほ》めて、何を考えてるの？『これくらいのイタズラ、余裕《よゆう》で対処できます』ってマウントを取ってるつもり？」

「ごめん！　そんなつもりはなかったんだけど、あなたと話せることが嬉しくてつい……」

「は？　嬉しいって……」

「だって私、あなたみたいに面白い発想をする人と魔術の話ができて楽しいんだもの。できれば今度は授業以外でもいろんな話をして、友達になれたらいいなぁーと思って」

意表を突《つ》かれたように、ロザモンドの顔から表情が抜《ぬ》け落ちる。

（あ、まずい。友達が欲しいからって、ついがっついて踏《ふ》み込みすぎたかも！）

「えっと、プライベートな話がまだ早いなら、二人で魔術記号の研究をしてもいいわよね。面白い記号を教えてもらったお礼に、今度は私が何か教えられるかもしれないし」

「……私が教わるの？　あなたに？」

ロザモンドの眉《まゆ》がピクッと神経質そうに跳《は》ね上がる。

「ええ。もしよければ、私が知っている魔術の話もするわ。だから今度一緒に――」

「人を馬鹿にするのもいい加減にしてよね！　あなたに教わることなんて何もないわ！」

これ以上は我慢ならないというように、ロザモンドが顔を怒《いか》りに赤く染めて叫《さけ》んだ。

「え、ロザモンド？　急に何を怒って――」

「これでも私は王都一の神童と呼ばれた女よ？　魔術の腕《うで》であなたに引けを取りはしないわ！　それなのに……！　今に見てなさい！　いつかぎゃふんと言わせてみせるから！」

ロザモンドが唇をキュッと噛みしめ、アリアナに背を向ける。

「待って、ロザモンド！　私は本当にあなたと仲良くしたかっただけで……！」

アリアナはロザモンドのあとを追おうとした。が、できなかった。ちょうど彼女が席を移動したタイミングで、歴史学担当のクラインが教室に入ってきたのだ。

（友達作りって難しいわ……）

アリアナとしては、共通の話題で距離《きょり》を縮めようとしただけなのに、どうしてうまくいかないんだろう？　魔術記号よりはるかに難解な問題を前にして、机に顔を突っ伏《ぶ》したくなる。そんなアリアナの態度を咎《とが》めたわけでもないと思うが、その時、クラインが持っていた教科書を教卓《きょうたく》の上でトントンとそろえて、皆《みな》の注意を引いた。

「皆さん、聞いてください。今日の授業では、二百年前に結成された魔術師同盟について話すつもりでいましたが、予定を変更《へんこう》して特別ゲストをお招きしたいと思います」

「え、ゲスト？　学校が始まってまだ一ヶ月しか経っていないこの時期に？」

「宮廷《きゅうてい》魔術師の誰かとか？」

クラインがコホンと咳払《せきばら》いをして、色めき立つ学生たちに沈黙《ちんもく》を促《うなが》す。授業中の居眠《いねむ》りはもちろん、よそ見も許さないほど几帳面で厳しい彼女らしい。彼女は学生たちがしんと静まったのを見届けてから、廊下《ろうか》に向かって「どうぞお入りください」と声をかけた。

扉《とびら》が開いて一人の青年が入ってくる。教室の空気が音を立てて凍《こお》りついた。

（え⁉　まさか……！）

アリアナは自分の見たものが信じられなくて、思わず二度見した。それでも現実は変わらない。最初に皆の視界に映ったのは、夕陽《ゆうひ》で染めたような茜色《あかねいろ》の髪《かみ》と翡翠《ひすい》のように澄《す》んだ翠《みどり》の双眸《そうぼう》だった。褐色《かっしょく》の肌に彫《ほ》りが深く鼻梁《びりょう》の通った顔の横には、魔族の証《あかし》たる漆黒《しっこく》の角がそびえ、筋骨たくましい背中からは大きな翼《つばさ》が生えている。

その異国情緒《いこくじょうちょ》あふれる美貌《びぼう》にも、自信に満ちた立ち姿にも、見覚えがあるなんてものじゃない。魔王時代には、配下の一員として毎日のように顔を合わせていた。

（……なんで？　なんでファビアーノが人間の魔術学院に来るのよ⁉）

「皆さん、ご紹介《しょうかい》しましょう。彼は、王都にあるアルシオン帝国《ていこく》の大使館に出向中のファビアーノ・ガリアーノ様です」

「えっ？　ガリアーノって、まさかあの？」

学生たちがゴクリとツバを呑《の》む。なぜなら皆、その名の持つ意味を知っているからだ。

ガリアーノ家とは、初代魔王との戦いに敗れて、その配下に下った五人の魔族を始祖とする家の一つ。この五家は今なおアルシオン帝国内に広大な領地を持ち、魔王崩御《ほうぎょ》の際には新魔王を承認《しょうにん》する権限を与《あた》えられていることから、五選帝侯《せんていこう》と呼ばれている。

「アルシオン帝国との関《かか》わりについては近々授業で学びます。その時に備えて、今から魔族社会に対する理解を深めておくことは重要です。とはいえ、人間の私の説明だけでは話に偏《かたよ》りが生じる可能性もあるため、ガリアーノ様のお力をお借りすることになったのです」

クラインの説明にアリアナは頭が痛くなった。自らの視点の偏りを認識した上で、魔族をゲストに招く姿勢は素晴《すば》らしいと思う。だけど、なぜその相手がファビアーノ……！

（次期選帝侯のファビアーノが大使館員をやってるって、どういうこと？　あの魔王至上主義の人間嫌《ぎら》いに、人間相手の交渉《こうしょう》や授業ができるの？　それに……）

入学式でギルベルトと再会した時やクッキーを召喚《しょうかん》した時のように、目が合ったら元魔王だと気づかれるかもしれない。万が一、皆のいる前で前世の名前で呼ばれたら……。

（今までの努力が水の泡《あわ》だわ！　せっかく頑張《がんば》って周囲に馴染《なじ》もうとしてるのに）

ここはなんとしても気づかれるわけにはいかない。アリアナはファビアーノに顔を見られないよう、上半身を小さく丸めて前席の学生の背中に隠《かく》れた。

「それではガリアーノ様、よろしくお願いいたします」

クラインが丁寧《ていねい》に頭を下げて、学生たちが座っている位置まで下がっていく。ファビアーノは慣れた様子で教壇《きょうだん》に向かい、優雅《ゆうが》とも思える仕草で落ちてきた髪をかき上げた。

「クライン先生より紹介にあずかったファビアーノ・ガリアーノだ。今日は魔族社会の中でも、特に魔王の選定方法について説明しようと思う。君たちも、我がアルシオン帝国の帝位が世襲《せしゅう》制でないことくらいは知っているだろう？」

多くの学生たちにとって、こんな間近でファビアーノのような高位魔族を見るのは初めての経験なのだろう。どんな授業でも自信満々に発言をしてきたロザモンドでさえ、今は恐々《こわごわ》とした様子でうなずいている。ファビアーノはその反応に満足して、説明を続けた。

「魔王陛下が崩御なさると、我が帝国では次の魔王を選ぶための武闘《ぶとう》会が開催《かいさい》される」

「舞踏《ぶとう》会？　高位魔族がみんなでダンスを踊《おど》るの？……あっ！」

女子学生が青ざめた顔で口を押さえる。翡翠の瞳《ひとみ》がジロッと彼女をにらんだのだ。

（待って、ファビアーノ！　いくら人間に良い感情を持っていないからって、話の腰《こし》を折られたくらいで怒《おこ》ったらダメよ！）

ファビアーノが口うるさい人間の捕虜《ほりよ》を簀《す》巻《ま》きにした時のことを思い出して、アリアナは慌《あわ》てた。が、次の瞬間《しゆんかん》、彼はなんと女子学生に向けて優《やさ》しく微笑《ほほえ》みかけていた。

「今の彼女の発言のように、気になることがあったら、いつでも質問してくれていい。そういう誤解を解くためにこそ、私はこの場に呼ばれたのだから」

（え？……待って、これがあのファビアーノなの？）

アリアナは信じられない思いでファビアーノを見た。学生たちは今の一言で緊張がほぐれたらしい。教室の空気が軽くなったのを感じて、ファビアーノも満足そうに話を続ける。

「過去に舞踏会で華麗《かれい》なステップを披露《ひろう》した魔王がいなかったわけではない。だが、それは魔王となるのに必要な条件ではない。我々魔族が王として戴《いただ》く方に求めるものは、あくまで強大な魔力とカリスマ性の二点のみ。それを測る場こそが武闘会だ」

今や学生たちはすっかりファビアーノの話に惹《ひ》きつけられている。彼が次々と語る武闘会の逸話《いつわ》に、目を輝《かがや》かせて身を乗り出す者まで出てくるほどだ。

（そっか、私が倒《たお》されてから百年も経《た》つんだもの。ファビアーノだって成長するわよね）

転生したアリアナにとってはあっという間の出来事でも、ファビアーノの中では百年の時が刻まれていたことを実感して寂《さび》しいような、それでいて嬉《うれ》しいような気持ちになる。

(武闘会も、私が参加した時から百五十年近く経っているのよね。なつかしい……)

ファビアーノの話に耳を傾《かたむ》けながら、アリアナの頭は自然と昔を思い出していた。

前世でアルシオン帝国と人間の王国の国境地帯に生を受けたアレハンドラは、赤子の頃《ころ》からなぜか突出《とっしゅつ》して異様なほど魔力《まりょく》が強かった。ろくな産業もなく、時に人間たちの侵攻《しんこう》にさらされる地で幼い弟妹を食べさせていくために、彼女はその魔力の強さを活《い》かして魔王軍に入隊した。そしてその後、持って生まれた運の強さも手伝ってか、女性としては異例の早さで軍内の階級を駆《か》け上っていった。

そんなある日、先代の魔王が崩御し、次の魔王を選ぶための武闘会が開かれることになった。アレハンドラには権力欲も出世欲もなかった。ただ武闘会の本戦まで進めば褒賞《ほうしょう》が出ると聞いた彼女は弟妹への仕送りを増やしたい一心で参加し、見事優勝をかっさらってしまった。そして帝国を統《す》べる五選帝侯全員の承認を得て、第七代魔王に就任した。

(私のような田舎《いなか》出身の女性将校がなぜ魔王として認められたのかは永遠の謎《なぞ》だけど……海千山千の選帝侯たちの目には、単純で御《ぎょ》しやすそうに見えたのかもしれないわね)

選ばれた理由はどうであれ、帝位に就《つ》いた以上はアルシオン帝国を良くするため、そして帝国の臣民を人間たちの侵攻から守るために、アレハンドラは無我夢中で走り続けた。

(それでも最後は人間の勇者に倒されちゃったんだけど。……ごめんね、ファビアーノ)

前世で尽《つ》くしてくれた部下に対して心の中で謝る。魔王至上主義のファビアーノが魔王の死から立ち直れるかどうか、アリアナはずっと心配していた。だが、杞憂《きゆう》だったようだ。

ファビアーノは人間の学生たちを前にしても心を乱されることなく、淡々《たんたん》とした口調で授業を続けている。やがて彼は最後にフーッと息を吐《は》いて、わずかに目を伏《ふ》せた。

「先代の魔王アレハンドラ陛下が崩御なさってから、今年でちょうど百年になる」

アレハンドラが勇者に倒された時のことを思い出したのか、ファビアーノの顔に切なげでやりきれない表情が浮《う》かぶ。しかしそれは一瞬のことで、彼はすぐに顔を上げて続けた。

「この百年の間に武闘会は五回開催されたが、新しい魔王はまだ選ばれていない。しかし、それでも確実に言えることが一つある。次の魔王も君たち人間との和平を望むであろう」

「つまり、魔王アレハンドラのように好戦的な魔王はもう現れないのですね？」

学生の一人が思わずといった様子で尋《たず》ねた、その瞬間、翠の双眸に冴《さ》え冴《ざ》えとした冷たい光が宿った。ハッとした学生たちもクラインも失言に気づいて息を呑む。

「ガリアーノ様、私の生徒が今、大変失礼な発言を――」

「……かまわない。気になることがあれば、いつでも質問しろと最初に言ったのは私だ」

（ファビアーノ、大丈夫《だいじょうぶ》？　そんなこと言っても、内心では許せないんじゃないの？）

前世のファビアーノを知っているアリアナは心配になったが、彼は怒鳴《どな》ることも魔力を暴走させることもせずに自分自身を律している。やがて彼は一度大きく息を吐いてから、問題発言をした学生と向き合った。

「君たち人間の間でどのような魔王像が共有されているのか知らないが、アレハンドラ陛下ほど平和を切望し、そのために尽力《じんりょく》なさった方を私は他《ほか》に知らない」

「え……、でも魔王アレハンドラは史上最悪の魔王だって……」

「彼女が魔王の座にいたせいで、百年前の戦争が起きたんだろう？」

学生たちがファビアーノの反応を憚《はばか》りつつも、我慢《がまん》しきれなかった感想をささやき合う。

その声を打ち消すかのように、授業の終了《しゅうりょう》を告げる鐘《かね》が教室に鳴り響《ひび》いた。

「もう時間だが、最後に一つだけ言っておこう」

ファビアーノが教卓《きょうたく》に手をつき、決然とした態度で学生たちに向き合う。彼は困惑《こんわく》と不《ふ》審《しん》に満ちた視線をすべて正面から受け止めて、静かに続けた。

「君たち人間には人間の言い分があるだろうから、私の話をすべて鵜《う》呑《の》みにする必要はない。だが今回のように視点や立場が変われば、見える世界も異なってくることは理解してほしい。君たちに魔族側の話をすることで、百年前のような惨事《さんじ》を防げるというのであれば、私は何度でも喜んでこの場に足を運ぼう。私は魔族の一人として、我が主《あるじ》アレハンドラ陛下が切望なさった平和の継続《けいぞく》を望む」

しんと水を打ったような静けさが教室に広がった。皆《みな》、ファビアーノの語った想《おも》いの深さに圧倒《あっとう》されて何も言えずにいる。アリアナは胸の奥底から熱いものがこみ上げてくるのを感じて、ファビアーノをじっと見つめた。

（ありがとう、ファビアーノ。私が勇者に倒されたあとも、そんな風に私の志を継《つ》いでくれていたなんて、本当にありがとう）

人間嫌いの魔王至上主義で、ことあるごとにギルとけんかしていたあの頃と同一人物には思えない。なんらかの形でその成長に応《こた》えたくて、気づいたらアリアナは手をたたいていた。それにつられるようにして、他の学生たちも彼に惜《お》しみない拍手《はくしゅ》を送る。

驚《おどろ》いたファビアーノが教室を見回し、最初に拍手したアリアナの上で目をとめた。

（あっ……！　まずい！）

アリアナはとっさに前席の学生の背中に隠れようとした。が、遅《おそ》かった。視線と視線が交差した、次の瞬間、ファビアーノの頰《ほお》を一筋の涙《なみだ》がつーっと伝い落ちていった。その唇《くちびる》が声を出さぬまま「陛下」と動いたことに気づいたのは、きっとアリアナだけだろう。

「ガ、ガリアーノ様？　いかがなさいましたか？」

突然の高位魔族の涙に、あの冷静なクラインが動揺《どうよう》している。ファビアーノは「失礼」と言って涙を拭《ぬぐ》うと、ビックリするほど晴れ晴れとした笑《え》みを彼女に向けた。

「これは嬉し涙ですので、どうかお気になさらず。思いがけず拍手を送られたことで、つい感動してしまいまして。今日はお招きくださり、本当にありがとうございました」

「こちらこそ、今日は歴史学の教師としても大変興味深いお話を伺《うかが》えて嬉しかったです。

人間と魔族の間で友好的な関係を築いていくためにも、ぜひまたお話をお聞かせください」

「はい、ぜひ。喜んで」

学生たちもクラインも、ファビアーノが皆の温かい反応に感動して涙をこぼしただけだと思っている。そんな中、アリアナだけは気づいていた。

(やっちゃったわ……。さっき目が合った時に、私が元魔王だってバレたよね?)

ファビアーノは何も言わない。ただ彼が教室を出て行く直前に、自分の方を向いた目が昔をなつかしむように、愛《いと》おしむように細められた気がして、アリアナは頭を抱《かか》えた。


(つ、疲《つか》れた……!)

その日の授業をすべて終え、寮《りょう》の部屋に戻《もど》ってきたアリアナはぐったりしてベッドに身を投げ出した。ここまで精神的に緊張《きんちょう》して疲れたのはいつ振《ぶ》りだろう。

(まさか人間の魔術学院でファビアーノに会う日が来るなんて……。あの様子、やっぱり彼は私が元魔王だって気づいていたわよね?)

ファビアーノの特別授業が終わったあと、アリアナは彼が自分に会うために戻ってくるのではないかと警戒《けいかい》して一日を過ごした。だが、今のところ何もない。あれだけバッチリ目が合っておきながら、彼が自分の正体に気づかなかったはずもないと思うが。

（そろそろギルも寮に戻ったかしら？　今日ファビアーノに会ったことを話しておかないと。万が一、あの二人が何も知らずに街中で会ったら……何が起きるかわからないわ）

ギルとファビアーノは馬が合わなかったのか、前世ではしょっちゅうくだらないことでけんかをしていた。自分が死んだあと、二人の関係がどうなったかまでは知らないが、危険な芽は事前に摘《つ》めるだけ摘んでおいた方がいいだろう。

そう考えたアリアナは気合いを入れてベッドから起き上がった。その時だった。部屋のカーテンが風もないのにふわりと揺《ゆ》れて見えた気がした。

（え？　私、窓を開けてなかったはずよね？）

なんか嫌《いや》な予感がする。アリアナはカーテンに向かって慎重《しんちょう》に手を伸《の》ばし——その手を反対側からつかまれてギョッとした。

「なっ……！　ファビアーノ⁉」

「陛下！　ああ、本当に陛下でいらっしゃるのですね！」

カーテンの後ろから現れたのは、滝《たき》のように流れる涙の大洪水《だいこうずい》。窓枠《まどわく》の上で正座しながら滂沱《ぼうだ》たる涙を流す高位魔族に固く手を握《にぎ》られ、アリアナは脱力《だつりょく》した。

「あの、ファビアーノ？　ここは魔術学院の寮で、学院全体に侵入者防止の結界が張られているはずなんだけど」

「そうですか？　そういえば上空から学院の敷地内に入った際に、ピリッと肌《はだ》を刺《さ》すような感覚がありましたね。ですが、ご心配なく。その結界とやらは魔力《まりょく》を込めた指でつついたらすぐに消えましたし、そのあとすぐに修復しておきましたので、気づかれることはございません。ご安心を」

ファビアーノが無駄《むだ》にいい笑顔で胸を張る。その全身から「褒《ほ》めて、褒めて！」オーラが醸《かも》し出されているのに気づいて、アリアナは微妙《びみょう》な気持ちになった。

さっき大勢の前で堂々と授業をしていた彼は幻《まぼろし》だったのだろうか？　あの時に感じた感動を利子付きで返してもらいたい気分になる。とはいえ、せっかくの再会に水を差すのも気が引けて、アリアナは喉元《のどもと》までせり上がってきたクレームを呑み込んだ。

「なんかまぁ……うん、あなたが元気そうでよかったわ。それにしても、さっき一瞬《いっしゅん》目が合っただけなのに、よく私が元魔王だって気づいたわね」

「そんなの当然です！　私が陛下を見間違《みまちが》えるはずありません！　その唯一無二《ゆいいつむに》の紫《むらさき》の瞳《ひとみ》と目が合った瞬間にあなただと気づきました。ですが、たとえ来世でその瞳がなくなり、アリやセミに生まれ変わられようとも、私にはあなたを見つけ出す自信があります！」

「いや、待って！　なんでそこ、来世は虫になること前提なの？」

「どれだけ小さく儚《はかな》い存在になられようとも、陛下をお慕《した》いする私の心に変わりはないという主張です」

「…………………」

情熱的な言葉のはずなのに、言われても全然嬉《うれ》しくないのはなぜだろう？

「とりあえず、中に入る？　簡単なお茶くらいしか出せないけど、窓枠の上で話している ところを誰《だれ》かに見られてもまずいし」

「陛下が私にお茶を……！　そんな恐《おそ》れ多くもありがたい至高の飲み物を――」

「はい、こっちに来る」

面倒《めんどう》になったアリアナはファビアーノの手を勢いよく引っ張って、近くにあったティーテーブルの前に強制的に座らせた。そのままキョロキョロしている彼の前にお茶を出す。

「まさか人間嫌《ぎら》いだったあなたと、こうして人間の王国の魔術学院でお茶をする日が来るなんて……前世の私が聞いたら、絶対に信じないでしょうね」

感慨《かんがい》深くこぼすアリアナを前にして、ファビアーノが「そうですね」とうなずく。

「外交上、仕方なくつき合っているだけで、正直私は今もあまり人間が好きではありません。ですが、陛下が人間に転生なさったとなれば話は別です。私は海よりも広い心で人間を愛し、出会うすべての人間と熱き抱擁《ほうよう》を交《か》わせるように努力いたしましょう！」

「……うん、ありがとう。でも高位魔族のあなたから急に無償《むしょう》の愛を注がれたら、人間たちもドン引きしちゃうと思うから落ち着いて。特にクライン先生には抱きつかないでね」

高位魔族のファビアーノから突然《とつぜん》抱きしめられたら、あの几帳面《きちょうめん》な教師は卒倒《そっとう》しそうだ。

「それで、あなたの人間に対する感情はわかったけど、立場の方は？　そもそもなぜ次期選帝侯《せんていこう》のあなたが人間の王国の大使館に派遣《はけん》されているの？」

「いや、それが……」

ファビアーノがめずらしく気まずそうに言いよどむ。何かよほど深い事情があるのだろうか。彼はアリアナの顔をちらっと上目遣《うわめづか》いに見て、小声でぼそっと続けた。

「実は私、左遷《させん》されちゃいまして」

「えっ、左遷⁉　まさかあなたは次の選帝侯に……なれないの？」

「いいえ、勘当《かんどう》されたわけではありません。陛下を失ってから何も手につかずボーッとしていたところ、見かねた父に『外遊して見聞を広めてこい！』と家を追い出されただけです」

「だけって、そんな……」

エヘッと笑うファビアーノに対し、アリアナは申し訳なく思うべきか、それとも呆《あき》れるべきか悩《なや》んだ。彼が自分の死後どうなったか心配ではあったが、まさかそこまで気落ちしていたとは思わなかった。同時に、あの堅物《かたぶつ》の選帝侯であれば、息子《むすこ》のただ飯ぐらいを許さずに家から追い出すくらいのことはするだろうと納得《なっとく》してしまう。

「いろいろあったようだけど、今のあなたは人間に対する知見を深めるため、王都の大使館に滞在《たいざい》している——ということでいいのね？」

「今朝まではそのつもりでした。ですが、陛下にお目にかかって新しい目的ができました」

ファビアーノがふと真剣《しんけん》な顔つきになる。彼は訝《いぶか》るアリアナをまっすぐに見て続けた。

「陛下、私と共にアルシオン帝国に帰りましょう。どうか魔王の座にお戻りください」

「……え？　待って。今の私は人間だって、わかってる？」

「はい、もちろん！」

ファビアーノが清々《すがすが》しいほどの笑顔《えがお》でうなずく。

「大切なのは陛下の外見よりも中身ですから、その点は大丈夫《だいじょうぶ》です」

「いやいや、今世は人間の私が魔王になるのはどう考えたっておかしいでしょう！　帝国に帰るなら、あなた一人で帰りなさい。そして選帝侯たちを説得して、早く次の魔王を選ぶのよ。そもそも私が死んでから百年も経《た》つのに、なんでまだ次の魔王が決まらないの？」

「あなた以上に素晴《すば》らしい方が見つからないせいです」

「また、そんな……」

「本当のことです。この百年間で魔王選定の武闘《ぶとう》会は五回開かれましたが、選帝侯全員の了承《りょうしょう》が得られる逸材《いつざい》は現れませんでした。たとえ武に優《すぐ》れていても、我々《われわれ》魔族を導けるだけの圧倒《あっとう》的な力と人望を併《あわ》せ持つ者はいないと判断されたのです。やはり陛下、あなたをおいて他《ほか》に魔王となられる方はいらっしゃいません。どうか王座にお戻《もど》りください」

ファビアーノがアリアナの手を取り、自らの額に押し戴《いただ》く。前世から続く忠誠を今世でも捧《ささ》げるというように。アリアナはその仕草を妙に冷静な頭で眺《なが》め、静かに目を伏《ふ》せた。

「ありがとう、ファビアーノ。あなたの気持ちは嬉しいわ」

「では!」

「それでも、私が魔王の座に戻ることはできない」

「なぜです? やはり人間であることを気にされて――」

「それもあるけど、それ以上に私は人間と魔族の間に築かれた今の平和を壊《こわ》したくないのよ。さっき授業中に学生たちも話していたでしょう? 私は史上最悪の魔王だったって。そんな魔王の復活、たとえ魔族側が認めたとしても、人間側が絶対に許さないわ」

アリアナは苦いものを呑《の》み込むようにして、転生後に知った歴史を思い浮《う》かべた。それは幼い日に頭痛を我慢《がまん》しながら母の蔵書を紐解《ひもと》いて調べた、人間側の見解だった。

今から百年ほど前、タクトの改良を通じて急激な魔術の発展を遂《と》げた人間たちは「悪《あ》しき魔王アレハンドラを討《う》つ」という大義名分の下《もと》、実際には魔獣《まじゅう》や魔石などの資源を求めてアルシオン帝国に侵攻《しんこう》し、戦場で魔王を討ち取った。

魔王の死後、仇討《あだう》ちを主張した魔族もいたと思う。だが、魔王という絶対的な主柱を失った帝国が、近年勢いを増しつつある人間の国々に勝利できる保証はなかった。一方の人間側も魔王を倒《たお》したとはいえ、そのせいで魔族が活気づいて泥沼《どろぬま》の消耗《しょうもう》戦に突入することを恐れていた。そこに利害の一致《いっち》を見いだした両者は妥協《だきょう》する道を選んだのだ。

戦《いくさ》を終える大義名分として、人間の王たちは「悪しき魔王アレハンドラの支配から解放した今、一般《いっぱん》の善良な魔族たちとの共存は可能だ」と主張した。彼らは魔王に戦の全責任を押しつけることで戦を終わらせ、平和条約を締結《ていけつ》しようとしたのだ。魔族側は侵略行為《こうい》の全面禁止と引き換《か》えにこの平和条約の締結に応じ、人間の国々との交易にも合意した。

転生して初めてこの史実を知った時、アリアナは言いようのない虚《むな》しさとくやしさに襲《おそ》われた。だが魔王の身でありながら志半ばで勇者に討たれ、魔族たちを守りきれなかった自分に文句を言う権利はない。元魔王の自分一人が悪者にされたことで人間との和平交《こう》渉《しょう》が進み、平和な世界を築けたのであれば、それが一番魔族のためにもなったはずだ。

「前世の私はもはや歴史に悪名を残すだけの存在よ。今さらそんな過去の亡霊《ぼうれい》が復活したところで、みんな困るだけだわ。だから私のことは忘れて、早く次の魔王を――」

「嫌《いや》です！　私の主《あるじ》は陛下、あなたお一人です！」

激したファビアーノの全身から、ゆらりと陽炎《かげろう》のように魔力が立ち上る。

「あなたが愛した帝国を守るためだと思えばこそ、私はあなたのことを不名誉《ふめいよ》な二つ名で呼ぶ人間たちの所業にも耐《た》え、平和条約の締結や交流にも反対しませんでした。ですが、転生したあなたに会えた今、これ以上自分を抑《おさ》える必要はありません。陛下、どうか再び魔王となって、百年前に途切《とぎ》れた夢の続きを私たちにお見せください」

「……………」

百年前から変わらぬ翡翠《ひすい》の瞳《ひとみ》を前にして、アリアナはその想《おも》いの深さに胸が痛くなった。

あの当時、若くして魔王の座に就《つ》いたアレハンドラは、ファビアーノたち若手の魔族と共に、アルシオン帝国の未来についてよく語り合った。時にそれは現実離《ばな》れした理想論だったかもしれない。それでも皆《みな》、真剣だった。自分たちが国や民《たみ》のために尽《つ》くせば、その分だけこの世界が良くなると信じて疑わなかった。

前世の配下たちと共に過ごした時間は、魔王アレハンドラにとってもかけがえのないものだった。だが、今世の自分があの輪に加わることはもうない。というより、許されない。

（史上最悪の魔王と呼ばれている私が、人間に生まれ変わった今もなおファビアーノたち魔族と交流していることに人間たちが気づいたら……私に魔王復活の意思がなかったとしても、きっとそれだけで彼らは私たちが何か企《たくら》んでいるのではないかと疑い、警戒《けいかい》するわ。最悪、元魔王が人間に対する復讐《ふくしゅう》を企《くわだ》てていると邪推《じゃすい》されてもおかしくない）

そんな疑心暗鬼《ぎしんあんき》の状態に陥《おちい》ったら最後、魔族と人間が今までのような関係を続けていくことは難しいだろう。信頼《しんらい》を築くのには時間がかかっても、失うのは一瞬《いっしゅん》だから。

アリアナは過去の想いを整理するように深く息を吸い、ファビアーノに向き合った。

「ねぇ、ファビアーノ。あなたのような配下がいてくれて、前世の私は幸せだったわ」

「陛下！　では、今世でも――」

「ううん、今のあなたに私は必要ないわ。だって、百年前に語った夢はもう実現できているもの」

「え……」

ファビアーノが一瞬言葉を失う。ややあって、彼はくやしそうに首を横に振《ふ》った。

「この世界は、あの頃《ころ》に私たちが語った理想とはまだほど遠い状態です。やはり陛下なしで私たちにできることには限りが――」

「そんな風にこの百年間の努力を否定しないで。私は今の時代に生まれ変わることができて本当によかったと思っているの。これがもしまだ魔族と人間が対立している時代であったなら、私は敵対する人間に転生した自分自身をきっと許せなかったから」

「陛下……」

「今の平和な時代を築いてくれてありがとう。もうあなたの主になることはできないけれど、この人間の国からあなたの活躍《かつやく》を見ているわ。期待してるわよ、未来の選帝侯《せんていこう》」

前世で配下たちによくしていたように、ファビアーノの肩《かた》をポンポンとたたく。翠《みどり》の双《そう》眸《ぼう》からぶわっと涙《なみだ》があふれ出た。

「ちょっ！　大丈夫？」

「へ、陛下のせいですよ……！　そんなこと言われたら、私は……！」

「ああ、もう！　次期選帝侯がそう簡単に泣かないの！」

感受性豊かな元配下の反応が嬉《うれ》しい反面、心配にもなってアリアナは苦笑《くしょう》した。少なくともこんなべそべその泣き顔のまま、大使館に戻すわけにはいかない。

（ええと、確かカバンの中にハンカチが入っていたはずよね）

アリアナは席を立ち、部屋の隅《すみ》に置いていたカバンを取りに行った。中に手を入れてハンカチを取り出す。その瞬間、まばゆい光が突如《とつじょ》として部屋を包んだ。

「陛下⁉　今の光は⁉」

（えっ⁉　なんでハンカチに魔法陣《まほうじん》が描《か》かれてるの⁉）

アリアナが触《ふ》れたのと同時にその魔力を吸い取ったのだろう。光る魔法陣の中心から鮮《あざ》やかな緑の塊《かたまり》が飛び出した。目を瞠《みは》るアリアナを見上げて、塊がゲロゲロッと鳴く。

（へ？　蛙《かえる》？……もしかしてこれもロザモンドのイタズラ？）

そういえば歴史学の授業が始まる前に、ロザモンドが「いつかぎゃふんと言わせてみせるから！」と自分に向けて宣言していたことを思い出す。

（でも、なぜ蛙？　まさかロザモンド、この召喚《しょうかん》のために自分で蛙を捕《つか》まえに行ったの？）

あのロザモンドが大真面目《おおまじめ》な顔で蛙を追いかけている姿は想像するだけですごくシュールで、アリアナはプッと吹《ふ》き出してしまった。てっきりまた新しい魔術記号のイタズラをしかけてくるかと思いきや、それがどうして蛙になったのか、詳《くわ》しく話を聞きたいものだ。

部屋の中をぴょこぴょこ探検し始めた蛙を見て、妙に和《なご》んだアリアナはようやく笑いを収めた。その時だった。なんの脈絡《みゃくらく》もなく、背後で突然異様な殺気が膨《ふく》れ上がった。

「何事⁉……って、ファビアーノ？　急にどうしたの？」

「陛下、この蛙はどういうことです？」

怒《いか》りにわなわな震《ふる》えるファビアーノの唇《くちびる》から、かすれた問いかけがこぼれた。

「なぜ陛下のハンカチに召喚系の魔法陣が描かれているのです？　先ほどからのご様子を窺《うかが》う限り、陛下がご自分で行ったことではないのでしょう？」

「えーと、これは、その……友達のちょっとしたイタズラよ」

本当のことをファビアーノに教えたら、ロザモンドの命が危ないかもしれない。そう感じたアリアナは可能な限り明るく言ってのけたつもりだったが、蛙をにらむファビアーノの眼差《まなざ》しがますます険しさを増しただけだった。

「私は寡聞《かぶん》にして存じ上げないのですが、人間の世界では、魔法陣経由で蛙を送りつけることが友情の証《あかし》になるのですか？　それも、痺《しび》れ毒を持つ類《たぐ》いの蛙を」

「……その、ちょっとお茶目《ちゃめ》でユニークな性格の子なのよね」

「本当ですか？　単なる嫌がらせではなく？」

「…………………」

思わず視線を逸《そ》らしたアリアナを前にして、ファビアーノがため息をこぼす。彼は思いあまった様子で彼女の手を取った。

「やはり私と一緒《いっしょ》にアルシオン帝国に帰りましょう、陛下」

「いや、だから私は魔王に復帰しないって――」

「魔王の話を抜《ぬ》きにしても、私はあなたをこのような場所に残していきたくありません！」

ファビアーノが一切《いっさい》の反論を許さないほど強い声で断じる。

「いいですか、陛下？　この人間の国にいる限り、あなたは幸せになれません」

「そんな、ハンカチから飛び出してきた蛙を見たくらいで断言しなくても――」

「そうやって異質な相手に対してならどんな非道をやっても許されると考え、徹底《てってい》的に排《はい》除《じょ》しようとする傾向《けいこう》こそ、百年前から変わらぬ人間の本質です。この学院の人間たちは、あなたが自分たちと根本的に異なる存在であることに勘《かん》づいてるからこそ、そのような嫌がらせをしたのでしょう？　違《ちが》いますか？」

「それは……」

「今はこの程度で済んでいたとしても、いずれ人間たちは本気であなたを排除しようと動き出すでしょう。そんな理不尽《りふじん》な目に遭《あ》ってもなお、あなたは人間の振りを続けるおつもりですか？」

ファビアーノの問いかけに、アリアナは答えを呑《の》み込んだ。

周りに馴染《なじ》む努力さえすれば、自分も『ステラ学院の秘密』のような青春を送れると思っていた。だけど実際の同級生たちは、思っていた以上に他者との違いに敏感《びんかん》だった。

仮に自分が魔王の生まれ変わりだとバレなかったとしても、その異質さが今以上に皆の反感を買うようになったら……それでもまだ自分は、人間としてこの学院で恋《こい》がしたいと

言えるだろうか？

「陛下、ご決断を。あなたの価値を理解せぬばかりか、貶《おとし》めようとする人間たちのもとにこれ以上留《とど》まる必要はございません」

ファビアーノがひざまずき、目の前に手を差し出してくる。その様子をアリアナは妙《みょう》に醒《さ》めた目で見下ろしていた。

（もしこのままファビアーノと一緒に帝国に帰ったら……）

前世からの自分を知る魔族たちに囲まれていれば、今みたいに周囲の人間との些細《ささい》な違いに一喜《いっき》一憂《いちゆう》することもない。それはなんて楽な暮らしだろう。

（でも、本当にそれでいいの？　この学院にはギルだっているのに）

慣れない人間の世界に溶《と》け込めるよう、いつも隣《となり》で助けてくれた。憧《あこが》れの学院で恋ができるよう、恋の練習にもつき合ってくれた。そんなギルベルトの顔が頭から離《はな》れない。

「陛下！　早くご決断を！」

痺れを切らしたファビアーノの語調が強くなる。その時だった。コンコンと扉《とびら》がノックされる音でアリアナは我《われ》に返った。

「まずい、誰《だれ》か来たわ！　ファビアーノ、今日のところはもう帰りなさい」

「嫌《いや》です！　陛下が一緒に来てくださるまで、私はここを動きません！」

「ファビアーノ・ガリアーノ！　あなたは次期選帝侯としての自覚まで失ったの？　大使

館員のあなたが魔術学院に不法侵入《しんにゅう》しているところを人間に見られたら、選帝侯である父君の――ひいてはアルシオン帝国の立場まで悪くしかねないのよ！」

「ですがっ……！」

ファビアーノが一瞬《いっしゅん》、自分をさらって逃《に》げようかと悩《なや》んだのがわかる。彼はその衝動《しょうどう》を抑《おさ》えるように、アリアナに向けて伸《の》ばした手を強く握《にぎ》りしめた。

「仕方ありません。今日のところは退散します。ですが、私はあなたをあきらめたわけではありません。いずれ必ずお迎《むか》えに上がります」

ファビアーノが決意を秘《ひ》めた声で言い、アリアナの手を取る。その唇が手の甲《こう》に触れた。

「その日が来るまで、どうかご無事で」

ファビアーノが立ち上がる。彼は一瞬無念そうに目を伏《ふ》せると、開いたままの窓から勢いよく外に飛び出した。漆黒《しっこく》の翼《つばさ》を羽ばたかせ、その姿を夕焼けの空へ投じる。

(帰りも学院を覆《おお》う結界には引っかからずに済んだようね)

窓の外を眺《なが》めたアリアナはファビアーノの姿が完全に夕闇《ゆうやみ》に溶けるのを待って、ヘナヘナと脱力《だつりょく》しそうになった。その耳に、再び扉をノックする音が聞こえた。

「アリアナ？　話し声が聞こえましたが、どなたかいらっしゃっているのですか？」

(あ、ギル！)

アリアナはハッとして扉に駆《か》け寄った。公爵《こうしゃく》家の会合はもう終わったのだろう。自分が会いに行こうと思っていた矢先に向こうから訪ねてきてくれて、手間が省けた。

（たった一日離れていただけなのに、ギルに話さなきゃいけないことがたくさんできたわ。……って待って！　そういえばファビアーノにギルのことを話し忘れた！）

しまったと後悔《こうかい》しても、もう遅《おそ》い。今は一介《いっかい》の学生に過ぎない自分が、こんな夕方からアルシオン帝国の大使館に押しかけるわけにもいかない。

（もし次に会うことがあったら、その時にはちゃんとギルのことを伝えて、それから……）

頭の中を整理しながら、アリアナが扉を開ける。その先には心配そうな顔をしたギルベルトが立っていた。

「アリアナ、何かあったのですか？　顔色が……アリアナ？」

ギルベルトの顔を見たら、なんだか無性《むしょう》にホッとしてしまって、アリアナは彼の腕《うで》をつかんだ。そのまま急いで部屋の中に引き入れて、扉を閉める。

「アリアナ？　いったいどうなさって――」

「ファビアーノが来たの」

「え……」

突然の報告にギルベルトが言葉を失い、アリアナを凝視《ぎょうし》する。

「ファビアーノとは、あのガリアーノ家の長男で次期選帝侯《せんていこう》のファビアーノ様ですか？」

「……ええ」

「あのファビアーノ様のことです。その鋭《するど》い嗅覚《きゅうかく》で、元魔王の生まれ変わりであるあなたがこの学院にいることをかぎつけて、会いにいらしたのでしょう？」

「ううん、ファビアーノが私の存在に気づいたのは偶然《ぐうぜん》なんだけど……」

ギルベルトが恐《おそ》ろしいほど真剣《しんけん》な顔つきで見つめてくる。アリアナは自分を落ち着けるために深呼吸を繰《く》り返してから、今日彼が不在の間に起きた出来事を語り始めた。

「そうですか、ファビアーノ様があなたを再び魔王になさりたいと……」

アリアナがすべての話を終えた時、窓の外に出ていた夕陽《ゆうひ》は西の地平に沈《しず》みかけていた。薄暗《うすぐら》い室内でもそうとわかるほど、うつむいたギルベルトの顔は張り詰《つ》めて見える。

（ギル、大丈夫《だいじょうぶ》かしら？　人間の魔術学院にいきなり前世の元同僚《どうりょう》が訪ねてきて、魔王復活を勧《すす》めていったと知ったら、そりゃあ驚《おどろ》くわよね。ギルとファビアーノはただでさえ昔から仲が良い方じゃなかったのに）

自分が死んだあと、二人の関係がどのように変化したか知らないが、ギルベルトのこの深刻そうな様子からして、何かあったのかもしれない。その辺の話題について踏《ふ》み込んで尋《たず》ねていいかどうかアリアナが迷った、その時、ギルベルトが顔を上げた。

「こういう時は回り道をしてもろくな結果にならないと思いますので、率直《そっちょく》にお尋ねします。アリアナ、あなたは魔王の座に戻《もど》りたいとお考えですか？」

「え……」

アリアナは驚いてギルベルトの顔を見返した。先ほどファビアーノから手を差し出されて一瞬迷った自分を思い出し、後ろめたさを覚える。そんな彼女の迷いを見透《みす》かしたかのように、ギルベルトの顔には不安そうな翳《かげ》りが落ちていた。しかし、こうして彼と向き合う今、アリアナの心はすでに決まっていた。

「大丈夫よ、ギル。魔王時代をなつかしく思うことはあっても、私が魔王に復帰して、魔族と人間の間に築かれた平和を脅《おびや》かすようなことは絶対にしないから」

「……そうですか、よかった」

ギルベルトの言葉はそっけないが、その顔に隠《かく》しきれない安堵《あんど》の表情が浮《う》かんで見えた。

「あなたが魔王復活を望まれたら、どうしようかと思いました」

「私は今世で学院生活を謳歌《おうか》して、運命の恋をするって決めたのよ？　魔王をやっている暇《ひま》なんてないわ。まぁその分、あなたにはまた迷惑《めいわく》をかけると思うけど」

「いいですよ、それくらい。あなたに振《ふ》り回される毎日にはもう慣れましたから」

（……何よ、その言い方。相変わらず生意気なんだから）

アリアナは思わずムッとして頬《ほお》を膨《ふく》らませた。が、その感情は長続きしなかった。

「この学院にいる間は一緒《いっしょ》にいられるんですね」

ギルベルトが独り言のように言って微笑《ほほえ》む。その横顔がひどく切なげに見えて、アリアナは胸が苦しくなった。

生まれ変わっても、ギルベルトに再会できて嬉《うれ》しかった。でも、もしかしたら彼の方は自分が考えている以上にこの再会を大切に思っているのかもしれない。そう感じたら最後、寂《さび》しげな様子の彼を放《ほう》っておけなくて、思わずその頭に手を伸ばしていた。

「あの、アリアナ？」

「安心して。私はどこにも行かないから」

「……ありがとうございます。ですが、慰《なぐさ》めるならもっと別の方法があるかと」

「頭を触《さわ》られるの、嫌だった？」

「嫌じゃありません。ただ忘れていませんか？　俺とあなたは恋《こい》の練習中だということを」

「え……？」

ギルベルトが頭をなでていたアリアナの手をつかむ。ドキッと心臓が震《ふる》えた、その時にはもう彼女の身体《からだ》はギルベルトの胸元《むなもと》に引き寄せられていた。

「ギ、ギル⁉　急に何を――」

「こういう時、恋人にしかできない慰め方もあると思いませんか？」

「……練習中でも？」

「ええ。練習してください、俺の腕の中で思う存分」

背中に回されたギルベルトの腕に力がこもる。

逃げようと思えば逃げられた。でも、アリアナはそうしなかった。ギルベルトの胸に頬を寄せているだけで、息が止まるほど甘く胸がうずくのを感じる。

まるでこの部屋の中だけ時が止まったかのようだった。触《ふ》れた先からギルベルトの体温を、匂《にお》いを、鼓動《こどう》を感じてますます全身が熱くなる。それなのにちっとも嫌じゃない。それどころか、その温《ぬく》もりをもっと知りたい、もっと触れたいと願ってしまう自分に戸惑《とまど》う。

(相手はあのギルなのに、どうして……)

ちらっと顔を上げると、海色の瞳《ひとみ》と目が合った。

ギルベルトが優《やさ》しく微笑む。本物の恋人のように熱を帯びた眼差《まなざ》しを向けられ、アリアナはたまらずに彼の制服の胸元をキュッと握《にぎ》りしめた。

「アリアナ？」

「気にしないで。これは、その……恋の練習だから」

「……はい、わかりました」

ギルベルトは本当にわかっているのだろうか？　アリアナの背中に回された腕がよりいっそう強く抱《だ》きしめてくる。まるで彼女のすべてが大切だと告げるように。

自分たちは本物の恋人同士じゃない。恋の練習をしてるだけだ。それでも今だけは……。

真っ赤になってうつむくアリアナのことを、ギルベルトは何も言わずに、いつまでも愛《いと》おしそうに抱きしめていた。

第四章　元魔王は魔獣を従えるより愛でたい

　ファビアーノの訪問という嵐《あらし》が去った翌日は、朝から清々《すがすが》しいほどの秋晴れだった。だがそんな爽《さわ》やかな天気とは裏腹に、カフェテリアのテラス席に座ったアリアナの胸中では猛烈《もうれつ》な後悔《こうかい》と羞恥《しゅうち》の嵐が吹《ふ》き荒《あ》れていた。

（あぁぁぁーっ！　私ってば昨日、なんてことをしちゃったの！）

　ギルベルトは書類を提出するため、職員室に行っていていない。一緒にお昼を食べる友達もなく、こうして一人でいると、昨日ギルベルトと二人になった時のことが思い出されてしまって、アリアナは顔から火が出るどころか、噴火《ふんか》しそうな勢いで身悶《みもだ》えした。

（あれは恋の練習だってギルも言ってたし、そのあと特に変わった様子もなかったけど、普通《ふつう》練習であそこまで強く抱きしめるものかしら？　それに私も……！）

　あの時なぜギルベルトに触れたいと感じたのだろう？　しかも彼に抱きしめられてちっとも嫌《いや》じゃなかったばかりか、その温もりをもっと近くに感じたいとさえ願ってしまった。

（ギルは弟みたいな存在のはずなのに、なんでそんな風に感じたのかしら？　とりあえず、この気持ちは恋じゃないと思うけど……）

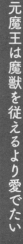

このモヤモヤする気持ちの正体を知りたかったアリアナは、昨夜『ステラ学院の秘密《聖典》』にヒントを求めた。その結果、これが恋ではないという確証だけ得たのだった。

(だって、恋はもっとふわふわしていて、甘く楽しいもののはずだもの)

少なくとも、こんな風に眉間《みけん》に皺《しわ》を寄せながら悩《なや》むものではないはずだ。

(でも、それならなんで私は昨日あんなことを……あぁぁぁー!)

思考のループから抜《ぬ》け出せずに、アリアナが再び悶々《もんもん》と悩み始めた、その時だった。

「アリアナ?　さっきから一人で食事もせずに百面相をして、どうしたんです?」

「ギ、ギル!?」

アリアナの手からフォークがすべり落ちた。いったいいつからそこにいたのだろう。食事のトレイを持ったギルベルトがすぐ目の前に立っていた。

「そんな昼間に幽霊《ゆうれい》を見たような顔で驚かないでください。用事が終わったので、一緒にお昼を食べようと思って来たんですが、迷惑でしたか?」

「べ、別にそんなことないけど……」

「なら、ここに座ってもいいですか?」

アリアナは答えに迷った。この悶々とした気持ちの正体がわからないまま、ギルベルトと一緒に食事をするのは正直気まずい。でもカフェテリアのように人目の多い場所で、防《ぼう》波堤《はてい》役の自分が同席を断るわけにはいかないだろう。せっかく最近は彼に声をかけてくる女子学生の数も減ってきたのに、破局の噂《うわさ》が立ったら振り出しに戻ってしまう。

悩んだ末、無言でうなずくアリアナを見て、ギルベルトが向かいに座った。彼は「いただきます」と言って、トマトの酸味がさっぱりとしておいしいチキンのトマト煮《に》を口に運んだ。それはもう、いつものランチ風景と寸分も変わらぬ様子で。

（なんで？　どうしてギルは昨日の今日で、こんな普通でいられるの？）

昨夜抱きしめられたのは自分の妄想《もうそう》かと疑いたくなるほど、ギルベルトの方は至って普通だ。まさかあの程度の恋の練習、彼にとってはなんでもなかったのだろうか？

（前世でギルが何歳まで生きたか知らないけど、恋人がいたり結婚《けっこん》したりしていたって、おかしくないわけだし、ああいうことに慣れていたって不思議じゃないわ。でも……）

そう考えるだけでこんなにもモヤモヤして、落ち着かないのはなぜだろう？

「そういえばアリアナ、さっき職員室でアドラー先生にお会いしましたよ」

ギルベルトが食事の合間に話しかけてきた。

「来週の魔獣《まじゅう》学の授業では、使い魔の防御《ぼうぎょ》訓練を行うそうです。クッキーが喜びますね」

思考の海に沈《しず》んでいるアリアナは、ギルベルトの話をまるで聞いていなかった。ただ無心に手元のフォカッチャをちぎりながら、「うん」と機械的な相槌《あいづち》を打っておく。

それを見たギルベルトの眉《まゆ》が軽く跳《は》ね上がる。彼は気を取り直して話を続けた。

「ちょうどこの間、公爵《こうしゃく》家の会合で街へ出た帰りにクッキーを買っておいて正解でした。

訓練のあとにご褒美《ほうび》がないと、クッキーがすねますからね」

「うん」

「今度、アリアナにもお裾《すそ》分けしますね。チョコとナッツ、どちらがお好きですか？」

「うん」

「……アリアナ？」

「うん」

「今朝、あなたにかまってもらえなくてすねたクッキーが、アドラー先生と駆《か》け落ちの相談をしていたのですが……」

「うん」

「アリアナ！　聞いていますか？」

「へっ⁉」

突然《とつぜん》の大声に驚《おどろ》いてアリアナが顔を上げる。ギルベルトの口からため息がこぼれた。その顔には、呆《あき》れと心配の入り交じった複雑な表情が浮《う》かんでいる。

「さっきから心ここにあらずといった様子ですが、どうしたんです？　もしかしてファビアーノ様のことで悩んでいるとか？」

「え、ファビアーノ？……ううん、別にそういうわけじゃないんだけど」

「なら、体調が悪いんですか？　なんだか顔も赤いですし、熱があるんじゃ――」

「…………っ!?」

アリアナはガタッと椅子《いす》を引いてのけぞった。ギルベルトの手が額に触れそうになった途端《とたん》、胸がキュンと鳴って暴走しかけた魔力を必死で抑《おさ》える。

（あ、危ない……！　こんな大勢の人がいる前で魔力を暴走させたら大変だわ）

ひとまず最悪の事態は回避《かいひ》できた。が、手を伸《の》ばした姿勢のまま驚いた顔をしているギルベルトに対して、とっさの言い訳が思いつかない。

「アリアナ？　今のは――」

「えっ……あ、そうだ！　私、図書室に本を返すのを忘れていたわ！　もう行かなきゃ！」

「……………はい？」

さすがにあからさま過ぎたのだろう。ギルベルトの視線が痛い。

（言いたいことはわかるわ。わかるけど……！）

恥《は》ずかしさのあまり、これ以上ギルベルトと向き合っていることに耐《た》えられない。アリアナは残っていたご飯を大急ぎで食べると、慌《あわ》てて席を立った。

「ごちそうさま！　それじゃあギル、その……またあとで！」

顔を赤くしたアリアナが、律儀《りちぎ》にご飯を最後まで食べてからカフェテリアを出て行く。その背中を見送ったギルベルトは、こみ上げてきた笑いを噛《か》み殺した。

やっと弟ではなく、異性として自分を意識してくれるようになったらしい。真っ赤な顔で慌てる姿がかわいくて、ついまたからかいたくなってしまう。だけど……。

(俺はこのままアリアナのそばにいて、本当にいいんだろうか?)

胸をよぎった仄暗《ほのぐら》い想《おも》いに、ギルベルトの心がきしむように痛んだ。

生まれ変わってもまたアリアナに会えて嬉《うれ》しかった。たとえ弟のようだとしても、大切な存在だと言ってもらえて、涙《なみだ》が出るほど幸せだった。だが彼女は前世の最期《さいご》を忘れている。

アリアナが他《ほか》の男と恋《こい》に落ちる姿をどうしても見たくなくて、そうなる前に恋の練習を提案したが、過去のすべてを思い出した時、彼女は自分と恋人のように振《ふ》る舞《ま》ったことを後悔しないだろうか? 自分を……憎《にく》まないだろうか?

(せめてアリアナが失った記憶《きおく》を取り戻《もど》すまでの間だけでも、そばにいたい)

それが自分には不相応な欲深い望みだと知っていても、ギルベルトは気持ちを抑えることができなかった。心を焦《こ》がすような愛《いと》しさと後悔に身を委《ゆだ》ね、彼は一人静かに秋の空を見上げた。

「皆《みな》、使い魔を呼び出したかね? 今日の実習ではペアを組んで、防御の訓練を行う」

どこまでも澄《す》んだ青空の下、魔獣学担当の教師アドラーの声がグラウンドに響《ひび》く。朝から寝不足《ねぶそく》でボーッとしていたアリアナは、授業の開始に慌てて背筋を正した。

ギルベルトとのぎこちない関係が続いたまま、一週間が過ぎていた。その間、お互《たが》いに授業や課題が忙《いそが》しかったせいで恋の練習をする時間もなくて助かったが、気を抜くとあの日のことが思い出されてしまって、アリアナは熟睡《じゅくすい》できない日々が続いていた。

（せっかく楽しみにしていた実習なんだから、眠《ねむ》くてもちゃんとしないと）

アリアナは隣《となり》で羽繕《はづくろ》いをしている使い魔のビスケを見た。巨大《きょだい》な鷲《わし》のような姿をした彼はグリュコスという名前の魔獣だ。鋭《するど》い嘴《くちばし》と血のように赤い目を持つ横顔は歴戦の戦士を彷彿《ほうふつ》とさせるが、その険しい見た目に反して彼は甘党らしく、訓練のご褒美にビスケットをあげたところ、いたくお気に召《め》したようなので、ビスケの名前を進呈《しんてい》した。

なお、この命名をした際、ドラゴンとグリュコスという屈強《くっきょう》な魔獣二匹《ひき》を前にして、

「クッキーとビスケって、兄弟みたいでかわいい名前よね」とはしゃぐアリアナのことをギルベルトが大変微妙《びみょう》な顔で見ていたのだが、彼女はそのことに気づいていない。

「皆も知っているように、我々《われわれ》魔術師はタクトを使って魔《ま》法陣《ほうじん》を描《か》いている間、一時的に無防備に近い状態になる。そんな我々を守ってくれる存在がそう、使い魔だ」

グラウンドに集《つど》った新入生とその使い魔たちを見回し、アドラーが説明を続ける。

「召喚《しょうかん》から一ヶ月経《た》つが、みんな使い魔との信頼《しんらい》関係は……しっかり築けてるようだな」

ギルベルトの方を見たアドラーが苦笑《くしょう》する。その視線の先では、大型犬サイズになったドラゴンのクッキーが芝生《しばふ》の上でお座りをしていた。秋の日差しを浴びて気持ちいいのか、うっとり目を細めている様は、ご機嫌《きげん》な飼い犬ならぬ飼いドラゴンにしか見えない。

「今日の実習では、使い魔同士の相性《あいしょう》などを考慮《こうりょ》に入れた上で、事前に私の方でペアの組み合わせを考えてきた。こちらを見てくれ」

アドラーがタクトで宙空に魔法陣を描いた途端、何もなかった空間に光る文字の羅列《られつ》が浮かび上がった。学生たちが一斉《いっせい》に顔を上げて、文字の中に自分の名前を探す。

(私の相手は……あっ、ロザモンドだわ！　ギルは……え、先生とペアなの？)

クッキーはあれでも一応、史上最凶《さいきょう》の魔獣と名高いドラゴンだ。いくら実習とはいえ、その相手を学生にさせることに、アドラーはためらいを覚えたのだろう。

(クッキーと一緒《いっしょ》に訓練できないのは寂《さび》しいけど、また次の機会ね)

アリアナの視線に気づいたのか、耳をピクッと震《ふる》わせたクッキーがこちらを向く。アリアナは手を振ろうとして、顔を背《そむ》けた。横のギルベルトと目が合いそうになったのだ。

(べ、別に私がギルを避《さ》ける必要はないんだけど……それより、今はロザモンドよ！)

アリアナはドキドキとうるさい心臓を無視して、皆の中にロザモンドの姿を捜《さが》した。

あの「ぎゃふんと言わせてみせる」発言をした日以来、ロザモンドは毎日欠かさずアリアナに嫌《いや》がらせをしていた。手が触《ふ》れた途端、真っ黒に染まるノートとか、突然踊《おど》り出すマンドラゴラとか、そのレパートリーは実に幅広《はばひろ》く、ギルベルトとの仲で悶々《もんもん》としていたアリアナにとって、趣向《しゅこう》を凝《こ》らした嫌がらせの数々は密《ひそ》かな癒《い》やしになっていた。

(あの独特のセンス、結構好きなのよね。私たち、何か誤解があってすれ違《ちが》っているだけで、ちゃんと二人で話す機会さえあれば、いい友達になれると思うんだけど……)

学生たちが次々とペア同士で集まる中、ロザモンドはグラウンドの端《はし》の方から動かずにいる。その傍《かたわ》らには、アクリードという巨大な白蛇《しろへび》のような魔獣《まじゅう》が付き従っていた。

「こんにちは、ロザモンド。今日はよろしくね！」

「……ええ、こちらこそ」

アリアナが近づいて行って声をかけても、ロザモンドは相変わらずツンとした態度を崩《くず》さない。せっかくの実習なのだから、もう少し楽しそうにしてくれてもいいのに……。

思わずしょんぼりしたアリアナの耳にその時、アドラーが「さて」と言うのが聞こえた。

「ペアが決まったところで、次は持ち物の確認《かくにん》だな。皆、水風船は用意してきたかね？」

「もちろんです！　今日の実習のこと、先輩《せんぱい》たちに聞いてから楽しみにしてました！」

興奮した学生たちが、袋一杯《ふくろいっぱい》に用意した水風船を掲《かか》げてみせる。それを見たアドラーは
「この訓練は遊びではないのだがなぁ……」と苦笑して、やれやれと肩《かた》をすくめた。

「すでにやり方を知ってる者もいるようだが、このあと防御《ぼうぎょ》を担当する術者役の学生には創光《そうこう》魔術を一分間休みなく発動し続けてもらう。その間、ペアとなった攻撃《こうげき》側の学生は、

相手に向かって水風船を投げ続けなさい。使い魔に守られて濡《ぬ》れなければ、術者役の勝ちだ。反対に一発でも術者役に水風船を当てられれば、攻撃側の勝利と見なす。ただし！」

そわそわしだした学生たちに向けて、アドラーは釘《くぎ》を刺《さ》すことも忘れない。

「使い魔たちの本質は魔獣だ。ギルベルトくん以外の者は、契約《けいやく》前に使い魔と戦って彼らを従えさせたわけではない。ヴェノムのような毒薬でも使わない限り、彼らの理性が飛ぶことはまずないが、主《あるじ》より自分の方が優《すぐ》れていると感じた瞬間《しゅんかん》に反逆を企《くわだ》てることはある。そのことを忘れず、気を引き締《し》めて訓練に臨《のぞ》むように！」

「えー、そうは言っても、使い魔は使い魔でしょ？　普通《ふつう》の魔獣とは違うよね？」

「史上最凶の魔獣と言われるドラゴンだって、使い魔になったらあれだしな？」

「こら、そこ！　ギルベルトくんの使い魔を例に出さない！　あのドラゴンは例外だ！」

のんびりひなたぼっこに興じているクッキーを見て、アドラーが頭を抱《かか》える。

「皆は決して使い魔を侮《あなど》ることなく、最後まで相手に敬意を表しながら訓練を行うように。わかったら、ペアで相談して先攻を決めなさい。ギルベルトくんはこちらへ」

「はい、よろしくお願いいたします。クッキー、おいで」

ギルベルトの後ろで立ち上がったクッキーが口からムッフーと蒸気を吐《は》く。さっきまでのんびりモードだったのに、ご褒美《ほうび》にクッキーをもらえるとあって、やる気満々のようだ。

（クッキー、大丈夫《だいじょうぶ》かしら？　張り切りすぎて、先生に火傷《やけど》を負わせないといいけど）

一連の様子を遠くから眺《なが》めていたアリアナは心配したが、彼女も他人のことにかまってばかりいられなかった。使い魔のアクリードを従えたロザモンドが声をかけてきたのだ。

「アリアナさん、もしよろしければ私が先に術者役をやってもいいかしら？　うちのアクリードが、さっきから水浴びをしたくてうずうずしているの」

ロザモンドの言葉に同意するかのように、アクリードが長い尾《お》をくねくねと揺《ゆ》らす。

「もちろん、ロザモンドが望むなら先に術者役をどうぞ」

「……ありがとう。まぁ、私がずぶ濡れになることはないから、本当は先攻でも後攻でもどちらでもいいのだけれど、あなたが先に術者役をやって風邪《かぜ》を引いてもいけないものね」

ロザモンドがちらちらともの言いたげにアリアナの様子を窺《うかが》う。そこまで言われて初めてアリアナも彼女の嫌みに気づいた。

（あ、なるほど！『有能な使い魔に守られている自分に水風船を当てることはできないけど、あなたには当ててみせる』って、私に向かって勝利宣言をしているのね）

最初の嫌がらせの時にも感じたことだが、自分のことが気に入らないなら無視すればいいだけだ。それなのにツンとした態度が長続きせず、わざわざアピールしてくる姿はなんだかちょっとかわいらしい。妙にそわそわしているロザモンドを見て、アリアナが思わず微笑《ほほえ》んだ、その時、アドラーの声が再び辺りに響いた。

「皆、用意はできたか？　では、攻撃側は水風船をかまえて……始め！」

アドラーの宣言を受けて一斉に攻撃が始まった。もしかしたらこの訓練は、日々の授業や課題で溜《た》まったストレスを解消する絶好の機会なのかもしれない。攻撃側の学生たちは皆《みな》、実に生き生きとした顔で次から次に水風船を投げている。

そんな中、ギルベルトのペアだけは一瞬で訓練が終わってしまった。アドラーが水風船をかまえた瞬間にクッキーが大きく吠《ほ》え、その音波ですべての水風船を一気に割ってしまったのだ。アドラーはこのドラゴンの仕打ちに感動すべきか、ショックを受けるべきか悩《なや》んでいるようで、実に複雑な表情でからになった自分の両手を眺めていた。

クッキーほどではないものの、一分ともたずに訓練終了《しゅうりょう》となったペアは他《ほか》にもいた。主が何を言っても身じろぎ一つしない使い魔もいれば、飛んできた水風船に驚《おどろ》いて主の後ろに隠《かく》れてしまう使い魔もいる。当然、その主は水風船の集中砲火《ほうか》を浴びた。

「おいおい、大丈夫かよ？　まぁ、使い魔に逆らわれるよりはマシだけどさー」

攻撃側の学生が、ずぶ濡れになったペアを見て苦笑している。そんなカオスな状況《じょうきょう》下において、ロザモンド主従の活躍《かつやく》には目を瞠《みは》るものがあった。彼女の使い魔のアクリードは飛んできた水風船をことごとく尾でたたき落としたり、顎《あご》でかみ砕《くだ》いたりしている。

「すごいわ、ロザモンド。アクリードとの信頼関係もバッチリね」

「信頼？　それを言うなら、服従関係でしょう？」

「え？　服従って、お互《たが》いを信じるんじゃなくて？」

ロザモンドの発言に強烈《きょうれつ》な違和《いわ》感《かん》を覚えて、アリアナは眉《まゆ》をひそめた。

「ねぇロザモンド、その服従って言い方はやめない？　使い魔は魔術師の手下じゃなくて、大切な相棒でしょう？　そんな言い方をしたら、使い魔だって気を悪くするわ」

長年、魔族の帝国《ていこく》で魔獣と共存してきたアリアナとしては、使い魔として使役《しえき》する場合でも魔獣の意思は尊重されるべきだし、その働きは感謝されるべきだと考えている。だが、

アリアナの発言を聞いたロザモンドは「何を言ってるの？」というように顔をしかめた。

「さっきアドラー先生もおっしゃっていたけど、使い魔の本質は獰猛《どうもう》な魔獣よ？　魔術師が絶対的な力を見せつけて服従させていないと、何をしでかすかわからないでしょう？」

「そんな……！　魔獣にだって、私たちの心は伝わるのに！」

クッキーとビスケがそうであるように、主が大切にした分だけ、魔獣は信頼《しんらい》と愛情を返してくれる。ロザモンドはアクリードに対して、そういう想《おも》いを抱《いだ》かないのだろうか？

（そういえば、ロザモンドは使い魔のアクリードに名前もつけていないわ。これはロザモンドが特殊《とくしゅ》なの？　それとも、人間はみんなそういう考え方なの？）

アリアナは確認したかったが、今はじっくり議論している時間もないようだった。

「皆、最初の攻撃は終わったな？　結果を記録して、速《すみ》やかに術者役を交代しなさい」

クッキーに水風船を瞬殺されたショックからようやく立ち直ったのだろう。少し疲《つか》れた顔をしたアドラーが学生たちに指示を出した。

「さぁアリアナさん、次はあなたの番よ。魔獣のことを相棒と呼ぶくらいだから、さぞかし立派な躾《しつけ》ができているんでしょうね？　これで反逆されたら、いいお笑いぐさよ」

「……ご心配なく。私とビスケの信頼関係はバッチリなので」

アリアナはついムッとしてロザモンドをにらみつけた。力による服従を強要しなくても、ビスケがしっかり活躍するところをここは彼女に見せつけたい。

「それでは術者役、水風船をかまえて……攻撃始め！」

アドラーが叫《さけ》ぶと同時に、ロザモンドがアリアナに向かって勢いよく水風船を投げつけてきた。手加減など一切《いっさい》ない。だが、アリアナはそちらを見向きすらしなかった。タクトで宙空に創光魔術の魔法陣《まほうじん》を描《か》きながら、ただ一言命じる。「ビスケ、ガード！」と。

アリアナの視界が黒茶色の羽で覆《おお》われた、次の瞬間、水風船の割れる音が辺りに響《ひび》いた。ロザモンドとの間に割って入ったビスケが、羽ばたき一つで水風船をたたき落としたのだ。

「くっ……、やるわね！　でも、これならどう⁉」

叫んだロザモンドが制服のポケットから一枚のコインを取り出す。ビスケの瞳《ひとみ》がぐるんと回って、その指先をロックオンした。

ロザモンドがニヤリと笑う。魔獣グリュコスの習性だ。黄金を好んで巣に運ぶグリュコスは、光るものに本能的に反応してしまう。

ロザモンドがコインを頭上に放《ほう》り投げる。ビスケの目がコインを追った、その一瞬の隙《すき》を突《つ》いて彼女はアリアナの背後に回った。水風船を力一杯《ちからいっぱい》投げつけられる。が、甘い！

「ビスケ、アタック！」

ビスケの身体《からだ》が宙空でピタッと止まる。次の瞬間、本能に打ち勝ったビスケがアリアナに触《ふ》れる直前で水風船をつき割っていた。至近距離《きょり》で水が飛び散る。

アリアナはとっさに飛び退《の》いた。が、防ぎきれなかった水が制服とビスケを濡らす。

「うわっ！……何この匂《にお》い!?」

アリアナは反射的に鼻をつまんだ。水風船が割れた瞬間、妙に甘ったるい香《かお》りが辺りに満ちたのだ。どこかでかいだことがある匂いのような気もしたが、いつどこでのことか思い出せない。胸がむかつくほどひどい嫌悪感《けんおかん》を覚えるのは、この匂いが強烈なせいだろうか？　人間の自分でこれでは、鼻のきくグリュコスはたまらないだろう。

「ビスケ、大丈夫？　この匂いに気持ち悪くなって……え？　ビスケ!?」

アリアナは目を疑った。ついさっきまで雄々《おお》しく水風船に立ち向かっていたビスケが羽を小さく縮こめ、息も荒《あら》く小刻みに震《ふる》えている。その姿はどう見ても尋常《じんじょう》じゃない。

「ビスケ、どうしたの？　やっぱりこの匂いにやられて――痛っ！」

アリアナは反射的に手を引っ込めた。心配してビスケの背中をなでようとした途端《とたん》、嘴《くちばし》でつつかれそうになったのだ。さすがドラゴンの鱗《うろこ》も貫《つらぬ》くというグリュコスの嘴だ。少しかすっただけなのに、手の甲《こう》にざっくりと一筋の傷がつき、血が滴《したた》る。

その臭《にお》いに反応したのだろう。ビスケの鼻がひくっと引きつり、焦点《しょうてん》のぼやけた目がこちらを向いた。そのどこか虚《うつ》ろな様子に、アリアナは背筋が薄《うす》ら寒くなった。

(ビスケったら、本当にどうしちゃったの？　これは反逆というより、まるで理性が——)

「あらあら。アリアナさん、大丈夫？」

戸惑《とまど》うアリアナの耳に、場違《ばちが》いなほど落ち着いたロザモンドの声が聞こえてきた。

「やはり信頼だけじゃ、使い魔を従えさせられなかったのね。主《あるじ》に刃向《はむ》かうなんて——」

「ロザモンド！」

叫んだアリアナがロザモンドに飛びつく。首筋がゾクッと冷えた、その時にはもうビスケが疾風《しっぷう》のように横を飛び抜《ぬ》けていた。

切られた黒髪《くろかみ》がはらりと宙に舞《ま》う。アリアナの反応がわずかでも遅《おく》れていたら、ロザモンドはビスケに目を持っていかれたかもしれない。

視界の端《はし》で、ロザモンドの顔から血の気が失《う》せていくのが見えた。ようやく彼女にもことの深刻さが理解できたらしいが、今はかまっている余裕《よゆう》がない。

(まずいわ！　他の学生に被害《ひがい》が出る前にビスケを止めないと……！)

アリアナは召喚《しょうかん》の魔法陣が描かれた紙を懐《ふところ》から取り出した。この紙を破けば、ビスケの召喚を解ける。だがその策を嘲笑《あざわら》うかのように、グラウンドの端で悲鳴が上がった。

息を呑《の》んで振《ふ》り返る。苛立《いらだ》ったビスケがその鋭《するど》い鉤爪《かぎづめ》で闘牛《とうぎゅう》のように地面をかきながら、怯《おび》える学生たちをにらんでいる姿が視界に映った。もはや一刻の猶予《ゆうよ》も許されない。

（ごめん、ビスケ！　召喚を解くから元いた場所に還《かえ》って！）

アリアナが指先に力を込めて魔法陣を破こうとした、その時だ。

「アリアナ！　危ない！」

ギルベルトが叫んだ、その声と共にアリアナは腕《うで》を強く横に引っ張られていた。その脇《わき》を一陣の疾風と化したビスケが勢いよく飛び抜け――、

「あっ！　魔法陣が……！」

アリアナの手を離《はな》れた紙が天高く舞い上がる。そこへビスケが急上昇《きゅうじょうしょう》していった。

「嘘《うそ》でしょ⁉　ビスケ、ストップ！」

ビスケが魔法陣の描かれた紙を宙空でパクリと呑み込む。アリアナは目の前が真っ暗になった。あの紙がなければ、使い魔の召喚を解けないのに……！

「皆、こっちに来なさい！　結界の中に入るんだ！」

アドラーがタクトで素早《すばや》く魔法陣を宙空に描きながら、大声で皆に呼びかける。

「アリアナ、俺たちも避難《ひなん》しますよ！」

「でも、ビスケが……！」

「ここは闇雲《やみくも》に立ち向かうより、一度安全な場所で状況を整理すべきです！　早く！」

ギルベルトが有無《うむ》を言わせぬ口調で言って、アリアナを結界の中に押し込む。二人に気

づいたアドラーが額に汗《あせ》を浮《う》かべながら、緊張《きんちょう》した様子でこちらを向いた。

「アリアナくん、あのグリュコスは君の使い魔だろう？　いったい何があったんだ？」

「正確にはわかりません。攻撃《こうげき》用の水風船が割れた途端、辺りに甘い匂いが充満《じゅうまん》してビスケの様子がおかしくなったんです。水を浴びた私の服にも同じ匂いがついています」

「こ、この甘い香りは……！　それにあのグリュコスの様子、まさか……！」

アドラーの顔からみるみる血の気が失せていく。やはりあの水風船に何か入っていたのだろう。答えを求めたアリアナはロザモンドの方を向き、驚きに目をむいた。

いつも自信にあふれている彼女らしくない。ロザモンドの顔は唇《くちびる》まで青ざめ、全身をガタガタ震わせている。そんな彼女の前に、ギルベルトが進み出た。

「ロザモンド、君が用意した水風船に入っていたのはただの水ですか？」

「……な、何を言っているの？　当然じゃない」

「なら、水道の調査が必要ですね。ヴェノムに冒《おか》された水など、危なくて口にできない」

「……この症状《しょうじょう》はやはりヴェノムか！」

アドラーがタクトを握《にぎ》りしめて叫ぶ。その意味をアリアナは瞬時《しゅんじ》に理解できなかった。

「ヴェノムというのは魔獣《まじゅう》や魔族の理性を奪《うば》う毒薬の名前よね？　その売買も使用も国際条約で禁止されているって、使い魔召喚の儀式《ぎしき》で先生が話して……」

「そうです。今から六十年ほど前に開かれた会議で、各国はヴェノムの売買と使用の禁止に同意しました。ですが、現に今ヴェノムとしか思えない症状がビスケに現れています」

アリアナの疑問に答えたギルベルトが、ふと深刻な表情になってロザモンドに向き合う。

「ヴェノムは表の市場には出回りません。そんなものをいったいどこで入手し――」

「違う！　私が買ったのはヴェノムじゃないわ！…………あっ」

ロザモンドが口を手で押さえる。しかし一度飛び出た発言を消すことはできない。皆《みな》の刺《さ》さるような視線が集中する中、ロザモンドはしばし葛藤《かっとう》したのちに口を開いた。

「私が水風船に入れたものは、誓《ちか》ってヴェノムではありません。この前、街へ出た時に魔獣を昂揚《こうよう》させる香水《こうすい》が売られているのを見かけて、それでつい……」

「なぜそんなものを買ったんだ？　君は魔獣を昂揚させて何をする気……くっ！」

アドラーが話の途中で倒《たお》れそうになってたたらを踏《ふ》む。ビスケが結界に向かって吠《ほ》えたのだ。その声が衝撃波《しょうげきは》となって結界を、そしてその下にいる皆の全身を激しく揺《ゆ》さぶる。

「……まずいな。応援《おうえん》が来るまで待つつもりでいたが、このままでは結界がもたん」

額にびっしり汗を浮かべたアドラーが、頭上を旋回《せんかい》するビスケを見て苦々しげにつぶやく。その苦悩《くのう》する顔に、何かを決意したような表情が浮かんだ。

「私は今からあのグリュコスを討《う》つ。その間、君たちは決して結界から出ないで――」

「待ってください、先生！　それなら私が結界から出ます！」

「アリアナくん⁉」

目を丸くしたアドラーの前に立ち塞《ふさ》がり、アリアナは必死に懇願《こんがん》した。

「使い魔は主人の血に反応すると言いますよね？　ビスケが執拗《しつよう》に結界を攻撃するのは、怪我《けが》をした私が中にいるせいかもしれません。私がビスケを離れた場所まで誘導《ゆうどう》します」

「馬鹿《ばか》を言うな！　グリュコスを移動させられたとして、そのあとはどうする？　ヴェノムを使われた魔獣は理性を失っていて、学生の手に負えるものじゃ――」

「ならば、ヴェノムの解毒《げどく》をするだけです。方法なら私が知っています」

「……なんだとっ⁉　本気か、ギルベルトくん⁉」

驚愕《きょうがく》するアドラーに問い詰《つ》められ、ギルベルトが静かにうなずく。

「以前、王宮の図書館でヴェノムの解毒方法について学びました。まさか実践《じっせん》の機会に恵《めぐ》まれるとは思いませんでしたが……。クッキー、変身！」

ギルベルトが命じた瞬間、隣《となり》で飼い犬のようにお座りしていたクッキーの周りにボンッと音を立てて煙《けむり》が満ちた。中から堂々とした巨軀《きょく》のドラゴンが現れる。ギルベルトは一切《いっさい》ためらうことなくその背にまたがり、アリアナに向かって手を差し出してきた。

「行きますよ、アリアナ！　先生は今のうちに結界の強化を――」

「待て！　君たちにそんな危険なことはさせられ……ギルベルトくん！」

アドラーが声の限りに絶叫《ぜっきょう》する。こんな状況《じょうきょう》下でも自分たちの心配をしてくれる彼の気遣《きづか》いにアリアナは心が温かくなったが、その姿はすぐに小さくなって見えなくなった。

全力を出したドラゴンの飛行に敵《かな》うものはない。アリアナたちを乗せたクッキーはたった一度の羽ばたきで空高く舞い上がり、アドラーの張った結界を苦もなくつき抜けた。

「ギル、ごめんなさい。今日もまた、あなたを大変なことに巻き込んでしまったわ」

「かまいませんよ。幸い学生たちに被害を出すことなく、ビスケを誘導できましたし」

後ろを振り向き、ビスケがついてきていることを確認《かくにん》したギルベルトが、しょんぼり落ち込んだアリアナの肩《かた》をポンポンと慰《なぐさ》めるようにたたく。

暴れるビスケを結界から引き離そうと考えたアリアナたちは、学院の外れにある池の上まで大急ぎで彼を誘導することに成功した。先ほどからアリアナはクッキーの上でギルベルトに背中を支えられている状態だが、今朝までのぎこちなさはない。

今のアリアナの頭には、ビスケを助けることしかなかった。自分がもっとしっかりしていれば、ビスケをあんなつらい目に遭《あ》わせることもなかったのに、最近は気が緩《ゆる》みすぎていた。使い魔を守れなかった責任は、主の自分が取るしかない。

「ねぇギル、ヴェノムの解毒ってどうやればいいの？　私にできることは――」

「危ない！」

ギルベルトが突然《とつぜん》覆《おお》い被《かぶ》さってきた。アリアナの髪が風で巻き上がる。空中散歩の時間は終わりらしい。特攻《とっこう》をかけてきたビスケが疾風のように頭上を通過していった。

「ギル、どうすればいい⁉　何か毒を中和する薬とか——」

「まずはビスケの全身に水をかけてください！　ヴェノムがこれ以上身体《からだ》に回らないよう、応急処置の第一段階として、皮膚《ひふ》についた毒を洗浄《せんじょう》します！」

「了解《りょうかい》！」

アリアナに迷いはない。間髪《かんはつ》を容《い》れずにタクトで魔法陣《まほうじん》を描く。次の瞬間、鉄砲水《てっぽうみず》のように飛び出た大量の水がビスケの頭上に降り注ぎ——はしなかった。相手はさすが飛行を得意とする魔獣グリュコス。水はビスケにかすりもせず、すべて真下に落ちて行った。

「俺が魔術でビスケの足止めをします！　少しでも動きが鈍《にぶ》くなれば——」

「ダメよ！　万が一そのまま落ちて地面に衝突したら、頑丈《がんじょう》な魔獣でも助からないわ！」

アリアナは眼下の大地を見てうなった。比較的《ひかくてき》大きな池とはいえ、高速で飛行するグリュコスをピンポイントで池に落とすのは至難の業《わざ》だろう。自分がビスケに抱《だ》きついて一緒《いっしょ》に池に飛び込めればベストだが、今のアリアナには魔王時代のような翼《つばさ》がない。

（でも、このまま水を放ち続けても当たらなかったら意味ないし……って、ビスケ？）

上空を見たアリアナは眉《まゆ》をひそめた。ビスケの様子がおかしい。黒茶色の翼が小刻みに震《ふる》えている。その嘴《くちばし》が空気を求めて開いた途端《とたん》、ゴフッと赤黒い血が吐《は》き出された。

「ビスケ⁉」

ビスケはもう限界だ。一刻も早く解毒しなければならない。それなのに、彼が苦しみ弱って水が当たるようになるまで待つしかないのか？　いや、それでは彼の体力がもたない。

アリアナが焦《あせ》った、その時、視界の端《はし》で池がキラッと輝《かがや》くのが見えた。いや、よく見ると光ったのは水面ではない。その底に沈《しず》んだいくつものコインだった。片思いの相手のことを思い浮かべながら、この池にコインを投げ込むと恋《こい》が実るという……これだ！

「アリアナ！」

クッキーから身を乗り出したアリアナの上半身を、ギルベルトがとっさに後ろから抱き留める。だが、気にしている余裕《よゆう》はなかった。

上空に視線を戻《もど》すと、血走った目がギロリとにらみ返してきた。もう頭も身体も限界に近いはずなのに、ビスケは再び特攻をかけてくる気らしい。黒茶色の羽をバサリと羽ばたかせ、こちらに向かって落ちるように飛んでくる。時間がない。アリアナは心を決めた。

「ギル、つかまって！　クッキー、急降下！」

「アリアナ!?」

元主《あるじ》の久々の命令が嬉《うれ》しかったのだろう。「グルゥッ！」と叫《さけ》んだクッキーが垂直に近い角度で池に向かって急降下する。息をするのも苦しいほどの空気抵抗《ていこう》に見舞《みま》われる中、アリアナは片手でその背にしがみつきながら、もう片方の手でタクトを宙空にすべらせた。

アリアナの描《か》いた魔法陣が光を帯びて輝く。水の匂《にお》いが鼻をつき、水面が目前に迫《せま》った。

今だ！

アリアナがタクトを振《ふ》った、次の瞬間《しゅんかん》、宙空に描かれた魔法陣から池に向かって鋭《するど》い光の矢が放たれた。その先にあるのは、恋の成就《じょうじゅ》を願って乙女《おとめ》たちが投げ入れたコインの数々。

「クッキー、右急旋回！」

ドラゴンの鼻先が水面に触《ふ》れる寸前でアリアナは叫んだ。風圧による水しぶきを上げて、クッキーが水面すれすれで曲がる。本来であれば、飛行に特化したグリュコスの方が小回りがきく。これくらいの旋回はお手の物のはずだが——。

「……よしっ！」

後ろでまっすぐ池につっこんで行くビスケを見て、アリアナはグッと拳《こぶし》を握《にぎ》った。光るものに引き寄せられるグリュコスの本能だ。ヴェノムで理性が飛んだ今も本能を無視することは難しかったらしい。盛大《せいだい》な水しぶきを上げながら、ビスケが池に全身を沈める。

「やりましたね、アリアナ！　あとは俺が！」

この時を待っていたギルベルトが間髪を容れずにタクトで魔法陣を描く。それは、アリアナが今までに見たことがないほど繊細《せんさい》で複雑な魔術記号を組み合わせた魔法陣だった。

（ああ、なんてきれいなんだろう……）

こんな時だというのに、つい見とれてしまう。そんなアリアナの前で魔法陣が発動した。嘴にコインをくわえ、ずぶ濡《ぬ》れで池から上がってきたビスケに向かって青白い光が飛んでいく。その一翼《いちよく》に触れた瞬間、光は青い液体に変じて彼の全身を球体の中に閉じ込めた。

「キュゥゥゥゥ！」

「ビスケ⁉」

「アリアナ、こらえて！　ヴェノムの解毒をしてるだけです！　すぐに終わります！」

もがき苦しむビスケを前にして、アリアナの胸は張り裂《さ》けそうなほど痛んだ。

くやしかった。何も悪いことをしていない使い魔がこんな苦しい目に遭うことが。

許せなかった。こんなひどい毒を使って、私欲のために魔獣《まじゅう》の心と身体を弄《もてあそ》ぶ人間が。

「アリアナ？」

異変に気づいたギルベルトが声をかけてくる。アリアナは何も答えなかった。なめらかな水面に氷を一つ落としたように、心がスーッと冷えていくのを感じる。

青い球体に閉じ込められたビスケの目に、かすかな理性の光が戻る。その様子を確認したアリアナはギルベルトの方を向いて告げた。

「ビスケを連れて戻るわよ、ギル。ロザモンドに話を聞くわ」

アリアナとギルベルトの二人は弱ったビスケをクッキーの背中に乗せて、授業の行われていたグラウンドに戻った。騒《さわ》ぎを聞きつけて応援《おうえん》に駆《か》けつけたのだろう。そこにはアドラーと同級生たちの他《ほか》に、何人もの教師たちが集まっていた。

クッキーが土埃《つちぼこり》を立てて、集《つど》った人々の中心に降り立つ。真っ先に駆け寄ってきたアドラーがその背中を見上げて一瞬目を丸くし、安堵《あんど》したように相好《そうごう》を崩《くず》した。

「二人ともよく無事で帰ってきてくれた！　しかも使い魔の解毒《げどく》まで終えているなんて」

「先ほどお話ししたように、私はヴェノムの解毒方法を読んだことがありましたので」

「いや、だからと言って、普通《ふつう》はすぐ実践《じっせん》に移せるものじゃないよ。解毒の魔法陣を最初に考案したのはあの勇者だというが、君も『勇者の再来』と呼ばれるだけのことはあるな」

興奮したアドラーに背中をバシバシたたかれ、ギルベルトが複雑そうな顔で苦笑《くしょう》する。

その横で、クッキーの背から降りたアリアナは周囲の状況を冷静に観察していた。

ヴェノムの解毒が行われたと知っても、学生たちは近づこうとしない。遠巻きに様子を窺《うかが》いながら、時折不安そうに顔を見合わせている。その後ろの方にロザモンドがいた。

ビスケがクッキーの背中から下ろされるのを見て、こわばっていたロザモンドの顔がホッと安堵に緩む。その瞬間、アリアナの中で燻《くすぶ》っていた怒《いか》りがふつふつと再燃した。

（自分で毒を盛っておきながら、その態度は何？　なんで彼女が安心するの？）

あんな馬鹿《ばか》なことをした理由について、詰問《きつもん》する権利が自分にはあるはずだ。答え次第《しだい》ではただじゃおかない。

アリアナは今にも怒りで震えそうな唇《くちびる》をグッと引き結び、ロザモンドの前に進み出た。

周囲が一斉《いっせい》に息を呑《の》んだのがわかる。気づいたロザモンドの顔から血の気が失《う》せた。

「ア、アリアナさん……」

「一つ、教えてもらっていい？　なぜあなたは私の使い魔にヴェノムを盛ったの？」

「わ、私、あれがヴェノムだって本当に知らなかったのよ！　魔獣を昂揚《こうよう》させる香水《こうすい》だって言われたものだから、つい気になって──」

「そう。それで、私をぎゃふんと言わせるために使ったの？」

「…………………………」

ロザモンドがくやしそうに下唇を噛《か》みしめる。その隙間《すきま》から「そうよ」と小声で肯定《こうてい》する声がこぼれた。

「すべて、あなたに恥《はじ》をかかせたくてやったことよ。だけど、あれがヴェノムだって知っていたら、私……！」

「アリアナ!?」

ギルベルトが制止の声を上げる。その時にはもう、アリアナはロザモンドとの距離《きょり》を一気に詰《つ》め、その喉元《のどもと》にタクトを突《つ》きつけていた。

「うっ……！」

「ねぇロザモンド、あなたはこの状況《じょうきょう》でもさっきと同じことが言える？」

怯《おび》えた緑の猫目《ねこめ》を見下ろしながら、アリアナは優《やさ》しいとも思える口調で続けた。

「例えば私がこの近距離でうっかり攻撃《こうげき》用の魔術を放って、あなたを傷つけたとするわ。そのあと『何も知らなかったの、ごめんなさい』と謝ったら、私を許してくれる？　あなたがビスケにやったのは、そういうことなのよ」

「で、でも、私はグリュコスのような魔獣じゃないわ！　人間で――」

「人間がどれだけえらいと言うの？　人間や魔族と同じように、魔獣も意思を持つ存在よ！　血の契約《けいやく》で使い魔として縛《しば》っておきながら、都合が悪くなったら道具のように切り捨てるなんて許されない！　使い魔を害するというのであれば、自分も命を狙《ねら》われる覚悟《かくご》で挑《いど》みなさい！　それが使い魔となってくれた魔獣に対する最低限の礼儀《れいぎ》よ！」

「ご、ごめんなさい……！　私、そんなこと考えてもいなくて……」

元魔王の本気を前にしては、元神童としてのプライドも役に立たなかったのだろう。ロザモンドの瞳《ひとみ》に涙《なみだ》が浮《う》かぶ。その様をアリアナはひどく醒《さ》めた心で見下ろしていた。

(使い魔に対するこの態度、人間の傲慢《ごうまん》さは昔から変わっていないのね)

今から百年ほど前、「悪《あ》しき魔王からの解放」という大義名分の下《もと》、アルシオン帝国《ていこく》に侵攻《しんこう》してきた人間たちは逃《に》げ惑《まど》う魔獣を狩《か》り、魔木や魔石などの魔術に必要な資源を根こそぎ強奪《ごうだつ》していった。もしまだ人間たちがあの頃《ころ》と同じ感覚でいるなら、自分は……！

ロザモンドの喉元に突きつけたタクトが白い肌《はだ》に食い込んで痕《あと》を残す。ロザモンドの息が止まりかけた、その時、アリアナの肩《かた》に後ろから手を置く者が現れた。

「アリアナくん、もうその辺でやめておきなさい」

振り向いたアリアナの視線が相手の顔を射貫《いぬ》く。そこに立っていたのはアドラーだった。彼は対立する教え子たちの姿をひどく悲しげな顔で見やって、静かに首を横に振った。

「魔獣を愛する者として、私にはアリアナくんの気持ちが痛いほどよくわかる。だが、ロザモンドくんの主張にも一理あるのは確かだ」

「なぜそんなことを……！」

「人間と魔獣の命は平等ではない。一度でも人間を傷つけた使い魔は、魔獣管轄《かんかつ》局に届け出をする義務があるのだ。そのあとの処遇《しょぐう》は局の者が決める」

「え、それって……」

アドラーの発言の裏にある仄暗《ほのぐら》さを感じ取って、アリアナの胸が不安にざわつく。事件の届け出だけで済めばいいが、きっとそうはならないだろう。下手《へた》したら、ビスケは人間たちの手で処分されるかもしれない。

「すまない、アリアナくん。私もステラ学院の教師として、ここまでの事件を局に報告しないわけにはいかないんだ。だが、君のグリュコスに非がないことは知っている。彼が処分対象とならないように全力を尽《つ》くそう」

アリアナは唇を強く噛みしめてうつむいた。アドラーの口添《くちぞ》えはありがたい。人間の中にも良心を持つ者がいるとわかって心が少し軽くなる。ただ、それでもビスケが処分される危険性は一パーセントでも残したくなかった。そのためにはどうすればいいだろう？

「さぁ、アリアナくん、タクトを下ろしたまえ」

アドラーに促《うなが》され、アリアナはロザモンドに突きつけていたタクトを力なく下ろした。

極度の緊張《きんちょう》と恐怖《きょうふ》から解放されたロザモンドがゼェハァと荒《あら》い呼吸を繰《く》り返しながら、その場にへたり込む。そんな彼女の肩をアドラーが抱《だ》きかかえるようにして、校舎のある方へ連れて行った。残りの同級生たちもあとに続く。

広い魔術学院のグラウンドに残った学生と使い魔は、ギルベルトとアリアナの二組だけ。

ヴェノムを解毒したとはいえ、まだ苦しいことに変わりはないのだろう。「キュイー」とうめいている弟分のビスケに、心配そうな顔をしたクッキーが寄り添っている。

アリアナはたまらず二匹《ひき》のもとに駆け寄り、彼らの頭をなでた。

『この人間の国にいる限り、あなたは幸せになれません』

先日のファビアーノの発言がふと脳裏《のうり》に蘇《よみがえ》った。彼の言葉はある意味、真実かもしれない。ビスケやクッキーに万が一のことがあったらと考えるだけで、心が真っ黒に塗《ぬ》りつぶされたように暗くやるせない気持ちに襲《おそ》われる。

このままビスケをさらってアルシオン帝国まで逃げようか？　そうすれば魔獣管轄局の決定に怯えることも、使い魔に対する人間たちの態度に憤《いきどお》ることももうない。

でも、本当にそれでいいのだろうか？　自分は今世を人間として生きて、このステラ学院で運命の恋《こい》をすると決めていたのに……。

不透明《ふとうめい》な未来を前にして、不安を凝縮《ぎょうしゅく》したような涙がアリアナの頬《ほお》を伝い落ちる。その時、制服の上着が頭にかぶせられた。振《ふ》り向くと、ギルベルトがすぐ後ろに立っていた。

「ギル……？」

「ビスケのことが心配なのは俺も同じです。どんな手段を使おうと、彼を魔獣《まじゅう》管轄局に引き渡《わた》しはしません。だから、どうかあなたもビスケと逃げようなんて考えないでください」

「…………っ!?」

まるで心を読まれたかのような発言に、アリアナが息を呑む。隣《となり》でしゃがんだギルベルトが「やっぱり」とつぶやくのが聞こえた。

「俺は、できればあなたと一緒《いっしょ》にこの学院で学生生活を続けたいと願っています。ですが、もしどうしてもあなたが人間の世界で居場所を見つけられないと感じた時には、どうか一人でいなくならないでください。その時は俺も一緒に行きます」

「え……、でも今世のあなたは筆頭公爵《こうしゃく》家の次男で――」

「そんな地位に未練はありません。あなたが嫌《いや》にならない限り、そばにいさせてください」

「ギル……」

「こう見えて、俺は意外と器用ですからね。俺を連れて行ったら、何かと役立ちますよ」

一瞬《いっしゅん》顔に浮かんだ真摯《しんし》な想《おも》いを隠《かく》すように、ギルベルトがイタズラっぽく笑って胸を張る。アリアナは思わず上着を目深《まぶか》にかぶった。いくつもの想いが心の底から湧《わ》き上がってくるのを感じて、彼の顔をまともに見ていられなかった。

なぜギルベルトは自分に尽くしてくれるのだろう？　前世の忠誠心だけで、そこまでできるものだろうか？

アリアナはギルベルトの真意を知りたかった。だけど今彼の顔を見て口を開いたら最後、疑問と共に余計な感情までこぼれてきそうで何も聞けなかった。

だからアリアナは上着を深くかぶったまま、ギルベルトにだけ聞こえるような小声で告げた。今どうしても伝えておかなければならない、たった一つの言葉を。

「ギル、ありがとう」

答えはない。代わりに、かぶった上着の上から頭をポンポンと優しくなでられた。

不思議だった。つい今朝までギルベルトと目が合うだけであんなに緊張していたのに、今は上着越《ご》しに触《ふ》れる彼の手が何よりも心地《ここち》よく安心できる。

(逃げることなら、いつだってできるわ。今はこのステラ学院でもう少しだけ頑張《がんば》ろう)

心の中で改めて決意する。ギルベルトは何も語ることなく、そんなアリアナの隣にいつまでも寄り添っていた。

第五章　元魔王だって初デートを楽しみたい

ビスケの事件から一週間近くが過ぎた。それから最初の休日、アリアナはクローゼットの中身をひっくり返したように服や小物が散乱する室内で一人立ち尽くしていた。部屋の端《はし》の方には、そこだけ浮かれた周囲と一線を画すように、教科書や書類の載《の》った机が存在する。その一番上に置かれている書類を見て、アリアナは声にならないため息をこぼした。

（やっぱり私、致命的《ちめいてき》なまでに人望がないのね……）

その書類はビスケの処分免除《めんじょ》を訴《うった》えるため、アリアナが学内で行った署名活動の用紙だった。二十名ほどの署名が記載《きさい》されているが、学生の名前はギルベルトしかない。残りはすべてアリアナに同情的な教師たちのものだった。

あの事件のあと、薬草学の教師たちが行った調査の結果、ビスケの暴走がヴェノムの使用によるものであったことが立証された。報告を受けた魔獣管轄局は学生がヴェノムを入手したことに衝撃《しょうげき》を受け、その出所を探《さぐ》る一方、ビスケについては情状酌量《しゃくりょう》の余地ありと考えたようだ。このままいけば、彼は処分を免《まぬが》れるだろうとアドラーが話していた。

しかし、それでも不安を拭《ぬぐ》いきれないアリアナは、ビスケの救済をより確実なものとするため、学内で署名活動を始めたのだが……その結果が、この教師ばかりの署名だ。

(やっぱりこの間、みんなが見てる前でロザモンドと対峙《たいじ》したのがまずかったのかしら？)

あれ以来、恐《こわ》がる同級生たちから目を逸《そ》らされる回数が増えた。

(あの時はロザモンドに怒《おこ》っただけで、私は誰《だれ》にでも噛《か》みつく猛獣《もうじゅう》じゃないのに……)

今後は自分の無害さをアピールしつつ、相手に話しかけるようにするしかないだろう。

(まぁ、それはまた明日《あした》から頑張るとして、今はもう一つの問題の方だけど……私は今日どんな格好でギルに会えばいいの？)

アリアナは散乱している服や小物を前にして再び頭を抱《かか》えた。事の発端《ほったん》は、ビスケのことでふさいでいるアリアナを心配したギルベルトが、気晴らしに「恋の練習をしよう」と誘《さそ》ってくれたことだった。なんでも自分を連れて行きたい場所が王都にあるらしい。

(『ステラ学院の秘密』では、フリーダはとびきりオシャレをしてエドガーと出かけていたわ。でも私とギルは本物の恋人同士じゃないし、気合いの入りまくった格好で行ったら、きっと引かれちゃうわ。ああっ、でもそれなら何を着ていくのが正解なの⁉)

焦《あせ》るアリアナの視界の端にその時、学院の制服が映った。そうだ、いっそのこと制服を着て行ってはどうだろう？　フォーマルな装《よそお》いだから、失礼になることもない。

試《ため》しに部屋着を脱《ぬ》いで、制服に袖《そで》を通す。アリアナはホッと落ち着くのを感じた。ただ、さすがにこのままではいつもと同じすぎて味気ない。悩《なや》んだアリアナは、服の山の下からイヤリングを発掘《はっくつ》して耳につけた。これでよし。十分オシャレだ。

客観的に見れば、丸腰《まるごし》レベルのオシャレ装備だが、自己満足したアリアナはその事実に気づいていない。彼女は待ち合わせまでの余った時間で、散らかった室内を片付けることにした、その時だった。部屋の扉《とびら》がノックされる音を聞いてビクッと肩《かた》を震《ふる》わせる。

(え、ギル？　まさか迎《むか》えに来てくれたの？　ちょっ……今はまずいわ！)

アリアナの顔からさーっと血の気が引いていく。このカオスな部屋をギルベルトに覗《のぞ》かれたら、デートで浮《う》かれきった人のように思われて死ぬほど恥《は》ずかしい。

「待って、ギル！　今すぐ部屋を片付けるから、少し――」

「違《ちが》うわ。ロザモンドよ。アリアナさん、あなたに話があって来たの」

「え？　ロザモンド？」

アリアナはワンピースを丸めた格好のまま、驚《おどろ》いて扉を凝視《ぎょうし》した。あの事件のあと、入手した薬物がヴェノムだと知らなかったとはいえ、他人の使い魔に危害を加えたロザモンドには一週間の謹慎《きんしん》と魔獣《まじゅう》学の落第が言い渡された。今はまさに謹慎中のはずだが……。

(というか、ロザモンドが今さら私になんの用？　逆恨《さかうら》みして因縁《いんねん》をつけに来たとか？)

返事をしてしまった以上、居留守は使えない。警戒《けいかい》しつつも扉を開ける。その先に現れたロザモンドの姿にアリアナは目を瞠《みは》った。謹慎と落第がよほどこたえたのだろう。いつも自信に満ちていたロザモンドの顔には翳《かげ》りが落ち、色濃《いろこ》い疲《つか》れがにじんで見える。

「悪いけど、少し中に入れてくれる？」

　ロザモンドはそう言うと、アリアナの返事を聞く前に勝手に中に入って扉を閉めた。

　ロザモンドが妙《みょう》に思い詰《つ》めた様子でアリアナを見つめる。アリアナはいつでも懐《ふところ》からタクトを取り出せるように身構えた。

　ロザモンドが一歩前に踏《ふ》み出す。部屋を包む緊張感《きんちょうかん》が高まった、次の瞬間、彼女はアリアナに向けて勢いよく頭を下げた。

「この間は本当にごめんなさい！　いくらあの香水《こうすい》がヴェノムだと知らなかったとはいえ、あんなものを使い魔に使うなんて、我《われ》ながらどうかしてたわ」

「……………………え？」

　アリアナは耳を疑った。何しろ相手は、あのプライドの塊《かたまり》のようなロザモンドだ。事件の直後にも謝罪の言葉を聞いたが、あれは喉元《のどもと》に突《つ》きつけられたタクトから逃《のが》れるための、その場限りの発言だと思っていた。それがまさか改めて部屋を訪ねてきて謝るなんて、どういう風の吹《ふ》き回しだろう？

　唖然《あぜん》とするアリアナの前で、スンと鼻を鳴らしたロザモンドが頭を下げたまま告げる。

「こんなことを認めるのは癪《しゃく》だけど、私……本当はあなたのことがずっと羨《うらや》ましかったの」

「……は？　羨ましい？　私のどこが？」

　本気で意味がわからず眉《まゆ》をひそめたアリアナを見て、ロザモンドがくやしそうに続ける。

「私は子どもの頃《ころ》から魔術の才能に恵《めぐ》まれていたおかげで、お父様や同僚《どうりょう》の宮廷《きゅうてい》魔術師の方々からすごく期待されてこの学院に入学したのよ。それが何？　あなたやギルベルト様のような天才が同級生になるなんて、本気でやめてほしいんだけど！」

「な、何を言ってるの？　私もギル……ベルトも普通《ふつう》の学生——」

「そんなわけないでしょう！　あなたのそういう無自覚なところ、イライラするわ！」

ロザモンドがピシャッと叫《さけ》んで、アリアナに指をつきつける。

「むかついた私がとっておきの魔術を仕込んでマウントを取ろうとしても、純粋《じゅんすい》にキラキラした目で『すごい』って褒《ほ》められるのよ？　それでいて圧倒《あっとう》的な魔術の才能をまざまざと見せつけてきて……そんな天才相手に、私はどう反応すればいいのよ？　私から魔術の才能を取ったら、他《ほか》には何も残らないのに……！」

緑の猫目《ねこめ》にじわっと涙《なみだ》がにじむ。とっさに顔を背《そむ》けたロザモンドを前にして、アリアナは今初めて彼女の本音に触れられた気がした。

自分のことを遠巻きにしたり崇《あが》めたりしている同級生たちと違って、なぜロザモンドだけが何度も自分につっかかってくるのか、嬉《うれ》しくも不思議だった。

おそらく彼女にとっては、魔術の才で他の誰にも引けを取らないことが自身の存在証明になっていたのだろう。それなのに「勇者の再来」と名高いギルベルトだけでなく、アリアナにも負け続けたせいで自信を失った。そこでなんらかの形でアリアナに勝ちたい——

ぎゃふんと言わせたいと願った結果、嫌《いや》がらせをエスカレートさせてしまったのだろう。

その行いは愚《おろ》かだと思うし、ビスケにヴェノムを使ったことは決して許せることではない。だが、ある意味で一途《いちず》なロザモンドのことをアリアナはやっぱり嫌《きら》いになれなかった。

「あなたに勝ちたいがために、今まで躍起《やっき》になって嫌がらせを繰《く》り返して悪かったわ」

照れ隠《かく》しだろうか。涙を拭ったロザモンドがいつもの高飛車な口調に戻《もど》って謝る。

「今までのことをなかったことにはできないけど、せめてものお詫《わ》びとして、これを受け取ってもらえないかしら？」

「え？　これって——」

ロザモンドが差し出した紙を見たアリアナは息を呑《の》んだ。そこには、この学院に在籍《ざいせき》している学生たちの名前が一つ一つ異なる筆跡《ひっせき》で記されていた。その数は百を超《こ》えている。

「あなたの使い魔が処分されないように、私も謹慎処分の間を縫《ぬ》ってこっそり署名活動をしたのよ。あなた、同級生たちから避《さ》けられてるでしょう？　だから、その分」

アリアナは学生たちの名前を声もなく見つめた。あの事件の直後、人間の傲慢《ごうまん》さに嫌気がさして、アルシオン帝国《ていこく》に行くことを一瞬《いっしゅん》本気で考えた。だけど、彼らは百年前と同じではなかった。自らの非を認めて謝罪しに来たロザモンドといい、署名に協力してくれた同級生たちといい、彼らの心遣《こころづか》いを思うと、それだけで胸がいっぱいになる。

「ありがとう、ロザモンド！　すごく嬉しいわ！」

「か、勘違《かんちが》いしないでよね！　これは今までのお詫びだから！　それに、もし私の使い魔が処分されそうになったら、私もあなたと同じように絶対助けようとするし！」

　ロザモンドが必死で言い募《つの》りながら顔を背ける。その耳が赤くなっていることに気づいて、アリアナは笑いそうになった。その温かな視線がよほど気まずかったのだろう。ロザモンドはゴホンと咳払《せきばら》いをしながら、「ところで」と強引《ごういん》に話題転換《てんかん》を図《はか》った。

「なんか妙に部屋が散らかってるけど、何？　一人ファッションショーでもしてたの？」

「……あっ！」

　意識を現実に引き戻されたアリアナは青ざめた。しまった。ロザモンドとの話に夢中で忘れかけていたが、もうすぐギルベルトとの待ち合わせ時間だ。

「実は私、これからギル……ベルトと二人で街へ行く約束をしていて」

「は？　あなた、まさか制服でギルベルト様と出かけるつもりじゃないでしょうね？」

「ダメかしら？　一応、少しはオシャレをしてみたつもりなんだけど」

　アリアナが照れながら耳元のイヤリングに指で触《ふ》れてみせる。ロザモンドの顔が絶望的なまでに暗くなった。どうやら彼女の中で何かしらの葛藤《かっとう》があったらしい。しばらくの間、天を仰《あお》ぎながらうめいていたが、最終的に決意を秘《ひ》めた顔でアリアナに向き合った。

「ちょっとあなた、そこでじっと立ってなさい！」

「え、なんで？　ロザモンド、何をするの!?」

アリアナの制止を振《ふ》り切り、ロザモンドが部屋のあちこちに散らばっていた服をかき集めてくる。彼女は、戸惑《とまど》うアリアナの顔に持ってきた服を次々と合わせていった。

「このピンクのスカートはかわいいけど、今の季節には明るすぎるわ。あ、こっちのボルドーのワンピースはいいんじゃない？　上品だし、あなたの黒髪《くろかみ》と紫《むらさき》の瞳《ひとみ》によく映《は》えるわ」

「あの、ロザモンド？　さっきからいったい何を――」

「追加のお詫びよ」

アリアナの胸にワンピースを押しつけたロザモンドが目を逸《そ》らしたまま答える。

「これくらいじゃ全然足りないと思うけど、せめてあなたが今日のデートでギルベルト様を骨抜《ほねぬ》きにできるよう、私の手で徹底《てってい》的にかわいくしてあげるわ」

「ほ、骨抜きって、そんな……！」

「公爵《こうしやく》家の次男で優秀《ゆうしゆう》な美男子なんて優良物件、他にいないわよ。彼を狙《ねら》ってる子はたくさんいるんだから、横から取られないようにしっかりつなぎ止めておかなきゃ。服が決まったら、次はメイクもしないとね。ちょっと私の部屋から道具を持ってくるわ」

ロザモンドは一方的にそう言い放つと、さっさと部屋を出て行った。

（ロザモンドったら、私とギルはそういう関係じゃないのに。でも……）

アリアナは複雑な気持ちでため息をこぼした。望まぬ縁談《えんだん》や誘《さそ》いを断るために、今は自分がギルベルトの防波堤《ぼうはてい》役を務めているが、彼もいつかは公爵家の次男として誰《だれ》かと結婚《けっこん》しなければならないだろう。その時、自分は笑顔《えがお》で彼の門出《かどで》を祝えるだろうか？

思わず悶々《もんもん》と悩《なや》む。しかし、アリアナがじっくり物思いにふける時間はなかった。

「ただいま。さぁ、次はメイクを……って、あなた、まだ着替《きが》えてなかったの？」

化粧《けしよう》道具を持って戻ってきたロザモンドが、制服姿のアリアナを見て眉をつり上げる。

いけない。時間がないのに、ついボーッとしてしまった。

「ごめんなさい、ロザモンド。今すぐ着替えるから――」

「もう、早くしてよ！　あ、ちなみに靴《くつ》はこっちのやつに履《は》き替《か》えてね」

ロザモンドが文句を言いつつも、新たに靴を差し出す。

「ちょっと待って！　その靴、ヒールが高すぎて私には危ないと思うんだけど……」

「ギルベルト様にエスコートしてもらえるから平気よ。はい、次メイク！」

ロザモンドが有無《うむ》を言わさぬ口調で押し切り、着替えて座ったアリアナの顔に化粧を施《ほどこ》していく。彼女は最後にルージュのリップを唇《くちびる》に塗《ぬ》って、満足そうに微笑《ほほえ》んだ。

「メイクもできたし、これで完璧《かんぺき》よ！　あなたも鏡で見てみて」

本当に大丈夫《だいじようぶ》だろうか？　ハイヒールといい、メイクといい、一連の初めてづくしにアリアナは不安でしかなかったが、ここまでしてくれたロザモンドの厚意《こうい》を無下にできない。

ブルブル震《ふる》える足で覚悟《かくご》を決めて立ち上がり、部屋の入口にある姿見を恐《おそ》る恐る覗《のぞ》き込む。

アリアナは目を疑った。鏡の中に知らない人間の少女がいた。華奢《きやしや》な身体《からだ》を上品なボルドーのワンピースに包み、長い黒髪の一部を編み込みにしている。その頬《ほお》は薄紅色《うすべにいろ》に染まり、唇にはサクランボのようなみずみずしい朱色《しゅいろ》が差してあった。

「さぁ、いってらっしゃい。あなたの使い魔《ま》のことは最悪、宮廷魔術師をしている父に頼《たの》み込んででも絶対に助けるし、集めた署名は私がまとめてアドラー先生に提出しておくから、あなたはのんきにデートを楽しんでくるといいわ」

ロザモンドがアリアナの背中を力強くたたく。言葉と仕草は乱暴でも、その裏に秘められた優《やさ》しさに気づいて、アリアナは胸がじんわり温かくなるのを感じた。

「ありがとう、ロザモンド。今度、改めてあなたとゆっくり話せないかしら？」

「え、私と？　改めて何を話すの？」

ロザモンドが警戒《けいかい》した顔つきになる。アリアナは勇気を振り絞《しぼ》って話を続けた。

「あなたが私の教科書に描《か》き込んだ魔術記号の組み合わせとか、踊《おど》るマンドラゴラとか、私は本当に面白《おもしろ》い発想だと思ったの。だから今度、魔術のこと……ううん、それだけじゃなくて、もっといろんなことを話して、あなたと友達になれたら嬉しいんだけど」

ある意味、それはロザモンドに対する最大の意趣返《いしゅがえ》しだったのかもしれない。アリアナから熱い視線を向けられ、その顔がみるみるうちに赤く染まっていく。

「ロザモンド？」

「本当にもうっ！　あなたのそういうところが私は大嫌いなのよ！」

「えっ……やっぱり私と友達になるのは嫌？」

「そうじゃなくて、その……！　まだ誰にも教えていない魔術記号や魔法陣《まほうじん》ならたくさんあるわ。あなたがどうしても見たいって言うなら、今度特別に見せてあげてもいいけど」

ロザモンドがそっぽを向きながら、小声でボソボソとこぼすように付け足す。それを聞いたアリアナの顔は自然とほころんだ。

「ありがとう、ロザモンド！　約束よ、楽しみにしてる！」

「もう、早く行きなさい！　公爵家の次男を待たせちゃダメよ！」

ロザモンドがアリアナの背中をグイグイ押す。アリアナは嬉《うれ》しくてしょうがなかった。今の自分たちはどこにでもいる人間の少女だ。こんな風に友達と他愛《たわい》もないおしゃべりをしながらじゃれ合うことを夢見ていても、本当に実現できる日が来るなんて思わなかった。

アリアナは胸をくすぐるような幸せを噛《か》みしめながら、ロザモンドに背中を押されて部屋の外に出た。その時、ふと彼女の手から力が抜《ぬ》けた。急にどうしたのだろう？

不思議に思って振り向くと、ロザモンドが妙《みょう》に深刻な顔でアリアナを見上げていた。

「確かあなた、王都の中心街に出かけるのは今日が初めてでしょう？　ギルベルト様が一緒《いっしょ》なら心配ないと思うけど、裏市の方には行かないように気をつけて」

「裏市？……何それ？」

「王都の出身じゃなければ、知らなくても仕方ないわね。裏市というのは、怪《あや》しげな魔術具や魔獣《まじゅう》などの売買をしている市のことよ。私も、その……例の薬を裏市で買ったの。使い魔をちょっと興奮させて、好戦的にさせるだけの香水《こうすい》だって言われてね」

アリアナは思わず遠い目になった。魔王時代、いかがわしい市の摘発《てきはつ》に苦労したことを思い出す。確かあの時も、危険な麻薬《まやく》が普通《ふつう》の薬のような顔をして売られていた。この王国でも似たことがあるとしたら大変だが、それを取り締《し》まるのは政治家や官僚《かんりょう》たちの仕事だ。今の自分にできるのは、裏市に迷い込まないように気をつけることぐらいだろう。

「心配してくれてありがとう、ロザモンド。今日は迷子にならないように気をつけるわ」

アリアナはそう言うと、慣れないハイヒールのせいでフラフラしながら待ち合わせ場所の正門に向かった。そんな彼女の後ろ姿をロザモンドは心配そうに見送っていた。

アリアナがステラ学院の正門に着いた時、そこにはすでにギルベルトがいた。待っている間、本を読んでいたのか、伏《ふ》せた睫《まつげ》が影《かげ》を落とす横顔はいつもより大人びて見える。

（きれい……。こうして黙《だま》っていると、まるで絵から抜け出してきたみたいね）

思わず声をかけるのも忘れて、じっと見入ってしまう。すると、視線に気づいたギルベルトが顔を上げた。アリアナを前にして、海色の瞳が驚《おどろ》いたように見開かれる。

「こんにちは、アリアナ。あなたがそういう格好をするなんてめずらしいですね。デートのためにオシャレをしてきてくれたんですか？」

「えっ？　あ、これは……！」

アリアナは自分の服装を見下ろし、答えに詰《つ》まった。

ロザモンドと仲良くなれたことが嬉しくて、つい彼女のなすがままになっていたが、これはどう見たってウキウキでデートに臨《のぞ》む人の格好だ。ギルベルトの方は普段より少し洒《しゃ》落《れ》たくらいの私服姿なのに、自分だけ気合いが入りすぎていて恥《は》ずかしい。

「ごめんなさい！　今すぐ寮《りょう》に戻《もど》って着替えを――」

「危ない！」

踵《きびす》を返そうとした瞬間《しゅんかん》、転びかけたアリアナの腕《うで》をギルベルトが横からつかんだ。

「大丈夫ですか、アリアナ？　怪我《けが》は？」

「へ、平気よ。慣れないハイヒールを履いているせいで足下《あしもと》がふらついて……やっぱりこんな格好、私には無理だわ。今すぐ着替えて……え？　ギル、どうしたの？　腕を離《はな》して」

「嫌《いや》です。その格好、せっかく似合っているのに」

「へ？　に、似合ってるって、こんな女の子っぽい格好が？」

真正面からストレートに褒《ほ》められて、思わず赤くなる。そんなアリアナを見て、ギルベルトがクスッと楽しそうに笑った。

「ハイヒールのことなら心配いりません。あなたが転ばないように、ほら。こうしてずっと手をつないでいますから」

「…………っ!?」

宣言通りギルベルトに手を握《にぎ》られ、アリアナは頭が真っ白になった。自分はオシャレを褒められただけで挙動不審《ふしん》になってしまうほどのデート初心者だ。それなのに、ずっと手をつないでいるなんて心臓がもたない。でもそんなこと、恥ずかしくて言えるわけがない！

困り果てたアリアナは、真っ赤な顔でつないだ手の方をちらちらと見た。そのもの言いたげな視線に気づいたのか、ギルベルトが笑顔《えがお》で「ああ」とうなずく。

「すみません、アリアナ。俺としたことが、うっかりしていました」

ギルベルトが手をほどく。アリアナがホッとして肩《かた》の力を抜いた、次の瞬間、

「恋《こい》の練習中なら、手のつなぎ方はこうですね」

ギルベルトがアリアナの手に指を絡《から》めてにっこり笑う。アリアナは今度こそ硬直《こうちょく》した。

（待って……！　これって伝説の恋人つなぎじゃない!?）

『ステラ学院の秘密』で、フリーダがエドガーと手をつないで歩くシーンを読むたびに、胸がときめいてしょうがなかった。その恋人つなぎをまさか自分がやるなんて……！

（え、でも恋人つなぎって恋人同士でやるものじゃないの？　私たちはただの練習なのに）

「さぁ行きますよ、アリアナ。今日はあなたと一緒にやりたいことがたくさんあるんです

から。早くしないと日が暮れてしまいます」

（や、やりたいことって、これ以上何があるのぉぉぉ⁉）

果たして自分の心臓は恋の練習を終えて戻ってくるまで無事でいられるだろうか？

隣《となり》で真っ赤になっているアリアナを見て、ギルベルトが愉《たの》しそうに笑う。彼はアリアナの手を握りしめたまま、いつもよりゆっくりした歩調で学院をあとにした。


それから三十分後、アリアナは多くの人が行き交《か》う広場を前にして目を輝《かがや》かせていた。ギルベルトと手をつないだままでいることも忘れるほど興奮して、思わず歓声《かんせい》を上げる。

「すごいわ、ギル！　これが人間の国の王都なのね！　今日はお祭りの日ってわけでもないのに、こんなにたくさん露店《ろてん》が出ているなんて」

「パラスト広場へ初めて来た人は、まずこの場所の活気と熱量に驚きますよね。俺もそうでした。しかも……あ、あっちを見てください」

ギルベルトが広場の反対側を指さす。その先に視線を重ねたアリアナは目を瞠《みは》った。

大陸の各地から集まってきたのだろう。様々な服装に身を包んだ人間たちが広場のあちこちで物を売り買いし、商談を重ねている。その中に時折、鋭《するど》い牙《きば》と角を持ち、背中から翼《つばさ》をはやした人々の姿が垣間見《かいまみ》えた。

「ギル、あれって――」

「はい、魔族たちです。百年前からは想像もつかない光景でしょう?」

「……うん。うん、本当に」

心の底から熱いものがこみ上げてくるのを感じ、アリアナは胸の前で手をギュッと握りしめた。人間と魔族の間で平和条約が締結《ていけつ》され、交易などの交流が行われるようになったことは知っていたが、その現実をこうして目の当《ま》たりにしたのは今日が初めてだった。

(私が魔王として生きた時代は、本当に遠い過去のものになったのね)

前世から追い求めてきた理想を目にできて嬉しいはずなのに、少し切なくもなる。その時、わずかにうつむいたアリアナの手をギルベルトが横から引っ張った。

「アリアナ、次はこっちに来てください。あなたに見せたいものがあるんです」

「え? 私に見せたかったのって、ああいう魔族たちの姿じゃないの?」

「それだけではありません。ほら、あそこです」

ギルベルトが示した先には、食べ物を売っていると思《おぼ》しき露店が並んでいる。何か甘く香《こう》ばしいものを焼く匂《にお》いがここまで漂《ただよ》ってきているが、いったいなんの店だろう?

気になったアリアナは慣れない靴《くつ》で転びそうになりながら近づいて行き、露店の看板を視界に捉《とら》えた、その瞬間、紫《むらさき》の瞳《ひとみ》をカッと大きく見開いた。

「ギル! まさかあれって――」

「お察しの通り、あれは『ステラ学院の秘密』に出てきたアイスクリームの店ですよ」

アリアナは声もなく天を仰《あお》いだ。そう、あれはフリーダとエドガーの五回目のデートのことだ。彼らはパラスト広場で買ったチョコとイチゴのアイスを「あーん」し合って……。

「憧《あこが》れのアイスクリーム店をこの目で拝める日が来るなんて……我が人生に悔《く》いなし！」

「見ただけで人生を終了《しゅうりょう》しないでください。アイスは食べるものですから」

「……それもそうね。じゃあ、早速《さっそく》──って、ちょっと待って！『ステラ学院の秘密』にアイスクリームのシーンが出てきたことを、なんでギルが知ってるの？」

「あれ？　話していませんでしたっけ？　あなたが前世であれだけ入れ込んでいた小説がどんなものか気になって、俺も全巻読破したんですよ」

「なっ……！」

アリアナは言葉を失い、ギルベルトを凝視《ぎょうし》した。

（ギルが読んだの？　あのときめき満載《まんさい》の恋愛《れんあい》小説を？　最初から最後まで本当に？）

当然だが、ギルベルトはアリアナがあの小説にときめきまくっていたことを知っている。その上で読まれるのは、自分の趣味嗜好《しゅみしこう》を丸裸《まるはだか》にされたかのようで妙《みょう》に照れくさい。

（で、でも最後まで読んだってことは、ギルもあの小説を楽しんでくれたのよね？　じゃあ、今度『ステラ学院の秘密』について語り合うことも……いや、さすがにそれは無理！）

大好きな小説の感想を誰《だれ》かと共有したいとアリアナは常々思っていた。だが、その相手がギルベルトだと考えただけで、言いようのない恥ずかしさがこみ上げてくる。

（いや、でもちょっと話すだけなら……）

アリアナは未練がましく、ちらっと横目でギルベルトの様子を窺《うかが》った。が、その時すでに彼の注意はアイスクリーム店の方に向いていた。

魔術具《まじゅつ》を使って冷やしているのだろう。ガラスでできたケースの中に、色とりどりのアイスが何種類も並んでいるのが見える。さらにその隣では店員がコーンを焼いていた。先ほどから辺りに漂っている甘く香ばしい匂いは、この焼きたてのコーンのものらしい。

「フリーダたちのデートを踏襲《とうしゅう》するのであれば、選ぶべきフレーバーはもう決まっていますね。すみません、チョコとイチゴを一つずつください」

ギルベルトが注文をして、財布《さいふ》に手を伸《の》ばす。その自然すぎる動きにアリアナは慌《あわ》てた。

「待って、ギル！　ここは私が払《はら》うから！」

「いいえ、今日はデートですから、俺に支払わせてください」

「デートって言っても練習でしょう？　しかもわざわざ憧れのお店に連れて来てもらった上にお金まで出してもらうなんて、さすがに悪いわ」

「なら、ここの支払いの代わりに、あとで俺のお願いを一つ聞いてもらえませんか？」

「何？　私にできることならいいけど」

妙に律儀《りちぎ》なところのあるアリアナは、このままでは絶対に引かないと思ったのだろう。財布を取り出した彼女を見て、ギルベルトが苦笑《くしょう》しながら交換《こうかん》条件を出す。

「また俺と一緒《いっしょ》に、ここのアイスを食べに来てください。あなたが『ステラ学院の秘密』の聖地巡礼《じゅんれい》に飽《あ》きるまで、何度でも」

「え？　そんなことでいいの？」

アリアナとしてはまさに願ったり叶《かな》ったりのお願いだ。そんなことがアイス代の代わりになるのか疑問だが、ギルベルトは「楽しみです」と言って支払いを済ませてしまった。

次いで、店員から受け取ったアイスをにっこり笑顔でアリアナの前に差し出す。

「はい、アリアナ。チョコとイチゴ、どちらがいいですか？」

「えーと、それじゃあフリーダが食べてたイチゴの方で。ありがとう」

アリアナは受け取ったアイスをまじまじと観察した。そういえば、フリーダはイチゴのアイスを「初恋の味」と形容していたけれど、いったいどんな味がするんだろう？

イチゴの甘酸《あまず》っぱい香《かお》りにつられて、舌先でちょっとなめてみる。

(んん～！　何これ、おいしい！　練乳が入ってるのかしら？　思ったより甘いわ)

これが本当に初恋の味かどうかはわからないけれど、おいしいことに変わりはない。初めて食べるアイスに興奮して黙々《もくもく》と口を動かす。アリアナはふと視線を感じて横を向いた。

ギルベルトがチョコアイスを食べながら、こちらを見て楽しそうに笑っている。

「な、何？　私、何か変なことをした？」

「いいえ。そんなに喜んでもらえるなんて、連れてきた甲斐《かい》があったなぁと思っているだけです。もしよければ、俺のチョコアイスもどうぞ」

ギルベルトがアイスをスプーンですくって差し出してくる。アリアナは硬直《こうちょく》した。

(こ、これはまさか、私に「あーん」をしろと言うの?)

『ステラ学院の秘密』を読破したギルベルトに隙《すき》はない。彼はきっと今日の恋《こい》の練習で再現するつもりなのだ。あの小説に出てきた数々のときめきイベントを。

(ファンとしては嬉《うれ》しいし、ギルが私を喜ばせようとしてくれてるのはわかるけど、でも恋の練習で「あーん」をするなんて! それにこれって、か、か、間接キスに……)

「どうしたんです、アリアナ? さっきから俺のアイスを食い入るように見つめて」

「へっ? べ、別に私はやましいことなんて何も考えてないか……っ!?」

しまった、失言だ。真っ赤な顔で固まるアリアナを見て、ギルベルトが意地悪く笑う。

「いったい何を想像したんです? そんなに赤くなって」

「な、何も! その……ほら! 私だけあなたのアイスを食べたら、横取りしたみたいで悪いでしょう? だから、やっぱり今日のところはやめて――」

「なら、これでおあいこにしたらどうです?」

「……えっ? ギル!?」

ギルベルトが空いている方の手でアリアナの手首をつかんだ。止める間もない。彼は驚《おどろ》いているアリアナの手を自分の口元に引き寄せ、パクリとアイスを口に含《ふく》んだ。

「ん、おいしい」

口元についたアイスをギルベルトが舌でペロッとなめて微笑《ほほえ》む。

「ギ、ギル……！　今のは――」

「はい。では次、アリアナもどうぞ」

（待って！　次、私の番なの⁉）

ギルベルトが差し出したアイスを前にして、アリアナは言葉を失った。さっきの衝撃《しょうげき》からまだ立ち直れてすらいないのに、あれと同じことを自分にもやれと？

ギルベルトの様子を窺うと、彼はニコニコしながらアリアナがアイスを食べるのを待っている。変に意識しているのは自分だけらしい。

（これも恋の練習よね。私だけ照れているのも変だし、やっぱりチョコアイスの味は気になるし……ああ、もう！　女は度胸！　アイスは一期一会《いちごいちえ》よ！）

アリアナは必死で自分を鼓舞《こぶ》して、目の前のアイスにパクッと食いついた。その途端《とたん》、芳醇《ほうじゅん》なカカオの香りと優《やさ》しい甘さが口の中いっぱいに広がった。

（おいしい！　甘酸っぱくて爽《さわ》やかなイチゴもいいけど、このチョコのコクも最高ね！）

思わず頬《ほお》に手を添《そ》えて幸せに酔《よ》いしれる。そんなアリアナの耳に、クスクスと笑う声が聞こえてきた。ギルベルトだ。

「いくらおいしいからって、夢中になりすぎですよ。口の横にアイスがついています」

「え、嘘《うそ》！」

ちゃんときれいに食べられないなんて、子どもみたいで恥《は》ずかしい。アリアナは慌てて口を拭《ふ》こうとした。その前に、ギルベルトの手が顔に向かって伸びてきた。

「え……」

目を瞠《みは》ったアリアナの頬に手が触《ふ》れる。その指先が唇《くちびる》をなぞるようにして口元を拭《ぬぐ》った。特別なことはしていない。それなのに触れた指先がまるでキスをしたように感じられて、心臓がドクンと震《ふる》える。海色の瞳《ひとみ》がこちらを向いてクスッと笑った。

「どうしたんです、アリアナ？　そんな潤《うる》んだ目で見つめられたら、勘違《かんちが》いしますよ？」

「……ち、違っ！　私は別になんとも思ってないから！」

一瞬《いっしゅん》でも見とれていたことを本人から指摘《してき》されて、ものすごく恥ずかしい。つい大声を上げたアリアナを前にして、ギルベルトの口から「ふーん」と不満げな声がこぼれた。

「あんな目で人のことを見ておきながら、全否定ですか。『ステラ学院の秘密』の真似《まね》をしてる時くらい、エドガー役の俺にときめいてくれたっていいのに」

「なっ……！　ギ、ギルってば、なに馬鹿《ばか》なことを言ってるの!?　私にとって元配下のあなたは弟みたいなものなのに」

ときめくなんてありえない――と続けようとした言葉を、アリアナは呑《の》み込んだ。その続きは聞きたくないと言うように、ギルベルトが彼女の手をつかんだのだ。

「ギ、ギル？　今度は急にどうし――」

「俺は前世であなたの――魔王アレハンドラの配下でした。ですが、俺はもうあの頃《ころ》の、戦場で死にかけていた無力な少年ではありません。魔術学院に通う、あなたと同い年の人間です。それなのに……俺はいつまで配下のギルでいればいいんですか？」

「……え？　あの、不快に思ったのなら、ごめんなさい。確かに今のあなたはもう私の配下じゃないわ。あなたの言うように、私たちは対等な関係で――」

「俺が言いたいのは、そういうことではありません」

アリアナの手をつかむギルベルトの手に力がこもった。

「気づいていませんでしたか、アリアナ？　たとえ恋の練習だとしても、俺があんな風に触れたいと願う相手はあなただけだということに」

「え……？」

アリアナの頭が一瞬真っ白になる。彼女はすぐにハッとしてかぶりを振《ふ》った。

「それっていつもの冗談《じょうだん》よね？　今まで一緒にやってきたことは全部ただの練習で――」

アリアナを見つめる海色の瞳に切なげな光がよぎる。アリアナは息を呑んだ。

ようやく彼女にも伝わったのだ。ギルベルトが今、本音を語っているということが。

（ま、待って！　確かに今までのギルの態度は、練習にしては甘すぎるって感じることもあったけど……まさか本気だったの？　もしあれが全部練習じゃなかったとしたら……）

アリアナは想像するだけで耳まで真っ赤になって固まった。ギルベルトに肩《かた》を貸したり、見つめ合ったり、手をつないだり……二人で恋人らしい振る舞《ま》いをするたびに、実は密《ひそ》かにドキドキしていた。そう感じていたのは自分だけではなかったのかもしれない。

それどころかギルベルトの言ったことが本当なら彼の言葉にも、触れた指先にも、そのすべてに「好きだ」という気持ちが込められていたわけで……。

「俺は本気です、アリアナ」

熱を秘《ひ》めた声でささやかれ、アリアナの胸がドクンと高鳴る。

「答えは今すぐでなくてかまいません。あなたが失った記憶《きおく》を取り戻《もど》した時……」

ギルベルトがふと言葉を切る。彼は何かをためらうように一瞬目を伏《ふ》せてから続けた。

「あなたがすべてを思い出してもなお俺のことを大切な存在だと思ってくれるのであれば、その時は弟でも配下でもなく、一人の男として俺を見てください」

ギルベルトの乞《こ》うような眼差《まなざ》しがアリアナを捉《とら》える。その熱を帯びた甘さに息もままならず、心が痺《しび》れるように震えた。

あまりの恥ずかしさに顔を背《そむ》けたいのに、海色の瞳に射すくめられたかのように目を離《はな》すことができない。そんなアリアナを前にして、ギルベルトがフッと柔《やわ》らかく微笑んだ。

その唇から愛《いと》おしげなささやきがこぼれる。

「かわいい」

キュンと胸が鳴った、その瞬間、アリアナの中で膨《ふく》れ上がった感情が一気にはじけた。

「キャッ！　何この風⁉」

「あっ！　看板が！」

広場を吹《ふ》き抜《ぬ》けた突風《とっぷう》に人々が悲鳴を上げる。アリアナは我《われ》に返って青ざめた。いけない。ギルベルトの甘い言動に耐《た》えきれず、暴走した魔力《まりょく》がつい全身からあふれてしまった。

「大丈夫《だいじょうぶ》ですか、アリアナ⁉　今のは――」

「ご、ごめんなさい！　その……この話はまたあとで！　頭を冷やすわ！」

「えっ⁉　待ってください、アリアナ！　アリアナ⁉」

アリアナは叫《さけ》ぶギルベルトの手を振りほどき、全力で駆《か》け出した。ひどい別れ方だという自覚はある。だけど、これ以上彼のそばにいたら、今度はあれくらいの魔力の暴走では済まないかもしれない。というより、それ以前にアリアナの心臓がもちそうになかった。


（ま、まさかギルが私のことを恋愛《れんあい》対象として見ていたなんて……）

ギルベルトと別れてから三十分後、慣れないハイヒールに転びそうになりつつも王都の人混《ひとご》みに紛《まぎ》れたアリアナは冷静になれるはずもなく、余計混乱する頭を抱《かか》えてうなっていた。恋愛初心者の彼女でも、あそこまでまっすぐ気持ちを伝えられればさすがにわかった。

（ギルはいつから私のことを、その……す、好きだったの？　前世からじゃないわよね？）

雑踏《ざっとう》を歩きながら、前世でギルと過ごした日々に思いを馳《は》せる。少年兵として長年ひどい扱《あつか》いを受けてきた影響《えいきょう》か、魔王城に連れて来たばかりの頃、ギルは感情が欠落した人形のようだった。何を言われても笑いもしなければ、泣きもしない。

それでもアレハンドラが根気強く話しかけ、時に食事を共にしたり、クッキーの躾《しつけ》を一緒《いっしょ》にしたり、ファビアーノたちとも触れ合ったりしているうちにギルは忘れていた感情を取り戻し、気づいた時には魔王の自分をからかうまでに成長していた。てっきりそれだけ魔王城の環境《かんきょう》に慣れて、気を許してくれるようになったのだと思っていたが……。

（まさかあれって全部冗談じゃなかったの？……え、でもそれなら今世で再会した時に言っていたことも……）

『……告白しました。ずっと好きだったと』

ギルベルトの発言を思い出し、アリアナは真っ青になった。

（あのセリフ、てっきり記憶のない私をからかって、私がギルに告白したって言ってるんだと思ったけど……）

もしかしたら全部自分の勘違いで、本当はあの最期の時にギルの方から自分に告白をしたのかもしれない。

（な、なんとかして思い出さないと！　ギルの気持ちに気づかず、ずっとスルーし続けていただけでもひどいのに、告白までなかったことにしてるなんて、とんでもない悪女じゃない！　しかも、ギルはそんな状態で私と恋《こい》の練習をしていたなんて……）

自分に甘い言葉をささやく時、彼はいったいどんな気持ちでいたのだろう？

想像するだけで、アリアナは胃の辺りがズンと重たくなった。自分のことを弟のようにしか見ていない人を相手に報《むく》われぬ恋の練習をするなんて、自分ならきっと耐えられない。

（無意識のうちに傷つけてごめんなさい、ギル。恋ってもっとふわふわ甘くて楽しいものだと思っていたのに、こんなつらいこともあるなんて……）

こんな感情は『ステラ学院の秘密』を読んでいるだけではわからなかった。いや、それだけではない。ギルベルトに見つめられるだけであんなにドキドキしたことも、触れた温《ぬく》もりを心地《ここち》よく感じたことも、みんな恋の練習をしなければ知らなかった気持ちだ。

ただ、弟のように思っているギルベルトを相手に恋愛感情を抱《いだ》いたと認めることが無性《むしょう》に恥ずかしくて、今までそういった気持ちに見て見ぬ振りをし続けてきた。

（だって本物の恋人になったら、ギルとキ、キ、キスとかするわけだし……）

想像するだけで、また魔力が暴走しそうになるほど恥ずかしい。だけど、決して嫌《いや》ではなかった。それどころか彼の顔を思い浮《う》かべるだけで、今は胸が甘くときめくのを感じる。

（この気持ち、もしかして私もギルのことを……）

アリアナは必死で自分の心と向き合おうとした。あと少し……あと一歩踏《ふ》み出せば、何かわかる気がする。それなのに、どうしてこういう時に限って邪魔《じゃま》が入るのだろう。

器用にも歩きながら熟考するアリアナの耳に、先ほどから「キィー！」とか「ピュイー！」といった動物の鳴き声のような奇声《きせい》がまとわりついていた。

（もう、静かにしてよ！　考えがまとまらないじゃない！……って、え？　何ここ？）

はたと足を止めたアリアナは愕然《がくぜん》として周囲を見回した。さっきまでいた広場とは明らかに雰囲気《ふんいき》が違《ちが》う。ゴタゴタと入り組んだ道の両端《りょうはし》には、怪《あや》しげな薬草や魔術具を売る店が軒《のき》を連ねている。そういえば先ほど門のようなものをくぐったが、その時に旧市街の方に迷い込んだらしい。さっきの奇声は枝分かれした道のさらに奥から聞こえてきている。

（いったいなんの声かしら？　なんか機嫌《きげん》が悪い時のビスケの鳴き声に似てるけど）

一度気になると、正体を確認《かくにん》するまで落ち着かない。アリアナは悩《なや》む心を一旦《いったん》脇《わき》に置き、声のする方へ進んで行った。路地の角を曲がった途端《とたん》、思わず息を呑《の》んで立ち尽《つ》くす。

（何これ！　ここにいるの、全部魔獣《まじゅう》？）

ぷんと饐《す》えた臭《にお》いが漂《ただよ》う道の両端に十軒《けん》ほどの店が並んでいた。その軒先には様々な大きさの檻《おり》が重ねられるようにして並べられている。檻の中には小さなウサギのようなものから、無数の歯を持つワニのようなものに至るまで様々な魔獣が詰《つ》め込まれていた。

(こんな動く隙間《すきま》もないほど狭《せま》い檻の中に魔獣を押し込めるなんて、何を考えてるの？　さっきの通りでは変な魔術具や薬草も売られていたし……まさかここ、裏市？)

ロザモンドの言葉を思い出す。王都の一角にある裏市では怪しげな魔術具や魔獣、さらにはあのヴェノムに至るまで、表立っては堂々と取引できないものが売られていると。

「お嬢《じょう》ちゃん、ペットにする魔獣を探してるのかい？」

「え……？」

急な声かけに驚《おどろ》いて振《ふ》り向く。店の軒先に座った男がアリアナを見てニッと笑った。

「ペットにするなら、ハーゼがお勧《すす》めだよ。賢《かしこ》くて芸もできるし、愛嬌《あいきょう》もあってお得だ」

男に檻をたたかれ、ウサギのような外見をしたハーゼが怯《おび》えて耳を伏せ、全身を縮める。

「ちょっと！　そんな風にたたいたら、気弱で聴覚《ちょうかく》の鋭《するど》いハーゼは失神しちゃうわよ！」

アリアナはいてもたってもいられず、男に食ってかかった。だが彼はニヤニヤ笑うだけで、檻をたたく手を一向に止めない。もしかしたらハーゼを救うためにアリアナが彼からハーゼを買い取ることを期待して、わざと続けているのかもしれない。

(魔獣にだって意思や感情があるのに、魔獣の世話をする人間が何を考えてるのよ！)

ロザモンドがビスケにヴェノムを浴びせた時と同じだ。腹の底からふつふつとこみ上げてきた怒《いか》りが、抑《おさ》えきれずに魔力となって全身からゆらりと陽炎《かげろう》のように立ち上る。その時だった。背後から肩《かた》をたたかれ、アリアナはバッと振り向いた。

「おっと！　そんな恐《こわ》い顔でにらまないでくれよ、お嬢ちゃん」

（……誰《だれ》、この人？）

そこにいたのは二十代半ばの軽薄《けいはく》そうな男だった。もちろん顔見知りではない。

「あの、私に何かご用でしょうか？」

「別に用ってほどのことじゃないんだけど、お嬢ちゃんの顔色が悪いから気になってさ。大丈夫かい？　よかったら、うちの店で少し休んでいったらいいよ。すぐそこだからさ」

「……ご親切にありがとうございます。ですが、私なら平気です」

「無理すんなって。さっきから見てたらお嬢ちゃん……魔力がちょっと漏《も》れてるぜ？」

「…………っ!?」

アリアナはとっさに後ろに飛んだ。いったい彼は何者だ？　魔族の証《あかし》たる角や翼《つばさ》もなければ、幻術《げんじゅつ》を纏《まと》っているようにも見えないが、普通《ふつう》の人間に魔力が見えるはずがない。

警戒《けいかい》するアリアナを前にして、男が面白《おもしろ》がるようにニタリと笑う。

「そんなに怯えなくていいぜ。お嬢ちゃんも俺と同じで、魔族の血を引いてるんだろう？」

（……え？　まさかこの人、魔族と人間の間に生まれたトフェルなの？）

アリアナは信じられない思いで男を凝視《ぎょうし》した。彼女が魔王として生きた時代と異なり、国家間の交流が進んだ今、魔族と人間を親に持つ子は少数ながら存在する。彼らは人間に近い外見でありながら魔族のように魔力を目視したり、音声魔術を使ったりできるという。

（授業で聞いたことはあったけど、トフェルと呼ばれる人に会うのは初めてね。まぁ、この人は私のことを仲間だと勘違《かんちが》いしてるみたいだけど）

リアクションに困っているアリアナに男が近づき、その肩になれなれしく手を置いた。

「ここで会ったのも何かの縁《えん》だ。同胞《どうほう》のよしみで茶でも――いっだぁぁぁ！」

男の誘《さそ》いが悲鳴に変わる。アリアナはギョッとした。誰かが突然《とつぜん》男の後ろに近づいてきたと思ったら、その腕《うで》をひねり上げたのだ。一瞬《いっしゅん》ギルベルトかと思ったが違う。そこにいたのは彫《ほ》りの深い顔立ちに、燃えるような赤髪《あかがみ》と翠《みどり》の瞳《ひとみ》が印象的な美青年だった。

（今度は誰？　この顔、どこかで見た気がするけど……）

「お前、急に何すんだよ⁉」

男が涙目《なみだめ》で青年に食ってかかる。青年の方はまるで気にした様子もなく、男の腕をぽいっと投げ捨てるようにして解放すると、異様に冷めた目で彼を見下ろした。

「私は薄汚《うすぎたな》い害虫を駆除《くじょ》しただけだ。お前ごときが彼女に触《ふ》れるな。汚《けが》れる」

「害虫って、そりゃないだろ！　この子が具合悪そうにしてたから、声をかけただけで」

「私が来たからには、もう用はない。失《う》せろ」

「…………っ！」

男が青年をねめつける。しかしそこに逆らえない圧を感じたのか、彼は恨《うら》めしげな一瞥《いちべつ》を残し去って行った。その姿が曲がり角に消えるのを待って、青年が肩の力を抜《ぬ》く。同時に彼の全身を覆《おお》っていた微量《びりょう》の魔力がその体内に吸い込まれるようにして消えた。

(この魔力の感じ、知ってる！　もしこの姿が幻術だとしたら、まさか……！)

青年が振り返る。冷酷《れいこく》とも言える表情をたたえていたその顔に、ぱぁぁぁっと明るい笑《え》みが広がった。しっぽがあったら、骨折しそうなほどブンブン振っているに違いない。

「ああ、陛下！　こんな掃《は》き溜《だ》めのような人間の王国の片隅《かたすみ》で再びお目にかかれるなんて、これを運命と呼ばずして、何を運命と言いましょう！」

感極《かんきわ》まった青年の目に涙がにじむ。この無駄《むだ》に装飾過剰《そうしょくかじょう》な物言いといい、主《あるじ》に忠実な大型犬のような態度といい、幻術で人間の姿を纏っているようでも間違いない。彼は魔王アレハンドラの元配下にして、次期選帝侯《せんていこう》のファビアーノだった。


「それでファビアーノ、次期選帝侯のあなたがなぜ裏市なんかにいたの？」

感涙《かんるい》にむせぶファビアーノを人通りの少ない場所まで連れてきたアリアナは、開口一番気になっていた疑問を口にした。この百年の間に苦手な幻術を克服《こくふく》したのだろう。今の彼は人間にしか見えなくても、中身はアルシオン帝国の要人だ。それが一人であんないかがわしい場所へ赴《おもむ》くなんて危ないと感じたが、彼の方も同じ心配をしていたらしい。

「陛下の方こそ、なぜあのようにいかがわしい場所に一人でいらっしゃったのです？」

「え？　私は王都をぶらぶらしているうちに、偶然《ぐうぜん》迷い込んじゃったみたいで」

「お気をつけください。先ほどの輩《やから》のように、あの裏市には不埒《ふらち》な者やいかがわしい物品があふれています。私も魔獣たちの危機でなければ、あのような場所へ調査に赴きません」

「それって、あの不適切な飼育環境《かんきょう》のことを言ってるの？　確か国際条約の中で、魔獣の不当な売買や虐待《ぎゃくたい》は禁止されていたはずよね」

「はい。ただ、店で売られている魔獣たちの悲惨《ひさん》な扱《あつか》いは氷山の一角に過ぎません」

「えっ、あれよりひどいことがあるの？」

思わず身を乗り出したアリアナを前にして、ファビアーノが思案するように腕を組む。

彼はわずかに逡巡《しゅんじゅん》したのち、辺りに人がいないことを改めて確認してから小声で告げた。

「陛下のお心を騒《さわ》がせることになってしまい、心苦しいのですが……実は、あの裏市のどこかに違法性《いほうせい》の高い闘技《とうぎ》場が隠《かく》れて存在するという情報をつかんだのです」

「闘技場？　いったいなんの……あっ、まさか！」

顔をこわばらせたアリアナを見て、ファビアーノが神妙《しんみょう》にうなずく。

「お察しの通りです。その闘技場では魔獣――それもグリュコスのように、密猟《みつりょう》によって連れて来られた希少性の高い魔獣同士を戦わせ、その勝敗を巡《めぐ》って人間たちが賭《か》けをしていると言います。しかも、彼らの闘争本能を煽《あお》るためにヴェノムまで使って」

アリアナの喉《のど》がゴクリと音を立てて鳴る。今まで断片《だんぺん》的でしかなかった情報が今の告白でつながった。ヴェノムの使用先の本命はきっとその闘技場だろう。そこで余ったヴェノムを小遣《こづか》い稼《かせ》ぎの一環《いっかん》として裏市に流す輩がいたとしても不思議ではない。ロザモンドはたまたまそういった類《たぐ》いのヴェノムを手にしたのだろう。

そこまでヴェノムが人間の間に浸透《しんとう》しているなんて、魔族《まぞく》の視点に立てば大ごとだ。あれが魔族にも害をなす毒物である以上、アルシオン帝国も放置できなかったのだろう。

「あなたは父である選帝侯の命を受けて、闘技場やヴェノムの流通について調べるため、裏市にやって来たのね？　幻術を完璧《かんぺき》に操《あやつ》れる魔族は高位の者でも少ないから」

「ご明察、恐《おそ》れ入ります」

静かな肯定《こうてい》の言葉にアリアナは納得《なっとく》した。いくら父親の手で家から追い出されたとはいえ、次期選帝侯のファビアーノがなぜ平の大使館員として人間の王国にいるのか不思議だった。それが表向きの肩書《かたが》きに過ぎないのだとしたら、すべて腑《ふ》に落ちる。彼はこういった密命に対処するため、あえて左遷《させん》された振りをしていたのだろう。

(こうやって魔族の密命をあっさり私に話しちゃうところはファビアーノらしいけど)

アリアナはその前世からの忠誠心に呆《あき》れるべきか苦笑《くしょう》すべきか迷って、つい微妙《びみょう》な顔でファビアーノを見上げた。だが事情を聞いた以上、自分が次に取る行動は決まっている。

「ねぇファビアーノ、裏市の調査で何か私に手伝えることはあるかしら？」

「我々《われわれ》にご協力いただけるのですか？　それでしたら、今すぐ魔王の座に――」

「戻《もど》らないから！　それ以外で！」

放《ほう》っておいたら、今すぐ大使館に戻って魔王復活の告知を手配しかねない。急にそわそわしだしたファビアーノの腕をつかんで、アリアナは続けた。

「前にも話したように、私は今世を人間として生きると決めたの。それでもあんな話を聞いておきながら『あとは皆《みな》さんで頑張《がんば》ってください』と突《つ》き放せるほど、図太い神経を持ち合わせてはいないわ。だから人間として私にできることがあれば、教えてちょうだい」

「陛下……！」

人間の自分がいつまでもファビアーノと共に行動するわけにはいかない。しかし魔族や魔獣《まじゅう》のためにできることがあるなら、もう少しだけ関《かか》わりたいとアリアナは願った。それに今ここで頑張れば、処分が保留になっているビスケの境遇《きょうぐう》も好転するかもしれない。

「そうと決まれば連絡《れんらく》手段だけど、私の使い魔は今療養《りょうよう》中だから、あなたに何か伝えたい時は学校で飼われている魔獣を借りてメッセージを送ることになると思うわ」

「かしこまりました。では、私の方は百年前と同じように……」

道の端《はし》でファビアーノと額を寄せ合い、今後のことを相談し始める。その時だった。

「アリアナ！」と名前を呼ばれて、アリアナはビクッと肩を震《ふる》わせた。

（い、今の声、もしかしてギル？　まさか私を捜《さが》して……）

振《ふ》り向いた途端《とたん》、道の先に現れたギルベルトと目が合い、アリアナは逃《に》げたくなった。

（ちょっ！　待って！　私、まだ全然頭を冷やせてないのに、このタイミングでギルと会うなんて……！　それにファビアーノ！）

なんてことだ。ギルベルトの転生について話すならさっきが絶好の機会だったのに、まだ何一つ伝えていないことに気づいてアリアナは愕然《がくぜん》とした。だが、もう遅《おそ》い。

ギルベルトはアリアナの隣《となり》にいる青年がファビアーノだと気づいていないのだろう。こちらに向かって歩いてきながら、怪訝《けげん》そうに眉《まゆ》をひそめている。ファビアーノの方も胡乱《うろん》げな眼差《まなざ》しをギルベルトに返していたが、不意にその双眸《そうぼう》が驚《おどろ》いたように揺《ゆ》れた。

「その顔！　まさか貴様……！」

「驚かせてごめんね、ファビアーノ。もう気づいてるみたいだけど、彼はあのギルの生まれ変わりなの。今は私と同じステラ学院の学生で……えっ⁉　ファビアーノ⁉」

アリアナは一瞬状況《じょうきょう》を理解できずに絶句した。燃えるように赤い髪が視界を遮《さえぎ》ったと思った、次の瞬間、彼女はなぜかファビアーノの背後に押しやられていたのだ。

「ちょっ！　ファビアーノ⁉　急にどうし――」

「ギル！　なぜ貴様がここにいる⁉」

ファビアーノが語気も鋭《するど》く叫《さけ》んだ瞬間、荒《あ》れ狂《くる》う魔力が彼の全身から立ち上り、幻術《げんじゅつ》で隠されていたはずの角や翼《つばさ》が表に現れた。

まるで戦場で宿敵と相まみえたかのような言動にアリアナは息を呑《の》んだ。が、対峙《たいじ》するギルベルトの方は表情一つ変えずに、優雅《ゆうが》とも思える仕草で彼に向かって一礼した。

「お久し振りです、ファビアーノ様。こうしてお目にかかるのは六十年振りでしょうか？」

「ああ、貴様の葬儀《そうぎ》に呼ばれた時以来だな。もう二度とその顔を見ないで済むと喜んだのがまるで昨日のことのように思えるよ」

「長い時を生きる魔族の方にとっては、六十年なんてあっという間でしょうね。その間に俺は一度死んで、こうして生まれ変わったわけですが」

「どうやら、そのようだな。転生は陛下のみでよかったものを、なぜ貴様まで……！　生まれ変わっても陛下のおそばにまとわりつくなど、何を考えている？」

（えっと……これってどういう状況？　なんでファビアーノがギルを警戒《けいかい》しているの？）

ギルベルトとファビアーノの二人は昔からお世辞にも仲の良い間柄《あいだがら》ではなかったし、自分が死んだあとに二人の間でなんらかの衝突《しょうとつ》があったとしても不思議ではない。しかし、それにしてもこの過剰反応は、かつての仲間に対するものとしては異常だ。

「あの、ファビアーノ？　彼はあのギルの生まれ変わりだって、本当にわかってる？」

たまりかねたアリアナが念を押す。ファビアーノの顔に驚愕《きょうがく》と衝撃《しょうげき》をない交ぜにした表情が浮《う》かんだ。

「陛下？　何をおっしゃっているのです？　彼があのギルの生まれ変わりだからこそ、あなたに近づけさせるわけにいかないのではありませんか」

「どうして？　私たち、前世では仲間だったじゃない」

「……仲間？　陛下は本気でそう思っていらっしゃるのですか？」

「当然でしょ？　だって、私たちは魔王軍として共に戦った仲間で――」

「ええ、あの最後の日まではそうでした」

（……前世の、最期《さいご》？）

失われた記憶《きおく》の話に、アリアナの心臓がドクンと震える。ファビアーノの全身から抑《おさ》えきれなかった魔力がゆらりと立ち上った。ただ彼の心を揺《ゆ》らした想《おも》いは怒《いか》りだけではなかったらしい。アリアナを見下ろす瞳《ひとみ》に憐憫《れんびん》にも似た、ひどく切なげで悲しげな光が宿る。

「あれから百年が過ぎましたが、あの日の光景は今なお私の瞼《まぶた》に鮮明《せんめい》に焼き付いています。……ギルが我が主《あるじ》を手にかけた、あの瞬間《しゅんかん》を忘れられるはずありません！」

「……どういうこと？　ギルが私を手にかけるなんて、そんなわけ――」

「まさか陛下、お忘れになったわけではございませんよね？　このギルこそが、前世であなたを殺した勇者ルートヴィヒ・フォン・クライスラーだということを！」

「え……？」

アリアナは声もなくファビアーノを凝視《ぎょうし》した。彼の言ったことは言葉としては理解できるのに、何一つ頭に入ってこなかった。だって、あのギルベルトが勇者だなんて……。

「ファビアーノったら急に何を言い出すの？　ギルがあの勇者のはずないじゃない。私が死んだあとに何があったか知らないけど、そういうたちの悪い冗談《じょうだん》はダメよ。ねぇ、ギルもそう思うでしょう？……ギル？」

アリアナの背筋を嫌《いや》な予感がすべり落ちた。てっきりギルは自分と一緒《いっしょ》になってファビアーノに文句を言うと信じていた。それなのに、実際の彼は口を固く閉《と》ざしたままでいる。

（なんで？　なんでギルは否定しないの？）

ザワザワとした不安が暗雲のようにアリアナの心を侵《おか》していく。

「ねぇギル、何か言ってよ！　あなたが前世で私を殺したなんて、そんなわけ――」

「もし本当だと言ったら、どうします？」

ギルベルトの口から、すべての感情を排《はい》したかのように冷たい声がこぼれた。

「ギル……？」

「もし本当に俺があなたを倒《たお》した勇者だとしたら、あなたは俺を……憎《にく》みますか？」

ギルベルトの顔に思い詰《つ》めたように苦しげな、それでいて裁かれる日を待っている罪人のようにすべてをあきらめたような表情が浮かぶ。彼の言葉だけなら否定できたかもしれない。だが、その表情こそが何よりも雄弁《ゆうべん》に彼があの勇者であることを告白していた。

（そんな……！　ギルがあの勇者だったなんて……！）

転生してからギルベルトに再会できて嬉《うれ》しかった。彼と二人で他愛《たわい》もない話をしたり、恋《こい》の練習をしたりする時間は本当に楽しかった。

しかし、彼があの勇者の生まれ変わりであるなら、彼は自分の――前世で殺した相手の隣でいつも何を考えていたのだろう？　自分に向けられたあの優《やさ》しい笑《え》みも、前世からの恋心もすべて偽《いつわ》りだったというのか？

（そういえば、ギルはよく「前世の最期を思い出しても」という仮定の話をしていたわ。なぜあの時、自分が勇者の生まれ変わりだと教えてくれなかったの？　もし本当に前世から私のことが好きだったのなら、なぜ魔王の私を殺したの？　なぜ……痛っ！）

またただ。前世の最期を思い出そうとすると、頭が刺《さ》すように痛んで何も考えられなくなる。まるでその時のことは思い出すなと、心が警告を発しているかのように。

次第《しだい》に強くなっていく痛みに耐《た》えきれず、アリアナはがくりとその場に膝《ひざ》をついた。

「アリアナ！」

「陛下！」

ギルベルトとファビアーノの二人が同時に叫んで駆《か》け寄ってくる。前世でも見たことのある光景に、アリアナは泣きそうになった。

この二人に、無理に仲良くなれとは言わない。せめてあの頃《ころ》の自分たちに戻《もど》れたら……。

薄《うす》れゆく意識の中でアリアナは懸命《けんめい》に祈《いの》った。だが、その願いはもう一度生まれ変わりでもしない限り、到底叶《とうていかな》えられそうになかった。

第六章　元魔王にだって逃げたい時はある

眼前に赤く光る魔法陣《まほうじん》が浮かんでいる。朦朧《もうろう》とする意識の中で、その光景を目にした魔王アレハンドラは思わずつぶやいていた。「きれい……」と。

人間の描《か》く魔法陣なんて今まで嫌というほど見てきたはずなのに、どうしてだろう？　その繊細《せんさい》で美しい魔術記号の組み合わせに目が引き寄せられた、次の瞬間、突如《とつじょ》として魔法陣から生み出された光が辺りに飛び散った。

アレハンドラは確かに見ていた。その最期の瞬間、花火のような赤い光を背に、自分めがけてまっすぐに突《つ》きつけられたタクトを。

なぜかはわからない。その持ち手の魔術師は、かつて彼女が弟のようにかわいがっていた配下の顔で両頬《りょうほお》を涙《なみだ》に濡《ぬ》らしていた。


「……はっ！」

東の空が白み始めたばかりの明け方、アリアナは目をカッと見開くようにして目覚めた。荒《あら》い息をしたままベッドから上半身を起こし、周囲を見回してホッとする。

よかった、ここは寮《りょう》にある自分の部屋だ。前世の戦場ではない。それなのにアリアナの全身は本当に戦場に立っていたかのようにこわばり、心臓が痛いほど速く脈打っている。

(なんか妙《みょう》に生々しい夢だったけど……まさか夢じゃなくて、私の記憶だった?)

もしかしたら前世の最期を思い出す手がかりになるかもしれない。そう感じたアリアナは今見た夢を必死で思い返した。ただその内容は覚えているのに、所々意味がわからない。

(魔王の私にタクトを突きつけていたのはギルだったよね? 勇者のギルがどうして泣いていたの? やっぱりあれは前世の最期じゃなくて、都合のいい夢だったんじゃ……)

アリアナは自信が持てずに、ベッドの上で立てた膝を胸元《むなもと》に引き寄せた。一緒に街へ出かけた日を最後にギルベルトとは会っていない。倒れた自分を彼が寮まで運んでくれたところまではかろうじて覚えているが、それから三日三晩アリアナは熱にうかされていた。

(ギルに助けてもらったお礼を言わなくちゃ。でも……)

感謝を伝えたあとは、どうすればいいんだろう? 前世の話をするのか?

アリアナは胃がずしんと重たくなるのを感じて、立てた膝の間に顔を埋《うず》めた。

ギルベルトは前世の頃からずっと自分のことが好きだったらしい。それなのに、なぜ彼は勇者として魔王の自分を殺したのだろう? あの涙と何か関係があるのか?

考えたところでわからない。ギルベルトの心も、あの時の事実も何一つ。ただ熱が引いた以上、もう寮の部屋に籠《こ》もっていられないことだけは確かだった。休んでしまった間の授業の遅《おく》れを取り戻さなければならないし、獣舎《じゅうしゃ》で療養《りょうよう》中のビスケの顔も見に行きたい。

アリアナはフーッと息を吐《は》くと、覚悟《かくご》を決めてベッドから起き上がり、制服に着替《きが》えた。


「アリアナくん！　もう身体《からだ》は大丈夫《だいじょうぶ》なのか？」

アリアナがビスケの見舞《みま》いに行くと、気づいたアドラーが獣舎の端《はし》から駆け寄ってきた。

魔獣を心から愛している彼は、今朝も早くからビスケたちの世話に精を出していたらしい。

「おはようございます、先生。ぐっすり寝《ね》たおかげで、すっかりよくなりました」

「それはよかった。君が回復したら、一番に伝えたいことがあったんだ」

アドラーがニッと笑って、上機嫌《じょうきげん》でアリアナの肩《かた》をたたく。

「おめでとう、アリアナくん！　君とロザモンドくんが集めた署名の甲斐《かい》あって、ビスケくんの処分免除《めんじょ》が正式に決定したよ！　昨夜、魔獣管轄《かんかつ》局から私に連絡《れんらく》があったんだ」

「本当ですか!?　ありがとうございます、先生！　よかったね、ビスケ！」

アリアナは感極《かんきわ》まって、ビスケの頭をぐりぐりなでた。彼はビスケットのお見舞いを期待していたようだが、これはこれでよかったのか、気持ちよさそうに目を細めている。

（ビスケが助かって本当によかった！　でも……）

こうして獣舎にいると、先日裏市で見た光景が嫌でも思い出されてモヤモヤする。

この獣舎の魔獣たちは元気で毛並みも良く、アドラーから大切にされているのが一目でわかる。ただ、こうやって魔獣のために尽《つ》くしてくれる人間がいる一方で、条約違反《いはん》に当たる密猟《みつりょう》を繰《く》り返したり、魔獣を虐待《ぎゃくたい》したりしている人間がいるのも事実だ。

(悲惨《ひさん》な境遇《きょうぐう》に置かれている魔獣たちを助けるためにも、ファビアーノに連絡を取って、できる限り協力をしたい……けど、その前に別の問題が山積みになっているわ)

ギルベルトと同じように、ファビアーノとも四日前に街で別れてから会っていない。彼にはまだ自分が前世の最期《さいご》を忘れていることすら話していないのに、どうしよう?

「アリアナくん? やっぱりまだ全快していないんじゃないのか? 顔色が悪いぞ」

どうやら悩《なや》みすぎて無意識のうちに下を向いていたらしい。アドラーに声をかけられ、アリアナはハッと顔を上げた。手元を見ると、なでられることに飽《あ》きたビスケが不満そうに嘴《くちばし》をカチカチ言わせている。アリアナは慌《あわ》ててその口にビスケットを放《ほう》り込んだ。

「心配かけてごめんなさい。久々にベッドから起きたせいで、少し疲《つか》れたようです」

「ならいいが、無理しないでくれよ。せっかくビスケくんも次の授業には使い魔として復帰できそうなのに、主《あるじ》の君がいなくては話にならないからな」

「はい、気をつけます」

アリアナはアドラーに笑いかけると、もう一度ビスケをなでてから獣舎をあとにした。

とはいえ、授業の開始時刻にはまだ早い。アリアナはかつての聖地巡礼《じゅんれい》を踏襲《とうしゅう》するかのように、余った時間で学院内をぶらぶら散策した。しかし、どうしてだろう? あれほど楽しかった聖地巡礼が今日はまったく面白《おもしろ》くない。それどころか池の畔《ほとり》や東屋《あずまや》など、ギルベルトと共に過ごした場所を目にするたび、胸がキューッと絞《しぼ》られるように痛む。

やがて困惑《こんわく》するアリアナの耳に予鈴《よれい》が聞こえた。あと五分で最初の授業が始まってしまう。そろそろ薬草学の教室に向かわなければならない。頭ではそうわかっているのに、アリアナの足はまるでその場に縫《ぬ》いつけられたように動かなかった。

（なんで？　私……）

この学院に入ってから授業が嫌《いや》になったことは一度もない。でも今日はどうしても教室に行きたくなかった。たとえ授業でも、ギルベルトと顔を合わせる勇気がまだなくて……。

「あなた、具合でも悪いの？　早くしないと授業に遅れちゃうわよ」

後ろから声をかけられ、アリアナは驚《おどろ》いて振《ふ》り向いた。辺りの廊下《ろうか》に学生の姿はもうない。アリアナに話しかけてきたのは、図書室から出てきた司書教諭《きょうゆ》だった。本をたくさん積んだワゴンをガラガラと押しながら、職員室か特別教室に向かう途中《とちゅう》らしい。

「すみません、先生。体調に問題はないので、もう行きます」

「そう、気をつけてね」

司書はそう言うと、アリアナの様子にそれ以上の疑問を持つこともなく、重たそうなワゴンを押しながら、薬草学の教室がある方とは反対の方に歩いて行った。アリアナも重たい足を引きずりながら廊下を進み――その途中でくるりと踵《きびす》を返した。

逃《に》げたってなんの解決にもならないことはわかっている。それでも今日だけはどうしてもギルベルトと顔を合わせたくなくて、アリアナは図書室の扉《とびら》に手をかけた。


古い紙の匂《にお》いを胸いっぱいに吸い込むと、不思議と落ち着く。授業をサボって図書室に忍《しの》び込んだアリアナは、人目を避《さ》けて地下の書庫に来ていた。

部屋いっぱいに並んだ本棚《ほんだな》には、色褪《いろあ》せた背表紙の本が無数に収納されている。この図書室では一部の希少本を別として、古くなった開架《かいか》図書を書庫に移動させる仕組みらしい。

今を生きる人間たちにとって、それらの本は過去の遺物のように感じられるかもしれない。だが百年前を知っているアリアナにとっては、さほど古い記録にも思えなかった。

(魔術記号学に薬草学、歴史学に……え？　『ステラ学院の秘密』じゃなくて、全史？)

アリアナの目が奥まった本棚の一角に釘付《くぎづ》けになる。そこには、えんじ色の背表紙に『ステラ学院全史』と金字で記された本があった。

(そういえば私、『ステラ学院の秘密』は好きでも、関連書籍《しょせき》は読んだことがなかったな)

『ステラ学院の秘密』は、この実在する学院を舞台《ぶたい》にした小説だ。その関連書籍には愛読書の誕生に関するエピソードも載《の》っているかもしれない。そう考えたアリアナはなんとはなしに本を手に取った。本棚を背にして床《ゆか》に座り、そのページをめくる。

『ステラ学院全史』のタイトル通り、その本は三百年にわたる学院の歴史を網羅《もうら》したものらしかった。怪《あや》しげな民間魔術《まじゅつ》がはびこる時代に正しい魔術の教育を目的としてこの学院が創設されたことや、第十代学院長がタクトの改良に成功したことなどは授業で聞いて知っていたが、この本を通じてアリアナが初めて知る話も多かった。

特にこの学院が宮廷《きゅうてい》魔術師を輩出《はいしゅつ》するようになってからの政治や表世界との関《かか》わりは興味深く、アリアナは夢中で本を読みふけった。そして始業と終業を告げる鐘《かね》が何度か耳を素通《すどお》りしたあと、ページをめくる手がピタッと止まった。そのページの頭には「対魔戦争の時代」という章タイトルが記されていた。あの、百年前の戦《いくさ》のことだ。

(あの戦には人間の魔術師もたくさん参戦していたわ。となれば、魔術師の養成機関であるステラ学院も無縁《むえん》であったはずがないわよね……)

ここで本を閉じて、何も見なかったことにもできる。だが、今日のアリアナはいつもと違《ちが》った。ギルベルトが自分を殺した勇者の生まれ変わりだと知った今、あの戦に関わる史実を避けて通ることはもうできないように感じていた。

(次にギルと会った時、きっと前世の話になるわ。だから、その前に……)

大好きなステラ学院を通じて知る史実であれば、まだ自分にも耐《た》えられるかもしれない。その気持ちに背中を押されるようにして、アリアナはページをめくった。しかし、それから十分も経《た》たないうちに、彼女の心は激しい後悔《こうかい》と衝撃《しょうげき》に揺《ゆ》れた。

(何これ……！　本当にあの『ステラ学院の秘密』の舞台となった学校の話なの？)

あの愛読書の一巻が出版されたのは、先の戦が始まった頃《ころ》のことだ。本の中の学院で甘い恋物語《こいものがたり》が紡《つむ》がれていた頃、現実の学院は対魔戦争一色に染まっていた。

今でこそステラ学院の入学には宮廷魔術師か貴族の推薦《すいせん》が必要だが、当時は違った。魔力の強い子どもたちを各地でスカウトしてきては、対魔族に特化した殺傷能力の高い魔術を教え込み、兵士として戦場に送り出していたという。彼らは対魔兵団と呼ばれていた。

(兵士といっても十五、六歳——飛び級で学院に入った子なんて十四歳くらいでしょう？まだあどけなさの残る少年少女に、なんてひどいことをさせてるのよ……！)

アリアナは読んでいるだけで気分が悪くなって、本を閉じようとした。だがその時、ふと気づくことがあって手を止めた。

(少年兵って……まさかギルもこの対魔兵団に所属していたのかしら？)

前世の戦場でギルを拾った時のことを思い出す。確かあの時、彼の周りには同年代の少年少女が多数倒《たお》れていた。そんな中、全身血まみれで息も絶え絶えのくせに、それでも懸《けん》命《めい》に生にしがみつこうとしているギルの姿に魔王アレハンドラは興味を引かれ、彼を魔王城に連れ帰って治療《ちりょう》を施《ほどこ》すことにした。

魔王は完全な善意からギルを拾ったわけではない。人間の彼に恩を売ることで味方につけ、将来的に斥候《せっこう》に使いたいという思惑《おもわく》があった。しかし同時に、彼のような少年が戦場に散る姿をこれ以上見たくないと願ったのもまた魔王の本音であった。

アリアナはフーッと息を吐《は》いて本を閉じた。ギルが対魔兵団に所属していたなら、この先の部分に彼のことが――勇者の話が書かれているかもしれない。

「百年前の真実なんて知らなくていい」と、心のどこかでささやく声がする。

前世の最期を思い出そうとするだけで、あれだけ頭痛がして苦しいのだ。病《や》み上がりの今、無理につらい過去と向き合う必要なんてどこにもない。

しかしそう思う一方で、アリアナは今朝見た夢をどうしても忘れられなかった。あの夢が過去の事実を映していたとしたら、なぜギルは魔王の自分にタクトを突《つ》きつけながら、泣いていたのだろう？　自分に恋心《こいごころ》を抱《いだ》いていたという彼の本心はどこにあるのだろう？

知りたい。彼の涙《なみだ》の理由を、その心を知りたい。

アリアナは一度軽く目を閉じると、覚悟《かくご》を決めて本を開いた。前世の最期に関わる記述が出てきたとしても、今日こそは最後まで頭痛に耐えてみせると誓《ちか》う。だが……。

（え……、嘘《うそ》……）

章の半ばに記載《きさい》された文章を読んだ瞬間《しゅんかん》、アリアナの呼吸が止まった。

『のちに勇者と呼ばれるルートヴィヒ・フォン・クライスラーも、この対魔兵団の一員であった。彼は死亡率が九割を超《こ》える激戦地で重傷を負ったのち、魔王軍への潜入《せんにゅう》に成功した。その後、七年にわたる潜入期間を経《へ》て、ヴァルトシュタイン王国を筆頭とする連合軍が魔王軍に一斉攻撃《いっせいこうげき》をしかけた際、これに呼応して魔王を討《う》った』

（どういうこと？　ギルが魔王軍に潜入って……うっ！）

またた。刺《さ》すような痛みが頭に走るのを感じて、アリアナは本を落としそうになった。意識が朦朧《もうろう》としたが、今はまだ思考を放棄《ほうき》してはいけないと、奥歯を噛《か》みしめて耐える。

あの日、魔王アレハンドラが戦場でギルを拾ったのは、単なる偶然《ぐうぜん》と気まぐれの結果に過ぎなかったはずだ。……だが、果たして本当にそうだと言い切れるだろうか？

あの日の出会いが偶然ではなく、前々から仕組まれていたことであったとしたら……ギルは魔王城で配下の皆《みな》と一緒《いっしょ》にいた時も、魔王の自分をからかっていた時も、ずっと本心を隠《かく》していたのだろうか？　魔王の自分に近づき、倒す機会を窺《うかが》いながら。

（違う！　ギルはそんな人じゃない！　魔王の私を殺したことにはきっと理由が……）

あった、と言い切れない自分にアリアナは愕然《がくぜん》とした。もし何か理由があったのであれば、なぜ彼は再会してすぐに自分が勇者だと教えてくれなかったのだろう？　前世の最期《さいご》を思い出すと頭が痛む自分を気遣《きづか》って、話さなかっただけかもしれない。けれど……。

（もしギルが自分にとって不都合な真実を隠していたのだとしたら、私は……）

いったいどうしたらいいんだろう？

曖昧《あいまい》な事実に囲まれ、何を信じればいいかわからずに胸が痛む。その時だった。

階段を下りてくる足音を耳にして、アリアナはハッと身構えた。司書が書庫の見回りに来たのだろうか。いや、違う。

「アリアナ、こんなところにいたんですね。捜《さが》しましたよ」

「ギル……！」

誰《だれ》よりも耳馴染《なじ》んだ声なのに、今は一番聞きたくない。ギルベルトが本棚の間の通路から現れたのを見て、アリアナの胸は焦燥《しょうそう》と困惑にざわついた。

「寮母《りょうぼ》さんからの連絡《れんらく》で熱は下がったと聞いていたのに、授業にいらっしゃらないので心配しました。体調はもう大丈夫《だいじょうぶ》ですか？」

互《たが》いにこれ以上近づくことはない。本棚の端《はし》と端に立ったまま、ギルベルトが聞いてくる。アリアナはどう反応すればいいか迷って、ひとまず彼の問いに無言でうなずいた。

ギルベルトの肩《かた》から少しだけ力が抜《ぬ》ける。だが、すぐまたその顔に思い詰《つ》めたような表情が浮《う》かんだ。この展開はまさか……！

「あなたに話したいことがあるんです。その、前世のことで。俺は……アリアナ!?」

ギルベルトが驚《おどろ》いて叫《さけ》ぶ。その時すでにアリアナは彼に背を向け駆《か》け出していた。

ギルベルトから前世の話を聞きたかった。でもあの本に書かれていた内容が――ギルが本心では魔王の自分を裏切り、殺す機会を窺っていたということが彼の口から語られたらどうする？　仮に彼が否定したとしても、それもまた嘘でない保証がどこにある？

（嫌《いや》だ！　やっぱり何も聞きたくない！）

アリアナは耳と同じように心も塞《ふさ》ぐようにしながら書庫を駆け抜け、地上階へ続く階段に足をかけた、その時だった。後ろから追いついたギルベルトに腕《うで》をつかまれた。

「やだっ！　ギル、放して！」

「待ってください、アリアナ！　話を……っ!?」

アリアナがわずかに振《ふ》り向いた、その瞬間ギルベルトが息を呑《の》み、パッと手を離《はな》した。

その時になって、アリアナも初めて気づいた。ぐちゃぐちゃになった感情が熱い涙となって自分の頬《ほお》を濡《ぬ》らしていることに。

アリアナを見下ろす海色の瞳《ひとみ》に隠しきれなかった動揺《どうよう》が浮かんでいる。

「……ごめんなさい」

つぶやくような一言だけを残し、アリアナは図書室の階段を駆け上った。そんな彼女のことをギルベルトはもう追いかけてこなかった。

寮の部屋に戻《もど》ったアリアナは扉《とびら》を閉めるなり、ずるずるとその場にしゃがみ込んだ。

（ギルから逃《に》げるなんて……いつから私、こんな臆病《おくびょう》になっちゃったんだろう？）

前世で魔王の座に就《つ》いていた頃はどんなにしんどい戦況《せんきょう》報告が届いても、逃げずに正面から向き合えていたのに……。

（ううん、違うわ。ギルの話だから、私は恐《こわ》かったのよ）

その答えに辿《たど》り着いた途端《とたん》、心の中でつかえていたものがストンと腑《ふ》に落ちたのをアリアナは感じた。

憧《あこが》れのステラ学院でギルベルトと再会できて嬉《うれ》しかった。タクトの授与《じゅよ》式や使い魔召喚《ましょうかん》の儀式《ぎしき》で助けてもらえて、申し訳なくもありがたかった。恋の練習を一緒にしてドキドキした。この学院でできた大切な思い出の中には、いつもギルベルトがいた。

（私、いつの間にギルのことがこんなに好きになってたんだろう？）

まさかこの――ギルベルトの前世が魔王を殺した勇者だと判明した直後に自分の気持ちに気づくなんて、我《われ》ながらなんて間が悪いと思うが、どうしようもない。

（恋がこんなに苦しいものだなんて聞いてないわ。私、これからどうしたらいいの？）

このままギルベルトから逃げ続けられないことだけはアリアナにもわかっていた。だけど彼と向き合うだけの勇気はまだなくて、深いため息をこぼす。その時だった。コツコツと窓をたたく音を耳にして、アリアナは驚いて顔を上げた。

（え？　まさかファビアーノ？）

こんな非常識な場所をノックしてくる相手には一人しか心当たりがなかったが、実際は違《ちが》った。カーテンの間から白い鳩《はと》のような生き物が嘴《くちばし》で窓をつついているのが見える。

急いで窓辺に駆け寄り、中に招き入れる。アリアナの手に鳩が止まった、次の瞬間、それは白い靄《もや》のように立ち消え、代わりに一枚の紙が彼女の前にはらりと落ちてきた。

『あなたのご回復を心よりお慶《よろこ》び申し上げます。ご体調に問題がなければ、今宵《こよい》お迎《むか》えに上がってもよろしいでしょうか？　例の件でご相談したいことがございます』

学院の人間に鳩が捕まった場合に備えて、陛下ではなく「あなた」という呼称《こしょう》を使っているが、これはファビアーノからの手紙に違いない。

（なんで私が回復したことをファビアーノが知ってるの？　まさか学院内に密偵《みってい》を放って……彼ならやりかねないわね。でも、今大切なのはそっちじゃなくて）

書面に目を通したアリアナは鼓動《こどう》が再び激しく脈打つのを感じた。

（例の件ってどっち？　ギルのこと？　それとも闘技《とうぎ》場に関《かか》わる話の方？）

この内容だけでははっきりしないが、たぶん後者ではないかと推測する。わざわざ「お迎えに上がる」と書いているからには、ただの話では終わらないだろう。もしかしたら闘技場の場所に目星がついたため、一緒に現場確認《かくにん》に行こうという誘《さそ》いかもしれない。

正直、今はファビアーノに会うのも恐かった。彼からギルの話を聞くことになるかもしれないと想像しただけで、胃がキュッと絞《しぼ》られるように痛む。しかしその一方で、悲惨《ひさん》な境遇《きょうぐう》に置かれている魔獣《まじゅう》たちを救うため、自分にできることがあるなら協力したくて……。

（しっかりするのよ、アリアナ。このままギルもファビアーノも避《さ》け続けることなんてできないわ。なら、最初はファビアーノから話を聞く方がいいじゃない）

さっきアリアナが書庫で読んだ本は人間の立場から書かれた歴史だった。同じ話でも、ファビアーノたち魔族の目には別の真実が見えているかもしれない。ならば、可能な限り多くの視点に触《ふ》れ、当時の状況を正確に把握《はあく》しておきたかった。改めてギルベルトと向き合った時に、彼の口からどんな告白が飛び出しても冷静に受け止められるように。

アリアナは自らを鼓舞《こぶ》するように拳《こぶし》を握《にぎ》りしめた。覚悟を決めてファビアーノが送ってきた紙の裏に「今夜八時にパラスト広場にあるアイスクリーム店の前で待つ」と書く。

ファビアーノの実力なら、いつでも好きな時に学院の結界を突破《とっぱ》して寮まで迎えに来られるだろうが、それは学院のセキュリティ上よろしくないし、万が一誰かに見られたら面倒《めんどう》だ。それくらいなら、自分の方から王都の中心街に出向いた方がいい。

アリアナが紙を丸めて呪文《じゅもん》を口にすると、紙は鳩の姿を取り戻し、主《あるじ》の許《もと》へ飛び立って行った。その姿を見送ってから、密会に最適な紺色《こんいろ》の地味なワンピースに着替《きが》えて寮の廊《ろう》下《か》に顔を出す。ちょうど夕食時で食堂に集まる時刻のせいか、廊下に寮生の姿はない。

アリアナは忍《しの》び足で寮を出ると、裏門近くの塀《へい》を飛び越《こ》えて学院をあとにした。

夜の装《よそお》いを纏《まと》ったパラスト広場は、昼間とは異なる幻想《げんそう》的な雰囲気《ふんいき》を醸《かも》し出していた。

客で賑《にぎ》わう露店《ろてん》の軒先《のきさき》には魔術具の明かりがいくつも連なり、行き交《か》う人々の顔を薄闇《うすやみ》の中に浮かび上がらせている。その中に楽しそうにアイスを食べているカップルの姿を見かけてしまい、アリアナはズンと気分が沈《しず》むのを感じた。

(なんで私、ファビアーノとの待ち合わせ場所にここを指定しちゃったのかしら?)

アリアナが王都の街中で知っている場所といえば、裏市かこのアイスクリームの店しかなかったのだから選択《せんたく》の余地はない。しかし、それでも幸せそうなカップルを見ていると、四日前の楽しかった時と現在との落差を思い知らされて余計につらくなる。

(待ち合わせまでまだあるし、少しぶらぶらしてよう。……あれ? あの人……)

人混《ひとご》みの中に見知った顔を見つけて、アリアナは目をこすった。軽薄《けいはく》そうな雰囲気以外、目立った特徴《とくちょう》のない男だ。ただそれでもその顔が記憶《きおく》に残っていたのは、彼が四日前に裏市で自分に声をかけてきたせいだった。あの時はファビアーノが男と自分の間に割って入ったことでうやむやになったが、結局あれはなんだったのだろう?

(もしかしてあれが世に言うナンパだったとか?……いや、でもナンパって「お嬢《じょう》さん、きれいですね」みたいに声をかけてくるものじゃないの?)

「魔力が漏《も》れてます」という指摘《してき》から始まる恋なんて、想像がつかない。それなら何か別の意図があって、自分に声をかけてきたのだろうか?

アリアナはつい気になって男の姿を目で追った。彼の方はその視線に気づかなかったのか、こちらを振り返ることなく、人混みの中に消えていった。こうなっては二度と会うこともないだろう。アリアナとしてもわざわざ引き留めるほどではない。

（人間の世界にもいろんな人がいるのね。まぁ、彼は魔族の血を引いてるようだったけど）

アリアナは踵《きびす》を返すと、気を取り直して広場の散策を再開した。今の時刻は遅《おそ》い夕飯を買い求めに来る客が多いのか、辺りには肉やパンを焼く香《こう》ばしい匂《にお》いが漂《ただよ》っている。隅《すみ》の方に人だかりができているので何かと思ったら、大道芸人が来ているらしい。

（すごい。魔術も使わずに口から火を吹《ふ》いたり飛ばしたり、どうやってるのかしら？）

芸人たちが火の輪を一斉《いっせい》に放《ほう》り投げて舞《ま》う姿に観客たちが拍手《はくしゅ》する。アリアナもつい夢中になって手をたたいた、その時だった。不意にスカートの裾《すそ》をクイクイと引っ張られた。

「お母さんっ！」

「……え？　私⁉」

いったいなんの冗談《じょうだん》だろう？　驚《おどろ》いて下を向いたアリアナを、小さな水色の瞳《ひとみ》が見上げ返す。そこにいたのは、きれいな赤髪《あかがみ》をツインテールにした四歳ほどの女の子だった。

「えーと……お嬢ちゃん、どうしたの？　私のことをお母さんって呼んだみたいだけど」

「え？　お母さん、じゃない？　ふえっ……！」

「待って！　もしかして迷子？　私をお母さんと間違えたの？」

女の子が涙《なみだ》に濡《ぬ》れた顔でうなずく。アリアナは途方《とほう》に暮れた。まさかこのタイミングで迷子に会うなんて思わなかった。こんな人混みの中ではぐれたら、親御《おやご》さんも心配だろう。

「えっと、泣かないで。お母さんとはどこではぐれ……うわっ！」

アリアナは質問の途中で尻餅《しりもち》をつきそうになった。きっと一人で心細かったのだろう。女の子と視線を合わせようとしてしゃがんだ瞬間《しゅんかん》、思い切り抱《だ》きつかれたのだ。

「あの、大丈夫《だいじょうぶ》？」

アリアナが話しかけても、女の子はギュッと胸にしがみついたまま離《はな》れようとしない。こうなってはしょうがない。これも乗りかかった船だ。

（ファビアーノとの待ち合わせまでまだあるし、先にこの子のお母さんを捜《さが》すか）

アリアナは女の子を落ち着かせるように、背中をポンポンたたきながら立ち上がった。

「さっきの質問だけど、お母さんとはどこではぐれたの？」

「あっち！」

「え？　あっちって……あなた、お母さんと一緒《いっしょ》にあそこの路地から広場に来たの？」

「うん！」

女の子が自信満々にうなずく。アリアナはわずかに顔をしかめた。

女の子が指さす先には、広場の外へと通じる細い道があった。こういう場所にはよくあることだが、一本横に道を逸《そ》れるだけで雰囲気ががらっと変わって人気《ひとけ》がなくなる。

（もしかしたら道を間違《まちが》えて覚えてるのかもしれないけど……一応見ておくか）

アリアナは周囲を警戒《けいかい》しながら路地へ足を踏《ふ》み入れた。少し進んだだけで広場の喧噪《けんそう》が遠くなり、薄暗い雰囲気に包まれる。ここはあまり子どもを連れてきたい場所ではない。

「ねぇ、お母さんとはぐれたのはやっぱり別の道だったんじゃないかしら？」

アリアナが足を止めて女の子に尋《たず》ねる。しかし返事はなかった。彼女はアリアナに抱かれたまま、肩越《かたご》しに道の先を見ている。なんだか様子がおかしい。どうしたのだろう？

心配したアリアナが女の子の顔を覗《のぞ》き込もうとした、その矢先、

「痛っ！」

首筋に鋭《するど》い痛みが走るのを感じて、アリアナは女の子を落としそうになった。

（なに今の⁉　虫か何かに刺《さ》され……え？）

アリアナは愕然《がくぜん》とした。片手を首に向かって伸《の》ばそうとしただけなのに、できなかった。痛みを感じた首筋から全身にかけてピリピリとした痺《しび》れが走り、力が入らない。

（いったい誰《だれ》がこんなことを⁉）

路地の周辺に魔術師や飛び道具を持つ輩《やから》の姿は見当たらなかったが……まさか！

ハッとして腕《うで》の中の女の子を見下ろす。アリアナはゾッとした。

（まさかこんな年端《としは》もいかない子どもが私に痺れ薬を打ったの⁉）

「ごめんなさい、おねえちゃん……！　ごめんなさい！」

広場から漏れてきた明かりが女の子の顔を薄闇に浮《う》かび上がらせる。その顔はもう泣い

ていなかった。代わりに、そこには幼いながらも罪悪感を覚え、苦悩《くのう》する表情が浮かんでいる。その背後で、一人の男が路地の奥から顔を出すのが見えた。

（あの男……！）

男がアリアナを見て、口の端《はし》をニタリとつり上げる。彼は四日前に裏市でアリアナに声をかけてきた、魔族《まぞく》の血を引くあの男に他《ほか》ならなかった。

夕餉《ゆうげ》を終えたあとの学院寮《りょう》は独特の喧噪に包まれる。多くの学生たちが談話室や友人の部屋を訪《おとず》れておしゃべりに興じたり、授業の課題に取り組んだりしている中、ギルベルトは誰とも話す気になれず、一人で寮の自室にいた。

今の学院を満たす雰囲気は、百年前の殺伐《さつばつ》としたものとはまるで異なる。楽しそうな学生たちの声を聞いていると、たまにこれは夢なんじゃないかと疑いたくなるほどだ。

「現在のステラ学院を見たら、あなたはどう思いますか、学院長？」

ギルベルトは机の上に置いてある本に向けて、答えの返ってこない問いかけをした。

本のタイトルは『ステラ学院の秘密』。ギルベルトも勇者として人間の世界に帰還《きかん》したのちに知ったことだが、この本を書いたのは当時のステラ学院の学院長だったという。

人間の国々がアルシオン帝国《ていこく》と戦端《せんたん》を開いたばかりの頃《ころ》、ステラ学院は王宮からの圧力に抗《あらが》いきれず、対魔族に特化した魔術師の養成を行っていた。十代の少年少女で構成された対魔兵団がその一例だ。前線へ送り出される彼らの死亡率は高く、学院長はかつての教え子たちが物言わぬ姿で帰ってくる様を見届けては、自分の無力さを嘆《なげ》き悔《く》やんでいた。

そんな折、学院長がペンネームを使って書いた小説がこの『ステラ学院の秘密』だった。現実の世界はつらくても、せめて物語の中だけでは理想とする平和な学院生活を実現させたいという願いがこの本には込められていた。

その願いは当時の戦続《いくさ》きで疲《つか》れていた人々の心に響《ひび》き、『ステラ学院の秘密』は異例のヒットを飛ばした。そして戦が終わったあとは、自らが思い描《えが》いた理想の学院生活を現実にするために、学院長はこの学院の改革に全力を尽《つ》くした。

魔王の死から百年。再びステラ学院に入学し、アリアナと再会したギルベルトはまるでこの物語のように幸せな時間を過ごした。アリアナと他愛《たわい》のない話をしたり、彼女の笑顔《えがお》を見たりするだけで、前世からの欠けていた心が満たされていくのを感じた。

それなのに、時々心臓を握《にぎ》りつぶされたかのように息苦しくなった。元勇者の自分が本当にアリアナの隣《となり》にいていいのか、自分にその資格があるのか、わからなかったからだ。

アリアナが前世の最期《さいご》を忘れている以上、どれだけ今が幸せでも、この自分たちの関係は本物になれない。自分が勇者であったことを――百年前の真実をアリアナに伝えなければならないと、ギルベルトは何度も思った。だけど、できなかった。

前世の最期を思い出そうとすると、アリアナの頭が痛くなるからというのは口実で、本当は恐《こわ》かったのだ。彼女が過去を知った時、確実に傷つくであろうことが。

(それでも最初にあの話をするのは、俺でなければならなかったのに……)

たとえ傷つけ憎《にく》まれる結果になったとしても、アリアナには自分の知る真実を伝えなければならない。それが前世で勇者として魔王たる彼女を手にかけた自分の責任だから。

(今の時間、アリアナは部屋にいるだろうか？)

アリアナの泣いた顔を思い出すと、胸が苦しくなる。だが、今の中途半端《ちゅうとはんぱ》な状態を放置することは互《たが》いのためにならない。もう一度会って、今度こそ最後まで話をしよう。

ギルベルトが決意して立ち上がった、その時だった。視界の端でカーテンがふわりと揺《ゆ》れて見えた。窓は閉めているはずなのになぜ？　侵入者《しんにゅう》か!?

反射的にタクトをかまえる。ギルベルトは窓際《まどぎわ》で異様な殺気が膨《ふく》れ上がるのを感じた。翡翠《ひすい》のように澄《す》んだ双眸《そうぼう》がカーテンの後ろから現れ、狭《せま》い室内を睥睨《へいげい》する。夕陽《ゆうひ》を溶《と》かしたような赤髪と魔族の証《あかし》たる角を持つ彼は、次期選帝侯《せんていこう》のファビアーノだった。

「ファビアーノ様？　急にどうなさい――」

「貴様、陛下をどこへ隠《かく》した？」

窓枠《まどわく》からトンと降り立ったファビアーノがギルベルトに詰《つ》め寄る。

「アリアナを隠す？　なんのことでしょう？」

「とぼけるな。待ち合わせの時刻になっても、陛下がお越しにならないのだ。念のため、寮のお部屋も確認《かくにん》したがいらっしゃらない。貴様が足止めをしているのだろう？」

「は？　足止めって……ファビアーノ様の方こそ、こんな時間にアリアナとなんのために待ち合わせをなさっていたんです？　学生の夜間外出は禁じられていますが」

「学院の規則を気にする必要はない。陛下は近々魔王の座に復帰なさる予定だからな」

「……妄想《もうそう》は置いておいて」

「待て！　私の計画を勝手に妄想扱《あつか》いするな！　私は――」

「俺もアリアナに会いに行こうとしていたのですが、部屋にいないならいったいどこに？」

ファビアーノとの待ち合わせをすっぽかすなど、律儀《りちぎ》なアリアナらしくない。訝《いぶか》るギルベルトに、ファビアーノがなおも不信感に満ちた眼差《まなざ》しを向けてきた。

「ギル、下手《へた》な嘘《うそ》は身を滅《ほろ》ぼすぞ。さっさと陛下を隠した場所を教えろ」

「いや、そもそもこんなことで嘘をついて、俺になんの得があるんです？　第一、相手はあのアリアナですよ？　俺が力ずくでどうこうできる相手だと思いますか？」

「…………………」

室内に一瞬、重たい沈黙《ちんもく》が落ちた。一拍《いっぱく》おいて、ファビアーノが踵《きびす》を返す。

「悪いが、私は急用を思い出したので帰る」

「待ってください！　ここまで聞いておきながら、帰せるわけがないでしょう⁉　他にアリアナの行きそうな場所に心当たりはあるんですか？　彼女の身に何かあったら――」

ギルベルトの言葉を無視して、ファビアーノが窓枠に足をかけようとする。ギルベルトはとっさにその前に回り込んだ。何か彼の気を引くことを言って、足止めをしなければ。

（そもそもアリアナは今夜、なんの目的でファビアーノ様に会おうとしたんだ？）

魔王の座を拒否《きょひ》しているアリアナが、それでも前世の配下と会って話をするとしたら、それは自分たちの前世に関することとか、もしくは……。

「そういえば最近、違法《いほう》に捕《つか》まえてきた魔獣《まじゅう》たちを戦わせる魔獣賭博《とばく》が裏市付近で開催《かいさい》されているそうですね。しかも、そこではあのヴェノムが使用されているとか」

ギルベルトのかまかけに、ファビアーノの眉《まゆ》がピクリと跳《は》ね上がる。どうやら当たりらしい。が、ギルベルトはわざと気づかない振《ふ》りをして続けた。

「転生してもなお強い正義感と責任感を持っているアリアナのことです。そういう魔獣の窮状《きゅうじょう》に関する話を聞いて、変な事件に首を突《つ》っ込んでいないといいのですが」

「……貴様、どこまで知っている？」

「我が公爵家《こうしゃく》に入ってくる一通りの情報は」

つい先日の親族会議で共有された話題を思い出しながら、ギルベルトが微笑《ほほえ》む。向かい合うファビアーノの口から忌々《いまいま》しげなため息がこぼれた。

「一度生まれ変わったくらいでは、貴様のその性格は変わらないようだな。私は貴様のそういう腹黒いところが昔から大嫌《だいきら》いだ！」

「そうですか？　俺はあなたのそういうまっすぐなところが昔から大好きですよ」

「貴様という奴《やつ》は、本当にっ……！」

ファビアーノがグッと言葉を呑《の》み込んで歯がみする。この場で不毛な言い合いを続けていたところでなんの進展もないと、彼にもわかっていたのだろう。腹立たしげに曲げた唇《くちびる》の端から「一時休戦だ」と嫌々《いやいや》ながらにつぶやく声が聞こえた。

「私が陛下と待ち合わせたのは、闘技《とうぎ》場と呼ばれている場所で今夜、魔獣賭博が開かれるという情報をつかんだからだ。今宵《こよい》は陛下と共に潜入捜査《せんにゅうそうさ》に出向くつもりでいた」

「やはりそうでしたか。それで、裏市で待ち合わせを？」

「誰《だれ》がそんな小汚《こぎたな》い場所に陛下をお呼び立てするか！　陛下はパラスト広場を待ち合わせ場所に指定なさってきたのだが、時間を過ぎても一向にお姿が見えなかったのだ」

「それは変ですね。あのアリアナが待ち合わせを忘れて遊んでいるとも思えません」

「当然だ。陛下がお約束を反故《ほご》になさるのは、何か深い理由のある時だ。例えば、誰かに捕まるとかな」

ファビアーノが胸を張って断言する。その直後、二人は互いに顔を見合わせ、押し黙《だま》ってしまった。アリアナの中身は元魔王でも、外見は年頃《としごろ》の美少女だ。そんな彼女が一人で夜の広場に立っていれば、目立つだろう。よからぬ輩《やから》の目を引いてもおかしくない。

「なんだか俺、嫌な予感がするのですが」

「奇遇《きぐう》だな。私もだ。仕方ない。今宵だけは共に行動することを認めよう」

「そのセリフを聞くのは前世から数えて何回目でしょうか？　ファビアーノ様は今宵だけとか、今回だけとかいった言葉が本当にお好きですね」

「貴様という奴は、本当に……！　まぁよい！　陛下をお捜《さが》しするためだ。今宵だけはその減らず口も我慢《がまん》してやる」

ファビアーノがフンッと鼻息も荒《あら》く言い放って、ギルベルトに手を差し出してくる。どうやら翼《つばさ》を持たぬ彼のために、その手を取って街中まで空を飛んで行く気らしい。

ギルベルトは思わず吹《ふ》き出しそうになった。高圧的なようでいて、意外と世話焼きな性格も前世の頃から変わっていないらしい。こういう面があるからこそ、会えば口《くち》げんかばかりする仲でも、ギルベルトはファビアーノを嫌いになれないのだった。

「おい、何をしている？　早くしろ」

ファビアーノが苛立《いらだ》たしげに声をかけてくる。アリアナの身に何かあったかもしれない今、確かにのんびりしている場合ではない。ギルベルトは気を引き締《し》めると、ファビアーノの魔族らしい大きくて骨張った手を取り、共に王都の夜空に飛び立った。

第七章　元魔王が求めるものはただ一つ

夜も更《ふ》けて、薄手《うすで》のワンピース一枚では少し肌寒《はだざむ》くなってきた頃《ころ》、アリアナの前には見ているだけでいっそう涼《すず》しい気持ちになれる鉄格子《てつごうし》がはまっていた。いや、正確には背後も左右も鉄格子に囲まれ、床《ゆか》に魔封《まふう》じの魔法陣《まほうじん》らしきものまで描《えが》かれている徹底《てってい》ぶりだ。

どうやらここは裏市の地下に当たる場所のようだった。囚《とら》われの身となったアリアナは恐怖《きょうふ》に震《ふる》え——るはずもなく、あまりの気まずさに檻《おり》の中で途方《とほう》に暮れていた。

「ちょっとあんた！　見てくれのいいトフェルを見つけたって言うから期待してたのに、なんだい!?　あの子はただの人間じゃないか！」

この声は、ここへ連れてこられた時にアリアナの持ち物検査をした女のものだろう。扉《とびら》を一枚隔《へだ》てた先から、興奮してテーブルをドンドンたたく音が聞こえる。

「あの子、タクトを持ってたんだよ！　これは魔術学院に通ってる人間の子にしか授与《じゅよ》されないものだって、あんた知らないのかい!?」

「はぁ!?　そんなもん、他《ほか》の人間から奪《うば》い取ったんじゃないのかよ!?」

女に負けず荒《あ》れた男の声がする。彼は裏市でアリアナに声をかけてきた男だろう。

「俺はこの目で見たんだよ！　あのお嬢《じょう》ちゃんが裏市で禍々《まがまが》しい魔力を放ちながら歩いていたところを！　ただの人間にあんな芸当ができるか！」

（それがなぜかできちゃうのよね、困ったことに）

アリアナだって、別に好きで魔力をまき散らしているわけではない。今世の両親は人間のはずだが、魔王の資質を色濃《いろこ》く継《つ》いで転生した彼女には、たまに魔族のような特徴《とくちょう》が現れるのだ。もっともそんなこと、誘拐《ゆうかい》犯相手に説明してあげる義理も道理もないけれど。

（この状況《じょうきょう》、私はトフェルと勘違《かんちが》いされて捕まったみたいね。となると、彼女も……）

狭い檻の中、グスグス泣いている女の子を前にして、アリアナは誘拐犯に対するものとは別の気まずさを感じて頭を抱《かか》えた。彼女はアリアナの首に痺《しび》れ薬を打ち込んだ子だった。

本来であれば、あれしきの痺れ薬で捕まるアリアナではない。腕《うで》が痺れてタクトを持てなくなったとしても、魔族特有の音声魔術をもってすれば簡単に逃《に》げられただろう。そうしなかったのは、自分にしがみついていた女の子を巻き込む危険性があったからだ。

（私が待ち合わせ場所に現れなくて、ファビアーノは心配してるだろうなぁ……ごめんね。刺客《しかく》に気を遣《つか》うのも変な話だけど、まだ子どもだし、なんか訳ありっぽいから放《ほう》っておけなくて……）

というより、一緒《いっしょ》の檻に閉じ込められておきながら何もなかったら、そっちの方がビックリだ。アリアナはため息と一緒に気まずさを呑み込み、改めて女の子に向き合った。

「どう？　泣いて少しは落ち着いた？　もしよければ、さっきなんで私にあんなことをしたのか、教えてもらえないかしら？」

「……おねえちゃん、あたしのこと、ゆるしてくれるの？」

女の子が怯《おび》えた様子で尋《たず》ねてくる。アリアナは首を縦にも横にも振らなかった。代わりに女の子の目をまっすぐに見返しながら、きっぱり告げる。

「思わず許したくなるほどの事情を教えてもらえたら、さっきのことは水に流すわ。そのためにも私の質問に答えてもらえないかしら？　まず、あなたの名前は？」

「……あたし、ミアっていうの」

「そう、かわいらしい名前ね。あなたは、私をここへ連れてきた男たちの仲間なの？」

「ううん！　ちがう！　お母さんがあの人たちにつかまってて……」

「え、どういうこと？」

思わず身を乗り出したアリアナを見て、ミアが一瞬《いっしゅん》困ったように目を泳がせる。アリアナが黙って待っていると、彼女は扉の先をちらちらと警戒《けいかい》しながら小声で耳打ちしてきた。

「おねえちゃん、あたしの言うこと、ひみつにしてくれる？」

「……あなたが望むなら」

「ぜったいだよ！　あたしのお母さん……その、魔族なの」

（なるほど。やっぱりそうだったのね）

人間の幼児にしてはしっかりしていると思ったら、彼女はやはり魔族と人間の間に生まれたトフェルだったのだ。実際の年齢《ねんれい》はきっと見た目より上だろう。

「おねえちゃんをつかまえる手伝いをしないと、お母さんを売り飛ばすぞっておどされて、それで……！　ごめんなさい！　あたしのうち、お母さんしか、いなくて……」

「ごめんね、つらいことを思い出させて」

最後の方は言葉にならず泣きだしたミアをアリアナは抱《だ》きしめた。彼女がまた嘘《うそ》をついている可能性はゼロじゃない。でも嘘だったら、バレた時に怒《おこ》ればいいだけだ。今彼女の話を信じなかったせいで、あとから悔《く》やむ結果になる方がよほど恐《こわ》い。

（それにしても、彼らは魔族やトフェルを捕《つか》まえて何をさせる気なのかしら？）

アリアナが魔王として君臨していた時代には、魔族を捕《と》らえてその魔力を魔術具のために搾《しぼ》り取る人間もいた。しかしあれから百年も経《た》っているのだ。人間の国々との間で様々な条約が結ばれ、交易が盛《さか》んになった今もまだそんな蛮行《ばんこう》がなされているとは信じがたい。

（でも、ここはあの裏市よ？　国際条約で禁じられているヴェノムの売買や魔獣《まじゅう》の違法《いほう》賭博《ばく》だって平気でやっちゃうような場所だし……）

「おねえちゃん、ごめんなさい。あたしのせいで、おねえちゃんまで巻きこんで……」

いけない。急に押し黙ったアリアナを見て、怒っていると勘違いしたらしい。涙目《なみだめ》で謝ってきたミアの頭をアリアナは慌《あわ》てて力強くなでた。

「そんなに謝らなくて大丈夫《だいじょうぶ》よ。私はあなたのこと、もう怒ってないから。それより次の質問だけど、あなたのお母さん以外にも捕まっている魔族やトフェルはいるの？」

「うん。お母さんみたいな人たち、ほかにもたくさんいるよ」

「……そう、あの男たちは誘拐の常習犯なのね」

自分で口にした言葉に、アリアナは嫌気《いやけ》がさした。なんのためか知らないが、かつての同胞《どうほう》が理不尽《りふじん》に捕まる状況が常習化していると知っては放っておけない。

「ねぇミア、お母さんたちの捕まっている場所や人数はわかる？」

「うん！　えっとね、ぜんぶで五人くらい。今日はみんな、広場の方にいると思う」

「……広場？　私たちが最初に会った、あのパラスト広場じゃないわよね？」

「地下にすごく大きな広場があって、そばでグリュコスやアクリードをかってるの」

「え……それって、まさか闘技《とうぎ》場？」

ミアは闘技場という単語を知らないのか、キョトンとしているが、アリアナは彼女の説明に確信に近いものを得ていた。そういえばファビアーノから闘技場関連と思われる用件の手紙が届いたのも今日のことだ。もしかしたら今夜、魔獣賭博が開催《かいさい》されるため、ミアの母親たちは魔獣の世話に駆《か》り出されているのかもしれない。一般《いっぱん》的に魔族たちは人間よりも魔獣を身近に感じて育ち、その扱《あつか》いにも慣れているものだから。

（だとしたら、今夜私が捕まったことは、ある意味ラッキーだったかもしれないわね）

図《はか》らずも敵の懐《ふところ》に忍《しの》び込めたのだ。案内役のミアがいてくれるなら、その広場が本当に闘技場であるか、こっそり確認《かくにん》しに行くことだってできる。そうと決まれば話は早い。

アリアナはミアの前に手を差し出した。水色の瞳《ひとみ》がその手を不思議そうに見下ろす。

「おねえちゃん？　この手は……？」

「私は今からここを脱出《だっしゅつ》するわ。一緒に行きましょう」

「え、でもお母さんが……」

「大丈夫！　お母さんも必ず助けるから、その広場まで案内してくれる？」

「おねえちゃん……！　ありがとう！」

ミアがアリアナの胸に勢いよく飛び込んでくる。アリアナは決意も新たにその身体《からだ》を抱きしめながら、床《ゆか》に視線を向けた。そこにはアリアナの知らない魔術記号を使って描かれた魔法陣《まほうじん》があった。もしかしたらトフェルの間で独自に生み出された魔術かもしれない。試《ため》しにアリアナが音声魔術で水を生み出そうとすると、床が淡《あわ》く光って魔力を吸い込まれた。やはりこれは魔封じの魔法陣で間違いないだろう。となれば、対応策は二つ。

(素手《すで》で鉄格子を曲げるのはさすがにちょっと……魔術の強化なしでは厳しいわ)

なら、残りは一択《たく》しかない。アリアナはミアを抱いたまま、もう片方の手を床についた。

その脳裏《のうり》にあったのは、タクトの授与式でギルベルトが選定石を壊《こわ》した時のことだった。

彼のことを考えると胸がチクッと痛んだが、その痛みさえも力に変えて魔法陣に魔力を注ぎ込む。次の瞬間、まるで電流が走ったかのように魔術記号が赤く光り出した。アリアナが手をついた先から床がメリメリと音を立てて盛り上がっていき、そして――、

「危ないっ！」

アリアナはとっさにミアを抱いて横に飛んだ。耳をつんざくような爆音《ばくおん》が辺りを満たす。アリアナの魔力に耐《た》えきれなかったのだろう。限界に達した魔法陣が爆発を引き起こし、その風圧で目の前の鉄格子《てつごうし》が大きくねじ曲がった。

（えぇーと、これは檻《おり》まで一緒に破壊《はかい》できてラッキー？……うん、でも……）

「なんだ、今の音は⁉　爆発か⁉」

（うん、さすがに今の音は気づくよね！）

檻の先にある扉《とびら》が勢いよく開けられた。飛び込んできた男たちを見て、アリアナの頰《ほお》を嫌な汗《あせ》が伝い落ちる。男たちの方も、瓦礫《がれき》の中央で幼女を抱いているアリアナにどう反応したらいいか困ったらしい。檻の残骸《ざんがい》とアリアナを見比べ、目を丸くしている。が、その衝撃《しょうげき》も長続きしなかった。我《われ》に返った男が怒《いか》りに震《ふる》える指先でアリアナをさして叫《さけ》ぶ。

「お、お前、やっぱり人間じゃないな！　タクトなしで魔法陣を壊すなんて……！」

「悪いけど、賠償請求《ばいしょうせいきゅう》には応じられないから！」

穏便《おんびん》に済ませたかったが、見つかっては仕方ない。アリアナはミアの顔を自分の胸に押しつけると、固く目をつむって呪文《じゅもん》を口にした。次の瞬間、光の洪水《こうずい》が室内にあふれた。

「くっ！　目が……！」

男たちが顔を押さえてうずくまる。アリアナは彼らの横をすり抜《ぬ》け、隣《となり》の部屋に飛び込んだ。そのまま後ろ手で扉に鍵《かぎ》をかけ、すぐには追ってこられないようにする。

(これで少しは時間を稼《かせ》げるわ。……あ、あれは私のタクト！)

目の前の机に没収《ぼっしゅう》されたタクトが置かれているのを見つけ、慌てて懐にしまう。誘拐《ゆうかい》犯が自分のことを人間でないと勘違《かんちが》いしているなら、このタクトを使わずにトフェルの振《ふ》りを続けた方がいいだろう。その方がきっと後々人間としての身元を特定されづらくなるし、何より慣れた音声魔術の方が格段に戦いやすい。

「よし！」とアリアナが覚悟《かくご》を決めた、その直後に誘拐犯を閉じ込めた扉と反対側にある扉がドンドンとたたくようにノックされた。

「おい、みんな！　すごい音がしたけど大丈夫か!?」

あれだけの爆発があったあとだ。誘拐犯の仲間とは限らないが、様子を見に来た人がいてもおかしくない。中から何も反応が返ってこないことを訝《いぶか》しんだのだろう。あまり間を置かずに扉が開けられた。その瞬間、アリアナは入ってきた男の首筋に手刀を落とした。

「おい、どうした!?　あっ！」

続いて中に入ってきた男が、アリアナと目が合って息を呑《の》む。その時にはもう、アリアナは口の中で唱えていた呪文を放っていた。アリアナの手から生み出された突風《とっぷう》が扉の前に集まっていた男たちを一斉《いっせい》になぎ倒《たお》す。今だ！

アリアナはミアを抱《かか》えて通路に躍《おど》り出た。人がこれ以上集まる前に少しでも距離《きょり》を稼ごうと全力疾走《しっそう》する。ただその迷いのない行動とは裏腹に、アリアナの胸中は複雑だった。

（思った以上に仲間がいるわ。ここは一度ミアを連れて脱出する？……うぅん、ダメ）

相手は平気で魔族やトフェルを誘拐するような連中だ。娘《むすめ》であるミアの逃亡《とうぼう》を知ったら、見せしめや罰《ばつ》として母親に何をするかわからない。ここは助けに行くべきだろう。その過程でなんとかファビアーノに連絡《れんらく》を取って、応援《おうえん》を呼べればいいのだが……！

ミアを抱いて走りながら、必死で対応を考える。しかし敵はアリアナに何か行動を起こす時間を与《あた》えてはくれなかった。彼女の行く手には再び屈強《くっきょう》な男たちが立ち塞《ふさ》がった。

少し時を遡《さかのぼ》り、アリアナが檻の中で気まずい時間を過ごしていた頃《ころ》、ギルベルトは幻《げん》術《じゅつ》で人間の姿を纏《まと》ったファビアーノと共に裏市へ来ていた。

二人は最初にパラスト広場でアリアナの目撃《もくげき》情報を探したのだが、人目を引く容姿にもかかわらず、彼女を見たと言う人には会えなかった。その不自然さがかえってギルベルトの不安を煽《あお》った。アリアナはなんらかの形で魔獣賭博に関する情報をつかんだため、広場ではなく裏市へ向かい、そこで何かトラブルに巻き込まれたのではないかと推測したのだ。

ただでさえ日中から薄暗《うすぐら》い雰囲気《ふんいき》を醸《かも》し出している裏市は、夜半になると別の顔を見せる。むしろ今の方が本来の活動時間だというように通りには人が増え、にわかに活気づくが、それは今夜、闘技場で魔獣賭博《まじゅうとばく》が行われることと関係しているのかもしれない。

ギルベルトが慎重《しんちょう》に周囲を見回し、話を聞けそうな相手を探した、その時だった。

「お兄さんたち、何をお探しだい？　王都土産《みやげ》が欲しいなら、うちを見てくといいよ」

近くにあった店の主《あるじ》が話しかけてきた。ギルベルトたちのことを観光客と勘違いしたらしい。ニコニコしながら店頭の怪《あや》しげな魔術具を指さしている。これはちょうどいい。

「すみませんが、俺たちは今、迷子になった連れを捜《さが》していまして。黒髪《くろかみ》に紫《むらさき》の瞳を持つ少女を見かけませんでしたか？」

ギルベルトが尋《たず》ねた瞬間《しゅんかん》、男の笑顔《えがお》がわずかに引きつって見えた。

「あぁー、悪いが知らないね。そんな目立つ風貌《ふうぼう》の子が前を通ったら、気づくはずだが」

「……そうですか。ありがとうございます」

ギルベルトは軽く頭を下げて、あっさり引き下がった。再び裏市を歩き出した彼の肩《かた》にファビアーノが「おい」と言《い》って、後ろから手をかけてくる。

「ギル、あの男を問い詰めなくていいのか？　あの様子は何か知っているぞ」

ファビアーノの苛立《いらだ》ちを含《ふく》んだささやきに、ギルベルトも小声で「そうですね」と同意する。あの男は、自分たちが客じゃないと知って不機嫌《ふきげん》になったわけではない。彼のこわばった表情と泳いだ目は何かを隠《かく》していると物語っていた。

本心ではギルベルトだって男を詰問《きつもん》して、すぐにアリアナの居場所を探《さぐ》りたかった。だが、そんなことをしてもきっとここでは意味がない。

「裏市の人間たちは得てして横の連帯感が強く、用心深いものです。俺があの場で問い詰めたところで、何も言わないでしょう。それより今はこの場でアリアナの聞き込みを続ける方が賢明《けんめい》です。彼女が本当に裏市でトラブルに巻き込まれているのであれば、聞き込みの噂《うわさ》を聞きつけた向こうの方から俺たちを迎《むか》えに来てくれるはずです」

「餌《えさ》をまいて相手を釣《つ》る気か。相変わらず、貴様は今世でもやり方が腹黒いな」

「人聞きの悪いことをおっしゃらないでください。俺は結果的に一番早くアリアナに辿《たど》り着けると思う方法を選んでいるだけです。本来の俺は平和主義者ですよ」

「ずいぶん物騒《ぶっそう》な平和主義者もいたものだな。……まぁ、百年前はその自称《じしょう》平和主義者に助けられた面もあったから、一概《いちがい》に否定はしないが」

ファビアーノがギルベルトを見下ろし、肩をすくめる。その顔が不意に真剣《しんけん》みを帯びた。

「そういえば貴様、今世ではもう勇者をやらないのか？」

「…………は？」

この元同僚《どうりょう》は藪《やぶ》から棒に何を言い出すのだろう？

「ファビアーノ様は、勇者となった俺のことを毛嫌《けぎら》いしてると思っていましたが」

ファビアーノの真意がわからず、探るような視線を投げかける。ファビアーノはそんなギルベルトの顔を見返し、彼にしてはめずらしく気まずそうに言葉を継《つ》いだ。

「理由はどうあれ、最愛の主を手にかけた貴様を私個人は好きになれないし、陛下のおそばに置きたくない。だがあの戦《いくさ》が終わったあと、貴様が勇者となって人間たちの手綱《たづな》を取ってくれたおかげで、我が帝国《ていこく》が不利な立場に追い込まれることなく、魔族の利益を守れたのも事実だ。平和主義者を名乗るなら、今世でも同じことをやったらどうだ？　貴様の場合、陛下のおそばに侍《はべ》るより、その方がよほど陛下のためになると思わないか？」

「…………………………」

ファビアーノの言葉にギルベルトはすぐに答えられなかった。その脳裏《のうり》に浮《う》かんでいたのはアリアナの泣き顔だった。自分の前世が勇者だと知ったことで、彼女は深く傷ついた。自分がそばにいない方が彼女は幸せになれるのではないかと、心のどこかでささやく声がする。どんな理由があったにせよ、前世で自分が彼女を殺した事実に変わりはない。

そんな人間が彼女の隣にいていいのだろうか？　ファビアーノの言う通り、彼女の理想とする世界を維持《いじ》するために今世でも勇者を続け、遠くから彼女の幸せを見守る方がいいのではないか？

（しかし、それでも俺は……！）

ギルベルトが自分の心に答えを出そうとした、その矢先、裏市の奥の方でドォォォンという爆発音《ばくはつ》が上がり、辺りが一瞬地震《じしん》のように揺《ゆ》れた。

「なんだ、今の音は⁉」

「魔術具が暴発したのか⁉」

近くにいた店の主や客たちが浮き足立つ。ギルベルトの背筋を冷たい汗《あせ》が伝い落ちた。

（まさか今の爆発、アリアナに何かあったんじゃ……）

そう感じた瞬間、ギルベルトは駆《か》け出していた。あの爆発はアリアナと無関係かもしれない。それでも彼女の身に何かあったらと考えるだけで、いても立ってもいられなかった。

「ギル、落ち着け！」

後ろから追いついてきたファビアーノがギルベルトの肩に手をかける。

「もし仮に今の爆発が陛下と関係のあることだとしても、そこまで取り乱す必要はない。陛下に害を与えられる人間などまずいないからな」

「……なぜそう言い切れるんです？」

「当然だろう？　あの陛下に敵《かな》う者など――」

「百年前のあの時も、皆《みな》がそのように思っていたじゃないですか！」

「…………！」

ギルベルトを見下ろす翡翠《ひすい》の瞳《ひとみ》がハッと揺れる。ギルベルトはかまわずに走り出した。

隣《となり》にいたいなんて贅沢《ぜいたく》はもう言わない。自分のことを嫌っても、憎《にく》んでもかまわない。

それでも、どうか……！

(どうか無事でいてください、アリアナ！　俺はもうあなたを失いたくないんです！)


耳を打つ呼吸がハァハァと荒《あら》くなっているのを感じる。魔力にはまだ十分余裕があるのに、腕《うで》や足など身体《からだ》のあちこちが重くなっていることを感じて、アリアナは歯がみした。

「いたぞ！　こっちだ！」

後ろで男の声が上がる。振《ふ》り向いた視界の端《はし》で魔《ま》法陣《ほうじん》が光るのが見えた、次の瞬間、アリアナは通路に向かって勢いよく風の魔術を放っていた。

「くはっ……！」

追っ手たちが重なるようにして後ろに吹《ふ》き飛ぶ。その様子を最後まで見届けることなく、アリアナは彼らに背を向け走り出した。

「おねえちゃん、大丈夫《だいじょうぶ》？　あたしをだっこしてて、つかれない？」

ミアが腕の中から気遣《きづか》わしげな声を上げる。アリアナは一瞬答えに迷った。が、すぐに「大丈夫！」と答えて、その小さな身体をギュッと抱《だ》きしめた。

「ミアには怖《こわ》い思いをさせて悪いけど、私が必ず守るから！」

「うん、でも……」

「あなたはお母さんの心配だけしてればいいのよ。広場はこっちの方向でいいのよね？」

うなずくミアを見て、アリアナは走る速度を上げた。こんな小さな子に心配をかけてしまうなんて不甲斐《ふがい》ない。魔力の質や量が前世からほとんど変わらないせいで、体力の限界を見誤ってしまった。前世と違《ちが》って、人間の今は体力が無尽蔵《むじんぞう》にあるわけでもないのに。

(久々の戦いで勘《かん》が鈍《にぶ》っているわね。しかも予想以上に敵が多いし)

裏市の人間関係は知らないが、自分たちが逃《に》げただけでここまでの追っ手がかかるとは思わなかった。自分の正体が元魔王だとバレているならともかく、ただのトフェルだと思われている自分とミアを、ここまで躍起《やっき》になって捕《つか》まえようとする理由がわからない。

(やっぱりこの先にある闘技場《とうぎじょう》を見られたらまずいから、止めようとしてるのかしら？)

しかもここまでするからには、空の闘技場ということはないだろう。

(この先の闘技場では今、魔獣賭博が絶賛開催《かいさい》中とか？)

もしそうだとしたら、このまま進むのは少しまずいかもしれない。地下では攻撃《こうげき》系の大規模魔術が使えない上に、まだファビアーノとも連絡《れんらく》がついていないのだ。

仮に今アリアナが魔獣賭博の現場に踏《ふ》み込んだところで、その戦力差は一目瞭然《いちもくりょうぜん》。多勢に無勢ではできることも少ないだろう。

（くっ……！　ミアのお母さんは心配だけど、ここは一度撤退《てったい》した方が——）

アリアナが一瞬《いっしゅん》迷った。その耳に再び敵の声が聞こえてきた。

「あの女、あっちへ行ったぞ！」

「奴《やつ》はトフェルだ！　音声魔術の攻撃に気をつけろ！」

（ああ、もう！　しつこい男は嫌われるわよ！）

複数の人間が後ろから追ってくる足音を聞きつけ、アリアナは走るスピードを速めた。

ミアを抱きしめたまま目の前の角を勢いよく曲がる。その時だった。

「え……」

目の前に魔法陣が現れた。なんの前触《まえぶ》れもなく、突然《とつぜん》に。

（しまった！　待ち伏《ぶ》せされた！）

アリアナはとっさに呪文《じゅもん》を唱えた。が、間に合わない！　魔法陣が凶悪《きょうあく》な光を放つ。

アリアナは来《きた》る衝撃《しょうげき》を覚悟《かくご》して身体を硬《かた》くした。その真横を光の矢がすり抜けていった。

思わず閉じかけていた目を瞠《みは》る。敵の攻撃が外れたのではない。その矢はアリアナの後ろから飛んできて、発動寸前の魔法陣を霧散《むさん》させた。

（なっ……！　今の魔術は——）

「アリアナ！」

聞き慣れた声が、驚《おどろ》いているアリアナの耳を打つ。反射的に振り返る。深い海色の瞳と目が合った、その瞬間、その目尻《めじり》がホッとしたように少し下がって見えた。

「よかった、アリアナ。あなたが無事で」

「ギル……！」

なぜ彼が今ここにいるのかわからない。彼はあの勇者の生まれ変わりだというのに、なぜ元魔王の自分を助けてくれたのだろう？

疑問の種は尽《つ》きないが、それでもアリアナはギルベルトの顔を見ただけで、全身の力が抜けそうなほど安堵《あんど》している自分に気づいていた。

彼の前世は勇者かもしれない。しかし、それ以前にあのギルの生まれ変わりだ。書庫であんな別れ方をしたあとなのに、こうして助けに来てくれたことが死ぬほど嬉《うれ》しい。

(ギルが前世で魔王の私を殺したのだとしたら、やっぱりそこには何か理由があったはずだわ。でなければ、今ここに来てくれるはずがないもの)

もしかしたらそれは自分にとって都合のいい願望かもしれない。それでも自分を庇《かば》い、残りの敵と戦い続けるギルベルトの姿を目にして、アリアナは決意した。

ここを脱出《だっしゅつ》したら改めてギルベルトに話を聞こう。今度はもう逃げない。忘れている過去と正面から向き合うのだ。

「陛下ぁぁぁ！　ご無事でよかったです！」

ファビアーノが感涙《かんるい》にむせびながら駆け寄ってくる。まるで主《あるじ》と再会した大型犬のような姿に、アリアナはなんだか気が抜けて苦笑《くしょう》した。先ほどギルベルトが彼女の危機に駆けつけた直後のことだ。その後ろからファビアーノも現れ、残敵を二人で一掃《いっそう》してくれた。

「ギルもファビアーノもありがとう。でも、どうして私がここにいるってわかったの？」

「裏市の方で爆発音が聞こえたので、もしやと思い、ギルベルトと共に馳《は》せ参じたところ、不届き者に囲まれた陛下のお姿を発見したのです」

「えっ！　私が檻《おり》を壊《こわ》した音、そこまで大きかったの？」

思ってもみなかったファビアーノの答えにアリアナはビックリしたが、まぁ結果よければすべてよし。あの爆発は狼煙《のろし》のような役割を果たしたと考えればいいだろう。……そのせいで余計な敵まで集めてしまい、苦労したが。

「ところで陛下、その……陛下の腕の中の幼女はいったい何者でしょうか？」

ファビアーノがめずらしく戸惑《とまど》いがちに聞いてくる。アリアナはハッとして腕の中を見下ろした。いけない。初めて会う人たちに緊張《きんちょう》したのか、ミアが不安そうにしている。

「ミア、大丈夫よ。この人たちは私の仲間だから。ファビアーノ、彼女は私と一緒《いっしょ》に捕まっていたトフェルで、お母さんがこの先の闘技場に囚《とら》われているらしいの」

「なんですと⁉　今宵《こよい》、魔獣賭博《まじゅうとばく》が開催されていることと何か関係があるのでしょうか？」

「わからないわ。でも妙《みょう》に敵の数が多いと思ったら、やっぱり魔獣賭博が開かれてるのね。

「ファビアーノ、至急外部へ連絡を！　帝国《ていこく》の大使館と王国の警察関係者に救援《きゅうえん》を求めて。今夜、魔獣賭博の現場を押さえるわよ！」そうとわかれば、もたもたしていられないわ。

「はいっ！」

ファビアーノが生き生きとした表情で敬礼し、懐《ふところ》から取り出した紙にメッセージを書き始める。寮《りょう》にいたアリアナに手紙を送った時と同じように、関係各位に鳩《はと》の形をした魔術の手紙を送るのだろう。アリアナはその姿を見てからギルベルトの方を向いた。

できれば彼にはこのあとも一緒に来てもらって、救援が来るまでの間、興行主たちが逃げないように見張る手伝いなどをしてもらいたい。でも複雑な今の関係で、そんなことをお願いしていいものだろうか？

言葉にできない想《おも》いを抱《かか》えて、ギルベルトを見上げる。そんなアリアナの前に、彼は不意に手を差し出してきた。

「ギル？　この手は――」

「ミアは俺が預かります。あなたは少しでも体力の回復に努めてください。人間の身体であれだけの大立ち回りを演じれば、かなりのダメージを受けているはずです」

「うっ、その通りだけど……」

ギルベルトには隠《かく》してもバレバレなのだろう。その気持ちは嬉しいが、これ以上、彼に余計な負担はかけたくない。どうしよう？

アリアナが反応に迷った、その時、腕の中が急に軽くなった。

「ファビアーノ!?」

「ギル、貴様はタクトを使うのだから、手を空けておかなければならないだろう。陛下、この幼女は私がお預かりしますので、ご心配なく。さぁ、皆《みな》で闘技場へ参りましょう!」

ミアを抱《だ》いたファビアーノが歩き出す。もしかしたらギルベルトを相手に気遣《きづか》ったことが照れくさかったのかもしれない。その耳がかすかに赤くなっていることに気づいて、アリアナはギルベルトと顔を見合わせた。思わず二人して同時に吹《ふ》き出してしまう。

今の自分たちは立場も関係も前世の頃《ころ》とまるで違う。それなのに不思議だ。この三人でいれば何も恐《こわ》くない。何があっても無敵な気がして、アリアナは力強く微笑《ほほえ》んだ。


その後、態勢を整えたアリアナは、ミアと二人きりだった時とは比べものにならないスピードでギルベルトたちと共に地下街を駆《か》け抜け、闘技場を目指していた。

誰《だれ》がこんな複雑なものを造ったか知らないが、この地下街はいくつもの枝道に分かれている。時に道の先からアリアナたちを見つけて仲間に知らせようとする者や、横道での待ち伏せを企《たくら》む者もいたが、騒《さわ》ぎになる前にアリアナかギルベルトが魔術で狙撃《そげき》した。

そして倒《たお》れた敵にファビアーノが術をかけることで記憶《きおく》を曖昧《あいまい》にし、アリアナたちの姿が彼らの頭に強く残らないようにした。

最後にこの三人で行動を共にしたのは百年も前のことだ。その間に様々なことがあったはずなのに、それでも三人の息はピッタリ合い、アリアナは二人に背中を預けることに心地《ここち》よささえ感じるようになっていった、その時だ。不意に通路の先から「わぁぁぁ！」と人々が熱狂《ねっきょう》し盛り上がる歓声《かんせい》のような音が聞こえてきた。

「おねえちゃん、あそこ！　あの先が広場なの！」

ファビアーノの腕《うで》から身を乗り出したミアが通路の先を指さして叫《さけ》ぶ。アリアナは緊張してゴクリとツバを呑《の》み込んだ。ミアが指さす先には大きな鉄の扉《とびら》が立ちはだかり、その前に使い魔らしき魔獣を従えた男が二人、扉を守るように立ち塞《ふさ》がっている。

「お前ら！　どうやってここまで……！」

気づいた男がタクトを振《ふ》り上げ、もう一人の男が魔獣と共に飛びかかってきた。だが、アリアナたちの敵ではない。彼女が呼吸するように唱えた魔術の一撃で男と魔獣が一斉《いっせい》に吹き飛び、ギルベルトの放った魔術がもう一人のタクトを弾《はじ》き飛ばす。

「陛下、お気をつけください。扉を開けます」

素早《すばや》く進路を確保したファビアーノが警戒《けいかい》しながら扉に手をかける。ひときわ大きくなった歓声がアリアナたちのいる通路にまで流れ込んできた。そして――、

（ここは……闘技場《とうぎ》のバックヤードか何か？）

扉の先に現れた光景に、アリアナの顔がこわばった。狭《せま》く薄暗《うすぐら》い空間の中にいくつもの檻が並べられ、グリュコスやアクリードなど大型のめずらしい魔獣が何匹《ひき》も閉じ込められている。その前に立っていた女がアリアナたちの侵入《しんにゅう》に気づいてハッと叫んだ。

「あ、あなたたち、例の侵入者ね！　警備員を――っ！」

女の言葉は最後まで続かなかった。背後に回ったギルベルトが彼女の首に手刀を落としたのだ。彼は気絶した女の身体《からだ》を床《ゆか》に寝《ね》かせると、ミアの方に顔を向けた。

「ここにいるのは魔獣だけのようだけど、君のお母さんは？　別の場所で捕《つか》まってるの？」

「あのね、前にあたしが来た時にはお母さん、あっちにいたの！」

興奮したミアがファビアーノの腕から飛び降り、檻の前をまっすぐに突《つ》っ切っていく。

「ミア、待って！　一人で行ったら危ないわ！」

慌《あわ》ててミアを追いかける。その途中《とちゅう》で、アリアナは肌《はだ》がゾワッと粟立《あわだ》つのを感じた。

（何この臭《にお》い？　血？　でも、それだけじゃないような……）

薄暗い空間の先は闘技場へ続く通路になっているのか、その先から歓声と共に光が差し込んでいる。その中に血なまぐさいような、甘ったるいような奇妙《きみょう》な臭いが混ざっていた。

「アリアナ、気をつけて。見張りがいます。闘技場の出入りを監視《かんし》しているんです」

追いかけてきたギルベルトがアリアナに耳打ちした。彼の言う通り、通路の出口に魔術師と思《おぼ》しき男が二人立っている。アリアナは彼らに気づかれないよう、その背中越《ご》しにそっと闘技場の様子を窺《うかが》い――言葉を失った。

地下にあるせいか、闘技場という言葉から想像していたほどの広さはない。学院のグラウンドより狭い砂地の周りには、高い壁《かべ》と共にすり鉢《ばち》状の座席が設けられている。今そこに百人ほどの人間たちが腰《こし》掛け、中央で繰《く》り広げられている戦いにヤジを飛ばしていた。

（あの蛇《へび》型の魔獣はアクリードよね？　戦っている相手は……魔族の女性⁉）

ここで開かれているのは魔獣賭博ではなかったのか？　なぜ魔族がいる？

対峙《たいじ》する両者は限界に近いのか、全身に無数の傷を負い、立っているのがやっとといった有様なのに戦うことをやめない。その目は何かに取り憑《つ》かれたように血走り、わずかに弛緩《しかん》した口元からヨダレがポタポタとこぼれ落ちている。

（あの様子に、さっきの奇妙な臭《にお》い、まさか……）

「あれはおそらくヴェノムを使われていますね」

ギルベルトの冷静な指摘《してき》に、アリアナは気が遠くなった。目の前の現実が信じられなかった。魔族にヴェノムを使って戦わせるなんて、いつの時代の話だ？　魔族と人間の間では条約がいくつも締結《ていけつ》されて、互《たが》いの国に大使館だって建っているのに……！

それでも、ここに集《つど》う人間たちの心は百年前と変わらないのだろうか？

凍《こお》りつくアリアナの耳に「お母さん」とつぶやく声が聞こえた。ハッとして下を向く。

隣《となり》に来たミアが闘技場の方を向いて、水色の目を限界まで大きく見開いていた。

「ミア？　あなたのお母さんって、もしかして——」

「おねえちゃん、助けて！　お母さん、死んじゃう！」

ミアがアリアナの足に抱きついて涙《なみだ》ながらに叫ぶ。アリアナの中で我慢《がまん》していた何かがぷつりと音を立ててはじけ飛んだ。

「おい！　お前ら、なんだ!?　侵入者か!?」

さすがに騒ぎすぎたのだろう。気づいた見張りが叫びながら駆け寄ってくる。

「アリアナ！　ミアを連れて下がってください！」

ギルベルトがタクトをかまえて叫んだ。が、彼が魔法陣《まほうじん》を描《か》くまでもなかった。

「……許せない」

静かな怒《いか》りを孕《はら》んだ声がアリアナの口からこぼれた、次の瞬間、その全身からあふれ出た魔力が強風となって見張りたちを撥《は》ね飛ばした。

「アリアナ!?」

叫んだギルベルトがミアを抱えて後ろへ飛ぶ。しかしアリアナの怒りは治まらず、彼女を中心として生まれた激しい突風《とっぷう》が通路から闘技場へと流れ込んでいった。

「おい！　なんか今、風が吹かなかったか？」

「そんなわけあるかよ。ここは地下だぞ」

観戦に夢中になっていた人間たちも異変に気づいたらしい。そわそわしながら通路の様子を窺おうとしている。いや、人間だけでない。風に魔力の匂いを感じ取ったアクリードが鼻をヒクヒクさせながら、血走った目でジロリとアリアナをにらんだ、その瞬間、

「あぁぁぁぁー！」

闘技場に絶叫《ぜっきょう》がこだました。アクリードの注意が逸《そ》れた一瞬の隙《すき》を突いて、対峙するミアの母が捨て身の突撃《とつげき》をかけたのだ。その時すでにアリアナは動いていた。

「水よ！　すべての汚《けが》れを洗い流せ！」

アリアナが術を放つと同時に叫んだ、その命令が引き金となって、闘技場全体にバケツをひっくり返したような水が降り注いだ。防ぐものもなく、ずぶ濡《ぬ》れになった観客たちが悲鳴を上げ、闘技場の中央にいたアクリードとミアの母がその場に膝《ひざ》をつく。

そんな中、ミアをファビアーノに預けてきたのだろう、必死の形相で近づいてきたギルベルトがアリアナの肩《かた》をつかんで叫んだ。

「ここは地下です、アリアナ！　闘技場を水没《すいぼつ》させる気ですか⁉」

「それも悪くないわね。でもその前に、あなたはミアのお母さんとアクリードの解毒《げどく》をお願い。私は——諸悪の根源を絶ちに行くわ」

「アリアナ⁉」

ギルベルトの制止を振り切って駆け出す。アリアナは床に向かって風の魔術を放つと、

その反動で高い壁を飛び越《こ》え、すり鉢状になっている客席の真ん中に飛び降りた。疲《つか》れた身体が着地と同時にきしむような悲鳴を上げたが、今はかまっている場合ではない。

近くにいた観客が「ヒッ！」と叫んで道を空ける。アリアナの狙《ねら》いは彼らではない。さっき水を降らせた時に見たのだ。客席の中程《ほど》に座る男たちの一団が、逃《に》げ惑《まど》う周囲と反対に一斉に使い魔を召喚《しょうかん》してタクトをかまえたのを。きっと彼らが違法賭博《いほうとばく》の主催者《しゅさいしゃ》だろう。

「お前、脱走《だっそう》したトフェルだな⁉　これ以上この場を乱すなら――」

「なんだというの？」

平坦《へいたん》な声で問いかけたアリアナが男たちを睥睨《へいげい》する。たったそれだけのことなのに、そこに隠《かく》しきれない圧と迫力《はくりょく》を感じたのか、男たちが尻込《しりご》みする。ここまできて彼らもやっと相手がただのトフェルでないことに気づいたらしい。しかし、彼らもこの道のプロだ。額に脂汗《あぶらあせ》を浮《う》かべつつも、使い魔に身を守らせながらタクトで宙空に魔法陣を描く。

訓練された彼らの動きは早かった。が、本気を出した元魔王の相手ではない。アリアナが呪文《じゅもん》を口にした次の瞬間には、使い魔ごと全員吹《ふ》き飛ばされていた。

児戯《じぎ》にも等しい抵抗《ていこう》をアリアナは冷めた目で見下ろし、前へ進んだ。彼女が向かう先には尻餅《しりもち》をついた一人の男がいた。護衛の魔術師たちと一線を画すように仕立ての良い服を着て、装飾《そうしょく》品や身なりにも気を遣《つか》っている。いわゆる色男の部類に入る顔立ちだが、今や顔色を失い、アリアナに向けたタクトの先が恐怖《きょうふ》に震《ふる》えている。

「あなたがこの闘技場の主催者ね？」

「……そうだと言ったら、どうする気だ？」

怯《おび》えていてもさすがトップといったところだろう。アリアナの問いかけに、男が挑発《ちょうはつ》するように返す。その前で足を止め、アリアナは静かに微笑《ほほえ》んだ。

「一つ教えてほしいことがあるの。ねぇ、あなたはどうしてこんなことをしたの？」

「こんな、とは？」

「魔獣《まじゅう》だけでなく、罪のない魔族たちまでさらってきて無理矢理《むりやり》戦わせるようなことよ」

「無理矢理じゃない！　これはれっきとしたビジネスだ！」

「……ビジネス？」

アリアナが露骨《ろこつ》に眉《まゆ》をひそめる。男は勢いよく「ああ！」とうなずいて続けた。

「魔族や魔獣を連れてきた連中にはちゃんと支払《しはら》いをしてる！　お前を捕まえたトフェルだって、人間の国ではまともな仕事にありつけないから、俺たちを頼《たよ》って同胞《どうほう》を売りにきたんだろう？　捕まった連中だって同じようなものさ。俺たちの傘下《さんか》にいれば、少なくとも食いっぱぐれることはないからな！」

「だからと言って、こんな非道が許されるわけないでしょう！」

アリアナの全身から迸《ほとばし》る魔力が一段と苛烈《かれつ》さを増す。彼女の脳裏《のうり》にあったのは、前世で私利私欲のために魔獣や魔族を痛めつけた人間たちの姿だった。この男を見ていると、あの頃《ころ》の人間たちを思い出して虫唾《むしず》が走る。

「魔族も人間と同じように痛めつけられれば苦しいし、つらいのよ？　どうしてそんな基本的なことがあなたにはわからないの？」

「……何を言ってるんだ？　魔族と人間が同じわけないだろう？　なぁ、お前ら！」

男がアリアナの背後に向かって叫《さけ》んだ、その瞬間の出来事だった。復活した護衛たちが宙空に魔法陣を描き、アリアナに向かって鋭《するど》い水の矢を放った。

「くっ……！」

アリアナは男の首根っこをつかんで横に飛んだ。何があっても主催者の彼だけは逃がさない。正式な裁きを受けさせるため、このあと来る応援《おうえん》に引き渡《わた》さなくては！

アリアナは疲れた身体《からだ》で男を抱《かか》えたまま、風や水の魔術で護衛たちに反撃を試みた。中には直撃を食《く》らい、その場に伏《ふ》せる者もいたが、器用な人間は闘技《とうぎ》場の座席に身を隠しながら執拗《しつよう》にアリアナの足下《あしもと》を狙ってきた。アリアナの方は男を抱えているせいで小回りがきかず、どうしても的になりやすくなってしまう。このままでは埒《らち》があかない。

（ああ、もう！　この人をファビアーノに預けて態勢を立て直すしかなさそうね！）

そう決意したアリアナの行動は早かった。疲れた身体に鞭打《むちう》ち、男を脇《わき》に抱えたまま座席の間を駆《か》け抜《ぬ》ける。ギルベルトがヴェノムの解毒に成功したのか、闘技場の下の方で青い球体が膨《ふく》れ上がっているのが見えた。その様子を視界の端《はし》に収めつつ、闘技場を囲む壁《かべ》に足をかけ、最初に通った通路めがけて飛び降りる。が、疲れていた足はきれいに着地を決められずにたたらを踏《ふ》んで転びそうになった。その時だった。

「食らえ！」

強烈《きょうれつ》な肘鉄《ひじてつ》がアリアナのみぞおちに決まった。

「ぐっ……！」

予期せぬ痛みに腕《うで》から力が抜ける。アリアナの手を逃《のが》れた男が猛《もう》スピードで闘技場の反対側に向かって駆け出した。まずい！　彼を逃がすわけにはいかない！

アリアナは反射的に男を追いかけた。男がわずかに振《ふ》り向いて後ろを確認《かくにん》する。その口元にうっすらとした笑《え》みが浮かんで見えた。

ゾクッとした悪寒《おかん》がアリアナの背筋を走り、頭の中で警告音が鳴る。

(何!?　まさか……！)

アリアナはとっさに踵《きびす》を返そうとした。その時にはもう足下が赤く光っていた。

砂地の下に隠されていて気づかなかった。それはヴェノムの使用で制御《せいぎょ》のきかなくなった魔獣や魔族を捕《と》らえるために仕込まれていた魔封《まふう》じの魔法陣だったのだろう。その上に足を踏み入れただけで、どんどん魔力を吸われていくのがわかる。

(今すぐ魔法陣を壊さなきゃ！)

アリアナは檻《おり》を壊《こわ》した時と同じように、足下に向けて全力で魔力を注ぎ込もうとした。

が、間に合わない。焦《あせ》るアリアナの眼前にいくつもの魔法陣《まほうじん》が展開された。

繊細《せんさい》な魔術記号の一つ一つに光が走り、術が作動する。その様はさながら打ち上げ花火のように美しく華《はな》やかで……アリアナはハッと息を呑《の》み、目を見開いた。

（この光景、知ってる。あの時と同じだ。……あの、私が前世でギルに討《う》たれた時と）

こんな時だというのに、夢で見た映像がアリアナの脳内に蘇《よみがえ》る。あの時、花火のように散る光越《ご》しにギルの泣き顔を見た。だけど、今は……。

アリアナが魔法陣越しに護衛たちをにらみながら、来《きた》る衝撃《しょうげき》に備えて覚悟《かくご》を決めた、その時だった。魔法陣とアリアナの間に飛び込んでくる背中が見えた。

「ギル⁉」

タクトを振るったギルベルトの手から魔法陣が紡《つむ》がれ、無数に降り注ぐ光の矢を迎撃《げいげき》する。だが、そのすべてを打ち消せたわけではない。防ぎきれなかった矢がギルベルトの足を、腕を、顔を傷つけ、膝を地につかせる。

（やめて！　これ以上ギルを、私の仲間を傷つけないで！）

アリアナの心から迸る激情が魔力の奔流《ほんりゅう》となって足下の魔法陣に流れ込む。砂が噴《ふ》き上がり、魔封じの魔法陣が地響《じひび》きを立てて割れた、その瞬間《しゅんかん》、忘れていたはずの記憶《きおく》がアリアナの脳内を駆け巡《めぐ》った。

そうだ、前世の最期《さいご》でもあった。今と同じ言葉を、血を吐《は》くような想《おも》いで叫んだことが。

だがあの時、迸る怒《いか》りを向けた相手は人間たちではなくて……。

粉々に砕《くだ》けた魔封じの魔法陣を目にして真っ青になった護衛たちが、それでも懸命《けんめい》にタクトを振り上げ、宙空に再び魔法陣を描《か》こうとする。

身体の自由が回復した今、そんな勝手はもう許さない！

アリアナが呪文を唱えると同時にその手から生み出された熱風が護衛たちを一人残さずなぎ倒《たお》した。その様子を最後まで見届けることなく、アリアナは視界の端で力尽き倒れたギルベルトのもとへ駆け寄った。一つ一つの傷はそこまで深くないようだが、裂傷《れっしょう》の数が多いせいで相当痛く苦しいはずだ。

「ギル！　なんて無茶《むちゃ》をするのよ！　下手《へた》したら死んでいたわよ⁉」

「いいんですよ。あなたが無事なら」

ギルベルトが力なく微笑む。アリアナは胸が締《し》め付けられるほど苦しくなった。ああ、まただ。途切《とぎ》れていた記憶がつながり、忘れていたはずの想いがアリアナを責める。

そう、あの最期の時、魔王アレハンドラは人間が仕組んだ大規模魔術の罠《わな》にかかって動けなくなった配下たちを庇《かば》い、奇妙《きみょう》な液体を浴びせかけられた。その直後から全身が燃えるように熱くなって何も考えられなくなり……意識が戻《もど》った時、辺りには傷つき倒れた配下たちの姿と、血で濡《ぬ》れた自分の両手があった。

あの液体こそは魔王の理性すらも奪《うば》うほどの毒薬――ヴェノムだったのだ。

「陛下、ご無事ですか⁉　応援が到着《とうちゃく》いたし……ギル⁉　これはいったい⁉」

現実世界で応援を連れてきたファビアーノが、倒れているギルベルトを見て息を呑む。

だが、アリアナの視界に彼の姿は映っていなかった。

目の前の傷ついたギルベルトと、あの日泣いていたギルの顔が重なって見える。

あの日、自らの手で魔王軍を壊滅《かいめつ》させてしまうことを恐《おそ》れた魔王アレハンドラは、朦朧《もうろう》とする意識の中でかろうじて己《おのれ》を律し、ギルたち配下の者に最後の命令を下したのだ。

私を殺せ、と。

夢を見た。それも二度と思い出したくないほどつらく、悲しい前世の夢を。

夢の中のギルベルトは、ギルでもルートヴィヒでもなく、一一三番と番号で呼ばれていた。その番号は、ステラ学院に入学したギルベルトが魔術師に必要なタクトよりも先に学院から与《あた》えられたものだった。

当時のステラ学院は、対魔兵団と呼ばれる対魔族に特化した兵士の育成に力を入れ、王国中から魔力の強い子どもたちを集めていた。ギルベルトもそんな子どもの一人だった。

戦場でいつ死ぬかわからない兵士に個性や感情は必要ない。それどころか名前を呼んで愛着が湧《わ》いたら任務に支障が出るかもしれない。そういった理由から、子どもたちは学院に入ると同時に番号で呼ばれ、魔族と戦うための駒《こま》として生きるように訓練された。

だから十四歳で初めて出陣を命じられた時も、特に抵抗《ていこう》はなかった。ギルベルトは学院で教わった通りに戦場で魔術を放ち、対峙《たいじ》する魔族たちを次々と無感動に屠《ほふ》っていった。

それが変わったのは、最初で最後の激戦地に放《ほう》り込まれた時のことだ。魔王直属の軍と対峙したギルベルトの部隊は壊滅状態にまで追い込まれ、彼自身も瀕死《ひんし》の重傷を負った。

戦場で倒れたらそれで終わりだと、ギルベルトは覚悟していたつもりだった。だが死の間近に迫《せま》った戦場で彼が感じたのは、ただ一つの思いだった。——まだ生きたい。

とっくに人生をあきらめていたはずの自分の根底に、そんな人間らしい感情があったことにギルベルトは驚《おどろ》いた。しかしその本能を無視することは難しく、彼は戦場でかろうじて命をつなぎ止め——そして、拾われた。最大の敵であったはずの魔王アレハンドラに。

少年兵の中でもひときわ若かった自分に対する同情か、はたまた斥候《せっこう》として利用するためかはわからない。魔王城に連れてこられたギルベルトはやがて体力を回復し、魔族たちから「ギル」と偽名《ぎめい》で呼ばれるようになった。それは本来ステラ学院の裏庭で彼がかわいがっていたノラ猫《ねこ》の名前だった。魔王に名を聞かれた時、本名のルートヴィヒや一一三番という番号を名乗るわけにもいかず、とっさに思い浮《う》かんだ猫の名を答えた結果だった。

やがて魔王城で過ごすうち、魔族に対する敵愾心《てきがいしん》を持たないと判断されたギルベルトは、魔王の命でその配下に加えられることになった。これはチャンスだと思った。彼ら少年兵は魔王と対峙した場合に備え、魔王を殺す魔術を教え込まれていたのだ。今こそその術を使い、長きにわたる戦争に終止符《しゅうしふ》を打つべき時だとギルベルトは考えた。

しかし彼は魔王を殺すことができなかった。配下に加わった直後こそファビアーノたち一部の魔族に警戒《けいかい》されていたせいもあるが、それだけではない。

戦場で使い捨てにされた少年兵という不幸な境遇《きょうぐう》に同情したのか、多くの魔族たちはギルベルトに優《やさ》しかった。彼に斥候としての訓練を施《ほどこ》した魔族は、いつも「よくできた！」と褒《ほ》めては頭をなでてくれた。城の厨房《ちゅうぼう》を仕切っていた魔族は、食べ盛《ざか》りの彼に「もっと食べて大きくなりな！」と言っては、いつもご飯をたくさんよそってくれた。

皮肉にもこの魔族たちの帝国で、ギルベルトは生まれて初めて人間として扱《あつか》われた。番号で呼ばれる使い捨ての兵士ではなく、ギルという子どもとしてかわいがられた。その扱いはくすぐったくも嬉《うれ》しくて、折を見て魔王を殺そうと考えていたギルベルトは、その機会が巡ってきても「今はまだ早い」「次がある」と言っては、その時を延ばし続けた。

ちょうどそんな頃《ころ》のことだ。ギルベルトも斥候として参加した戦《いくさ》で、五選帝侯《せんていこう》の息子《むすこ》にして魔王の大切な配下の一人が命を落とした。物言わぬ姿で帰還《きかん》した息子を見て、父の選帝侯は魔王の指揮の未熟さを責めた。ファビアーノが止めようとする中、彼女はその謗《そし》りをすべて受け止め、のちに開かれた軍議では自らの問題点を冷静に分析《ぶんせき》して議論さえした。

ファビアーノたち配下の魔族は、寛容《かんよう》で強い魔王の態度に畏敬《いけい》の念を覚え、魔王至上主義をますます強めていった。アレハンドラは何があっても揺《ゆ》るがぬアルシオン帝国《ていこく》の主柱だと、ギルベルトも感じた。だが、本当は違《ちが》うことを彼はのちに偶然《ぐうぜん》知ることになる。

それは、ギルベルトが敵情視察の結果をアレハンドラに伝えに行った時のことだ。夕陽《ゆうひ》が差し込む城のバルコニーに彼女は独りでいた。ギルベルトは声をかけようとして、言葉を失った。彼女は失った部下たちの名前を口にしながら、静かに肩《かた》を震《ふる》わせ泣いていた。

その涙《なみだ》に濡れた横顔を見た瞬間、ギルベルトは気づいた。生まれながらに強い魔王など存在しない。アレハンドラは周りの期待に応《こた》えるために理想の魔王を演じているだけで、その中身は魔王としての重圧と重責に必死で耐《た》えながら戦っている、まだ若い女性なのだ。

ギルベルトがじっと見ていたせいだろう。振《ふ》り向いたアレハンドラが慌《あわ》てて涙を拭《ぬぐ》った。ギルベルトは即座《そくざ》に罰《ばつ》せられると考えて身構えたが、そのようなことはなかった。アレハンドラは照れくさそうに頬《ほお》を赤らめながら「今見たことはないしょだぞ」と耳打ちしてきた。その姿は種族も年齢《ねんれい》も超《こ》えて「かわいい」と感じるに足るものだった。

その後も魔王城で過ごすうちに、ギルベルトはアレハンドラの新しい一面を少しずつ知っていくことになった。彼女は意外と涙もろくて、魔族の窮状《きゅうじょう》に関する報告を読んだあとはよく一人で泣いていた。それに恋愛《れんあい》小説が大好きで、ギルベルトが斥候の土産《みやげ》に持ち帰った『ステラ学院の秘密』を読んでは、恋《こい》に焦《こ》がれる乙女《おとめ》のような感想をこぼしていた。

ギルベルトはそんな彼女のすべてを愛《いと》おしいと感じるようになり、気づいた時には恋に落ちていた。この強くも優しく情にもろい魔王《まおう》を守りたいと考えるようにすらなっていた。

そんな愛しの魔王の下で過ごす日々は、ギルベルトにとって甘い牢獄《ろうごく》のようだった。魔王である彼女は決して誰《だれ》のものにもならない。ならば、せめて自分の命が尽《つ》きるまで一番そばで彼女を支えたいと願った。魔王を倒すことなど、もはや彼の頭にはなかった。

しかし、運命の女神《めがみ》は意地悪な性格をしているらしい。ギルベルトがいつものようにアレハンドラの命で出陣《しゅつじん》した時のことだ。人間たちが仕組んだ大規模魔術の罠にかかり、結界の中に閉じ込められた魔王軍に毒薬が投げつけられた。とっさに配下を庇ったアレハンドラは一人でこの毒薬を浴びることになり、その紫《むらさき》の双眸《そうぼう》から理性の光が消えた。

当時のギルベルトはヴェノムの名前すら知らなかったが、ことの異常さは明白だった。あの情に厚かった魔王が獣《けもの》のように暴れだし、結界内に閉じ込められていた配下の魔族たちを無差別に傷つけていったのだ。ギルベルトもファビアーノも自分たちが知っているあらゆる解毒《げどく》方法をアレハンドラに試みた。だが、彼女の暴走は止まらなかった。

ならば、せめて結界を解こうとファビアーノたちが奔走《ほんそう》する中、魔王の手で味方の魔族が一人、また一人と傷つき倒《たお》れていく。皆《みな》、口に出しこそしなかったが、思っていたことは同じだった。このままでは、敬愛する主《あるじ》の手で魔王軍は全滅《ぜんめつ》させられる。

ギルベルトたちが死を覚悟《かくご》した、まさにその時だった。荒《あら》ぶる魔王の動きが止まり、その紫の瞳《ひとみ》に理性の光が戻った。彼女は暴れる肉体を必死で押さえつけながら、涙の浮かんだ目でギルベルトたちに命じた。「私を殺せ」と。

最愛の魔王を手にかけることなど、ギルベルトは絶対に嫌《いや》だった。それくらいなら自分が死んだ方がマシだと思った。だが再び理性の糸が切れた彼女は苦しみ暴れ、涙をこぼしながら魔術を発動させようとした。その姿を見た時、ギルベルトは悟《さと》った。自分にはこの苦しみから彼女を解放する術がある。彼女の愛した魔王軍を守れるのは自分しかいないと。

それは永遠に続く苦痛のように思えて、実際には一瞬《いっしゅん》の出来事だった。ギルベルトが泣きながら放った魔術の一撃《いちげき》は、一瞬にして魔王の命を奪った。

その最期《さいご》の時、ギルベルトは愛する人を初めて腕《うで》に抱《だ》きしめた。一瞬、彼女が自分を見上げて微笑《ほほえ》んだように見えたが、それは気のせいだったかもしれない。だんだんと冷たくなっていく唇《くちびる》にギルベルトは最初で最後の口づけを落として告げた。

「愛しています、陛下。この命すら捧《ささ》げてもいいと思うほど、あなたは俺のすべてでした」

それはギルベルトの本心だった。しかし現実には、それほど大切に想《おも》っていた彼女の命を自分の手で奪《うば》う結果になってしまった。だからギルベルトは誓《ちか》った。たとえこの先何があろうとも自分は魔王の遺志を継《つ》いで生き、彼女の望んだ世界を実現させてみせると。

その後、形だけ見れば魔王を殺したギルベルトは人間たちから「勇者」と呼ばれ、本名のルートヴィヒ・クライスラーに「フォン」という貴族の称号《しょうごう》が与えられた。

間近でギルベルトの行動を見ていたファビアーノたち魔族は事情を理解していたが、それでも主を手にかけた彼を許すことは心情的に難しく、両者の間に溝《みぞ》が生まれることは避《さ》けられなかった。だが、そのすべてがギルベルトにとってはどうでもいいことだった。

彼の願いはただ一つ——魔族と人間の戦を終わらせ、アレハンドラが望んだ平和な時代を築くことだった。それは心情的に魔族側の人間でありながら、勇者と呼ばれるようになった自分にしかできないことだと感じたからこそ、ギルベルトは残りの人生を懸《か》けてその実現に取り組んだ。手始めに彼は人間と魔族の間を取り持ち、平和条約の締結《ていけつ》に成功した。

その後、戦の原因となった資源問題の解決に尽力《じんりょく》し、人間と魔族の間の交流を進めては様々な条約を結ばせた。特に魔王アレハンドラを死に追いやったヴェノムの使用は固く禁じさせ、万が一の場合に備えてその解毒法をステラ学院の学院長と共に研究した。

そして勇者と呼ばれるようになってから四十年あまりが過ぎた頃、ギルベルトは自身の身体が病に冒《おか》されていることを知った。誰もが恐《おそ》れる死神の迎《むか》えが、彼には優しい眠《ねむ》りへと誘《いざな》ってくれる救いの手に感じられた。ギルベルトは思った。「これでようやく終われる」と。そして死の床《とこ》の薄《うす》れゆく意識の中で、一度は呪《のろ》った運命の女神に一つの願いを捧げた。

「もしも生まれ変わりがあるなら、もう一度アレハンドラ陛下に会いたい。魔族でも人間でもかまわない。来世は彼女と同じ種族に生まれて、同じ速度で生きたい」

その最後の願いと共に、ギルベルトの意識は柔《やわ》らかな闇《やみ》へ墜《お》ちていき、そして……。

夜明け前の闇が一番深くなる頃、アリアナは目の前のベッドに横たわるギルベルトの顔を静かに見つめていた。

ファビアーノが応援《おうえん》に呼んだアルシオン帝国の大使館員とヴァルトシュタイン王国の警官たちは地下の闘技場《とうぎじょう》に到着《とうちゃく》するなり、違法賭博《いほうとばく》の主催者《しゅさいしゃ》たちを現行犯逮捕《たいほ》して、囚《とら》われの魔族や魔獣《まじゅう》たちを保護した。一方、アリアナはファビアーノと共に傷ついたギルベルトを王都の病院に運び込んだ。ファビアーノは治療《ちりょう》が終わるのを待ってからすぐ任務に戻《もど》ったため、今は病室にアリアナとギルベルトの二人しかいない。

ギルベルトは悪夢にうなされているのか、目元に涙をにじませ、時折苦しそうなうめき声を上げている。アリアナは彼の意識を現実につなぎ止めるように、その手を握《にぎ》りしめた。

(ギル、目を覚まして。私、どうしてもあなたに伝えたいことがあるのよ)

アリアナが握った手に力を込めた、その時だった。

「うっ……、うん……」

ギルベルトの瞼《まぶた》がかすかに震え、その下から見慣れた海色の瞳が現れた。

「ギル！」

「……アリアナ？　ここはいったい……痛っ！」

ベッドの上で上半身を起こしたギルベルトが痛みに顔をしかめる。

「無理しないで、ギル。ここは王都の病院よ。あなた、私を庇《かば》ったせいで怪《け》我《が》をして……」

最後の方は言葉にならなかった。ギルベルトが目覚めたら、他《ほか》にも言いたいことがたくさんあったはずなのに、なぜか一つも言葉が出てこない。代わりに、ホッと緩《ゆる》んだ感情が熱い涙となってアリアナの頰を濡《ぬ》らした。その涙をギルベルトが指でそっと拭った。

「アリアナは昔から変わりませんね。強く気丈《きじょう》な女性のように見えて、意外と涙もろいところがあるんですから」

「べ、別に涙もろくなんてないわ。あなたが無事だとわかってホッとしただけで……」

「どうしてそんな風に思えたんです？　俺は……前世であなたを殺した勇者なのに」

ギルベルトの顔に翳《かげ》りが落ち、アリアナの涙を拭っていた指が頰から離《はな》れていく。その手をアリアナはとっさにつかんでいた。

「……アリアナ？」

「確かに前世の私はあなたに殺されたわ。でも、今はそれだけじゃないって知ってる。私、思い出したのよ。失っていた前世の記《き》憶《おく》を全部」

ギルベルトの顔が緊張《きんちょう》にこわばる。アリアナは勇気を振《ふ》り絞《しぼ》って告白を続けた。

「あの最期の時、ヴェノムに冒された私は朦朧《もうろう》とする意識の中で自分を『殺せ』と命じたわ。その命令のせいで、あなたは魔王殺しの勇者と呼ばれるようになったのね？」

ギルベルトの顔がつらそうに歪《ゆが》む。その唇から、後悔《こうかい》に満ちた痛々しい声がこぼれた。

「すみません、アリアナ。ヴェノムを解毒できず、あなたを手にかけた俺を許してくれとは言いません。もし俺のことが憎《にく》いなら……アリアナ？」

ギルベルトは最後まで言葉を続けられなかった。うつむいた彼の両頬《りょうほお》にアリアナが手を添《そ》え、その顔を強引《ごういん》に上向かせたのだ。

「ギル、見て。この顔があなたのことを嫌《きら》ったり、憎んだりしているように見える？」

「アリアナ……」

ギルベルトの顔に今にも泣きそうでありながら嬉《うれ》しそうな、切ない笑《え》みが浮《う》かぶ。向かい合っていたアリアナもつられてくしゃりと顔を歪ませそうになった。でも、まだ泣いてはダメだ。自分の想いを最後まできちんと伝えなければ。

「ごめんなさい、ギル。前世の私は魔王のくせに配下のみんなを守れなかった。ううん、それどころか、あなたに一番つらい役目を負わせてしまったわ。それなのに……ファビアーノに聞いたの。魔王の私が死んだあと、あなたは魔族たちを守るために勇者の権限を使ってできる限りのことをしてくれたって。だから、私……」

ああ、ダメだ。やっぱり途中《とちゅう》から涙《なみだ》で声が詰《つ》まってしまって続けられない。

アリアナの頭にあったのは、ギルベルトの治療が終わるのを待っている間にファビアー

ノから聞いた話だった。魔王の死後、勇者となったギルベルトは魔族と人間の間に立って両者のバランスを取り、平和な世界を築くために尽力したという。

その勇者という、この世にたった一人しかいない特殊《とくしゅ》な立場は、当時を生きた人々にどれだけ理解されただろう？　人間から崇拝《すうはい》されることはあっても、事情を知らない魔族たちからは、魔王殺しとして白い目を向けられる。その孤独《こどく》な戦いを想像するだけで、アリアナは胃が引き絞られるように痛くなった。

「ごめんなさい、ギル。あなたが魔族のためにしてくれたことは本来魔王の私がやらなければならないことだったのに、あっさり先に死んであなた一人に重荷を背負わせて……」

「そんな、重荷だなんて言わないでください。俺にとっては希望でもあったのですから」

「え？　希望？」

話に聞くだけでもあれだけつらく大変そうな仕事のどこに希望があったのだろう？　訝《いぶか》るアリアナを見て、ギルベルトが少し寂《さび》しげに微笑《ほほえ》む。

「あなたが理想とした世界の実現を願い、その夢を追うことができたからこそ、俺は前世で勇者としての生を全《まっと》うすることができたんです。もしそれがなければ、俺はあなたのいない世界に絶望して、すべてを投げ出していたかもしれません」

「ギル……」

痛くなるほどの切なさを覚えて、アリアナは胸を押さえた。前世の頃《ころ》からギルベルトはこんなにも自分のことを大切に想《おも》ってくれていたのに、自分はどうだろう？

前世の最期《さいご》を思い出せなかったせいで、彼の行いを何も知らなかったばかりか、今世で再会してからも助けられてばかりで、まだ何も返せていないことが心苦しい。

「ねぇギル、何か私にしてほしいことはない？」

自然と口をついて出たアリアナの問いかけに、ギルベルトが驚《おどろ》いて眉《まゆ》を跳《は》ね上げる。

「急にどうしたんです？　前世のことを気にしてるなら別に――」

「嫌《いや》よ。あなたが私にしてくれたことのお返しに、どうしても何かしたいの」

アリアナに迫《せま》られて、ギルベルトが困ったように眉尻《まゆじり》を下げる。一度決意した彼女を止めることは難しいと、彼もよく知っているのだろう。しばらく思案したのちに、その唇《くちびる》からフーッとあきらめにも似た吐息《といき》がこぼれた。

「わかりました。もしよければ、俺の願いを一つ聞いてもらえませんか？」

「もちろん！　私にできることなら、なんでも！」

「これはあなたにしか叶《かな》えられない願いです。どうか……どうか今世では俺より一日でも長く生きて、隣《となり》で笑っていてください。俺はあなたの最期を二度と見たくないんです」

「…………」

アリアナは何も答えられなかった。伝えたい想いはたくさんあるのに、自分を見つめる海色の瞳《ひとみ》があまりにも切なすぎるせいで、胸が詰まって一つも言葉にならない。

「アリアナ、返事は？」

ギルベルトが少し不安そうに尋《たず》ねてくる。アリアナは返事の代わりに抱《だ》きついた。

ギルベルトの身体《からだ》が驚いたように一瞬《いっしゅん》揺れる。アリアナは言葉にできない想いを触《ふ》れた先から伝えるように、背中に回した腕《うで》に力を込めた。きっとそれで十分だったのだろう。

ギルベルトはもう何も言わなかった。代わりに骨張った手がアリアナの髪《かみ》を何度も優《やさ》しくなでていく。その指先が触れるたびに、アリアナは胸の奥底が甘くうずくのを感じた。

自分もギルベルトと同じ気持ちだ。この温《ぬく》もりも優しさも失いたくない。彼の隣にいたい。ううん、きっとそれだけじゃもう満足できない。

ギルベルトにもっと触れたい、もっと自分を見てもらいたい、彼の特別になりたいと願ってしまう、この気持ちはきっと……。

(ああ、これが恋《こい》なのね)

抱きしめられてドキドキするのも、その言動に一喜《いっき》一憂《いちゆう》するのも、相手は全部ギルベルトがいい。

アリアナは心の底からわき上がってくる愛《いと》しさに身を委《ゆだ》ね、ギルベルトの胸に顔を寄せた。前世からの空白の時を埋《う》めるかのように、彼もまた強く抱きしめ返してくれる。

窓の外では東の空がわずかに白み始めていた。長かった前世がこれでようやく終わる。

元魔王と元勇者という立場を超《こ》え、二人の新しい明日《あした》が夜明けと共に始まろうとしていた。

エピローグ

秋が深まり、赤や黄に色づいた落葉の絨毯《じゅうたん》がステラ学院の各所で見られるようになった頃のこと。一人の魔族《まぞく》が黄昏時《たそがれ》の薄闇《うすやみ》に乗じ、寮《りょう》にあるアリアナの部屋を訪ねていた。

「このたびは陛下に多大なお力添《ちからぞ》えをいただき、心より感謝しております！」

向かいに座ったファビアーノがそう言って、キラキラ輝《かがや》く翠《みどり》の目をアリアナに向ける。

「あの、ファビアーノ？　お礼ならギルに言った方がいいんじゃない？　例の闘技《とうぎ》場の一件を丸く収めたのは、私よりあなたやギルの功績によるところの方が大きいでしょう？」

アリアナは隣に座るギルベルトを見たが、ファビアーノはそちらを見向きもせずに「いいえ、すべて陛下のおかげです！」と叫《さけ》んでいる。闘技場の一件を通じて少し距離《きょり》が近づいたかと思いきや相変わらずな二人の様子に、アリアナは苦笑《くしょう》して肩《かた》をすくめた。

一ヶ月前、違法賭博《いほうとばく》の主催者《しゅさいしゃ》たちが逮捕《たいほ》されたことを受け、今まで見過ごされてきた裏市の暗部にメスが入れられた。その際、活躍《かつやく》したのがアルシオン帝国《ていこく》の大使館員たちと、ギルベルトの実家のエーベルナッハ公爵《こうしゃく》家だった。公爵家の当主は以前から裏市の違法取引に関する情報をつかんでおり、これが外交問題に発展することを危惧《きぐ》していたらしい。

彼らが協力した調査の結果、裏市では以前から魔獣《まじゅう》の密売や魔族たちの人身売買が横行していたことが発覚し、魔獣賭博の主催者たちは余罪を追及《ついきゅう》された。

また、こういった問題の多くに、アリアナを誘拐《ゆうかい》したようなトフェルたちが関与《かんよ》していたこともわかった。彼らは容貌《ようぼう》が人間に近いせいで魔族の国に住みづらい一方、人間より強い魔力を持つことから人間の国にも馴染《なじ》めず、仕事にあぶれた末の犯行だったらしい。

「魔族やトフェルを巡《めぐ》る問題は、きっとこれからもいろいろ起きるでしょうね。私にも何か手助けできることがあればいいんだけど」

「それでしたら陛下、魔王の座が空いております」

「待って！　そんなお茶のおかわりを勧《すす》めるみたいに気軽に魔王を勧めないで！」

ニコニコと笑顔全開のファビアーノに、アリアナはツッコミを入れずにはいられなかった。普段《ふだん》の仕事はできるくせに、気を抜《ぬ》くとすぐ王座を勧めてくるところは油断ならない。

「私は魔王に復帰しないって、何度も言っているでしょう？」

「ですが陛下、闘技場での雄々《おお》しいお姿を目《ま》の当たりにしたことで、私は改めて確信いたしました。あなたは再び魔王の座に就《つ》かれるために生まれ変わられたのです」

「そういう魔王の押しつけはどうかと思いますよ、ファビアーノ様」

横から上がった声に、ファビアーノがムッと顔をしかめる。

「なんだ、ギル？　嫉妬《しっと》か？　元勇者の貴様は、今世で陛下が魔王に復帰なさっても配下に加われないからな。必死で陛下をお止めする気持ちもわかるが――」

「そうじゃありません。俺はアリアナの意思を尊重したいだけです」

海色の瞳がアリアナに発言を促《うなが》す。彼女は背筋を正してファビアーノと向き合った。

「ねぇファビアーノ、この人間の国にいる限り、元魔王の私は幸せになれないって、あなたは前に言っていたわよね？」

「……はい。地を這《は》う毛虫に大空を翔《かけ》るグリュコスの心がわからないように、人間たちに陛下の器《うつわ》の大きさを理解し、受け入れることはできないと感じたのです」

「いや、なんでまた人間を虫にたとえるの？　しかも毛虫って……」

アリアナは一瞬頭が痛くなったが、すぐに気持ちを切り替《か》えて続けた。

「確かに人間の中には魔獣賭博の主催者のように救いようのない悪人や、悪意はなくても私のように異質な存在を排除《はいじょ》しようとする人たちもいるわ。だけど、それだけじゃない。戸惑《とまど》いつつも、私のような存在を受け入れてくれる人たちだっているのよ」

魔獣学教師のアドラーやロザモンドたちの顔がアリアナの脳裏《のうり》を巡った。彼らのような人間がいる限り、自分はまだこのステラ学院で学生生活を続けたい、人間を嫌《きら》いになりたくないと願った。

「私に元魔王の力があるせいで、これからも周りの人間たちにうまく馴染めなくてもどかしく思ったり、傷ついたりすることはあるかもしれないわ。それでも私は今世を人間として生きていくって決めたの。ギルと一緒《いっしょ》にね」

「…………………」

ファビアーノが恨《うら》めしげな目をギルベルトに向ける。アリアナは、てっきり彼が「陛下をたぶらかしたな！」といった文句をこぼすと思っていた。だが、実際には違《ちが》った。

「陛下のご意志は固いようですね。ならば、この場で私が申し上げることはございません。ですが、私はあきらめたわけではございませんから！　ギル！」

ファビアーノがギルベルトを指さして勢いよく叫ぶ。

「私は一度アルシオン帝国に戻《もど》り、すべての準備を整えた上で再び陛下をお迎《むか》えに上がる。その時まで何があっても陛下をお守りしろ！」

「言われるまでもなく。今までに俺がファビアーノ様から受けた命令の中で、もっともやり甲斐《がい》のある任務ですね」

「私にとっては最悪の命令だがな。可能なら私が人間の振《ふ》りをしてこの学院に入学し、陛下のおそばにお仕えしたいが、一度帝国に帰る必要があれば致《いた》し方ない。陛下」

ファビアーノが椅子《いす》から立ち上がる。彼はアリアナの前で片膝《かたひざ》をつくと、真剣《しんけん》な面持《おもも》ちで手を取り、その甲《こう》に口づけを落として告げた。

「しばしおそばを離《はな》れることをお許しください。再びお目にかかれる日まで、陛下のご健勝を心よりお祈《いの》り申し上げます」

「あなたもね。今世でまた会える日を楽しみにしているわ」

「陛下ぁぁ！　やはり私も人間の振りをしておそばに――」

「やめなさい！　そういうことをすると、本気で周りに迷惑《めいわく》がかかるから！」

やっぱりファビアーノはファビアーノだ。途中《とちゅう》までかっこよかったのに、アリアナに叱《しか》られて、しなびた青菜のようにしゅんと落ち込んでいる。その姿が妙《みょう》にかわいらしくて、アリアナはつい吹《ふ》き出しそうになった。

「もう行きなさい、ファビアーノ。多くの魔族が次期選帝侯のあなたを待っているわ」

「私は魔族ではなく、陛下にお待ちいただきたいのですが……」

「私が人間に転生したことを知っている魔族はあなただけよ。私もこの人間の国から次期選帝侯たるあなたの活躍を見守っているわ」

「……かしこまりました。次は立派な選帝侯となって、陛下をお迎えに上がります」

ファビアーノは未練たっぷりな顔をしていたが、これ以上の長居をする気はなかったらしい。彼が窓枠《まどわく》に足をかけた、次の瞬間、燃えるような赤髪が夕暮れの空に消えていった。

「アリアナ、あなたはあれでよかったのですか？」

アリアナが窓の外を眺《なが》めていると、そばに来たギルベルトが話しかけてきた。

「あなたは今世を人間として生きると宣言しましたが、本当にいいんでしょうか？」

「もう、ギルまで！　みんなして、そんなに私を魔王の座に戻したいの？」

ギルベルトには何度も気持ちを伝えたはずなのに、また同じ質問をされたことにすねて頬《ほお》を膨《ふく》らませる。そんなアリアナのことをギルベルトが不意に抱《だ》き寄せた。

「ギ、ギル？　急にどうし――」

「ずっと、恐《こわ》かったんです。ファビアーノ様の話を聞いて、あなたがやはり魔王に復帰すると言い出さないかと」

「ギル……」

触《ふ》れた先から細かな震《ふる》えが伝わってくるのを感じて、アリアナは胸が痛くなった。何度も気持ちを聞いたくせに、その心を本当にわかっていなかったのは自分の方だったらしい。

アリアナはこみ上げてくる申し訳なさと愛《いと》しさに突《つ》き動かされるようにして、ギルベルトの背中に手を回した。彼が感じた不安も心配もすべて取り除いてあげたくて、きっぱり告げる。

「いい、ギル？　今のあなたは人間でしょう？　だからこそ、私も今世を人間として生きるって決めたの。たとえあなたが嫌《いや》になっても離してあげないから、覚悟《かくご》していて」

「アリアナ……！」

ギルベルトの腕《うで》に力がこもる。顔が見えないからこそ素直《すなお》に告げられた本音だったが、アリアナは自分で言っておきながら、なんだか急に恥《は》ずかしくなってしまった。

「まぁその、今世は身に降りかかる火の粉を払《はら》い落としながら、全力で善良な一般人《いっぱん》を目指しましょう。その上で、魔族と人間の架《か》け橋になるようなことができたら最高よね」

「……失礼ですがアリアナ、それはもはや一般人と言わないのでは？」

「あくまで表面上は善良な一般人を貫《つらぬ》くのよ！　目標は高い方がいいでしょう？」

「では、その目標達成のために俺も覚悟を決めなくてはなりませんね。一般人を目指す以上、元魔王の存在に注目が集まる事態は得策と言えません」

「そうね。私ももっと気をつけるわ」

先日の失態を思い出してアリアナは気が重くなった。闘技場《とうぎじょう》を巡る騒動《そうどう》の際、ギルベルトとファビアーノの二人は協力してアリアナの存在を公《おおやけ》の場から隠《かく》してくれた。「勇者の再来」と名高いギルベルトと次期選帝侯のファビアーノが二人で闘技場の場所を突き止め、魔獣賭博《とばく》の主催者《しゅさいしゃ》を捕縛《ほばく》したという証言を、魔族側にも人間側にも共有したのだ。

それはファビアーノが地下街にいた人間たちの記憶《きおく》をせっせと偽装してくれたおかげで実現できたことだが、魔族や人間の中には事件の顚末《てんまつ》に違和感《いわかん》を覚えている者もいる。いずれ彼らは真実に辿《たど》り着くかもしれない。その時、元魔王の自分はどうすればいいだろう？

「心配しないでください、アリアナ」

触れた先から不安が伝わったのだろう。ギルベルトが抱きしめる腕に力を込めた。

「たとえ選帝侯や国王が来たとしても、あなたを渡《わた》すつもりはありません。今世の俺たちはもう勇者でも魔王でもない、ただの人間ですから」

「そうよね。今世の私たちはただのギルとアリアナだから……いや、待って。今のあなたの本名はギルベルトだったわね。私、もうあなたを前世の名前で呼ばない方がいいかしら？」

そもそもギルという名前は、前世における彼の本名ですらなかったはずだと今さらながらに思い出す。彼は今世でもその名前で呼ばれ続けて、嫌じゃなかったのだろうか？

急に不安になったアリアナの耳元で、ギルベルトがクスッと笑った。

「今世でも俺のことはギルと呼んでください。あなたが呼んでくれる名前は特別ですから」

「そ、そう？　なら、ギル」

「はい、なんでしょう？」

「私たち、今後もこのステラ学院で学生生活を続けるって決めたけど、その……恋《こい》の練習はどうするつもりなの？」

「………………」

アリアナの問いかけに、ギルベルトが一瞬《いっしゅん》押し黙《だま》る。

（え、何？　私、何か地雷《じらい》を踏《ふ》んじゃった？）

「アリアナは、これからも俺と恋の練習を続けたいんですか？」

「え、ギルは嫌なの？」

「はい、はっきり言って嫌ですね」

「えっ⁉」

アリアナはショックで頭が真っ白になった。ギルベルトは、自分に隣《となり》で笑っていてほしいと言っていた。それは恋愛《れんあい》的な意味だと思っていたのに、違ったのだろうか？

（私ったら一人で舞《ま》い上がって喜んじゃって……恥ずかしすぎる！）

今すぐ黒歴史として封印《ふういん》したいくらいの勘違《かんちが》いに、アリアナは耳まで真っ赤になった。

それなのに、その様子を見たギルベルトはなぜか嬉《うれ》しそうに笑っている。

「な、何よ、ギル！　そんなに笑わなくてもいいじゃない」

「すみません。前世からの思い人に同じ想《おも》いを返されて、つい嬉しくなってしまいました」

「え、思い人？　それって――」

アリアナの言葉を遮《さえぎ》り、その頬にギルベルトが手を添《そ》える。再び赤くなったアリアナを、彼はひどく真剣な眼差《まなざ》しで見つめながら続けた。

「恋の練習だけではもう嫌です。この先はどうか俺の本物の恋人になってください」

「…………っ！」

「アリアナ、返事は？　それとも、あなたにはまだ練習が必要ですか？」

アリアナは真っ赤になりながら、愉《たの》しそうにしているギルベルトを上目遣《うわめづか》いににらんだ。

やっぱり彼は生意気で、少しだけ意地悪だ。自分の気持ちなんてとっくに知っているはずなのに、こうして逃《に》げられない状況《じょうきょう》を作った上で、言葉にして言わせようとするなんて。

「アリアナ」

甘く優《やさ》しい声が答えを促《うなが》す。ギルベルトに見つめられているだけで、アリアナの胸は壊《こわ》れそうなほどに高鳴り、全身が痛いほど熱くなって何も考えられなくなってしまう。

（ああ、もう！）

ギルベルトの甘い視線に耐《た》えられなくて、アリアナは勢いよく彼の胸に顔を埋《うず》めた。突《とつ》然《ぜん》のことに驚《おどろ》いているギルベルトの背中にギュッと腕を回して告げる。

「実は私も、ただの練習じゃもう嫌で……だから、その、末永くよろしくお願いします」

あまりの恥ずかしさに息も絶え絶えな告白を聞いて、ギルベルトが吹き出す。

「アリアナ、それはもはやプロポーズですよ」

「へ？　私、そんなつもりじゃなくて――」

「まぁ、俺はそのつもりでしたけどね。何度生まれ変わっても、俺が求める相手はあなた一人だけですから。本番の恋を楽しみにしていますよ」

ギルベルトが微笑《ほほえ》んで、アリアナの額に口づけを落とす。前世からずっと憧《あこが》れていた唇《くちびる》への口づけではない。それなのに、アリアナはドキドキしすぎて息が止まりそうになった。

（ま、待って！　まだ本番は始まったばかりなのに！　最初からこんなにときめいていたら、この先どうなっちゃうの!?）

アリアナの内心の悲鳴に答えてくれる者はいない。真っ赤になって頭を抱《かか》える前世からの思い人を前にして、ギルベルトはいつまでも幸せそうに微笑んでいた。

あとがき

はじめまして、あるいはお久し振《ひさぶ》りです。麻木琴加《まきことか》です。

このたびは本書をお手に取ってくださり、ありがとうございました！

今回ラブコメを書くに当たって、「主役はものすごく強いのに、どこかズレた性格の子がいいな」と考えて生まれたのが、元魔王《まおう》のアリアナです。皆様《みなさま》には、ギルと一緒《いっしょ》にアリアナの言動にツッコミを入れながら、その恋物語《こいものがたり》を楽しんでいただければ幸いです。

本書の執筆《しっぴつ》に当たっては、大変多くの方々にお世話になりました。いつも適切なアドバイスをくださる担当様と編集部の皆様、生き生きとしてかわいらしいアリアナたちのイラストを描《か》いてくださったｉｙｕｔａｎｉ様、いつも限られた時間の中で最高のお仕事をしてくださる校正・印刷所・デザイナー・営業・書店の皆様、ありがとうございました！

そして最後に、本書を読んでくださった皆様に最大級の感謝を！　今後もまた著作を通じて皆様にお目にかかれることを楽しみにしています。

麻木琴加（Twitter：@MakiKazuki1）

「元魔王の転生令嬢は世界征服よりも恋がしたい」の感想をお寄せください。
おたよりのあて先
〒102-8177 東京都千代田区富士見2-13-3
株式会社KADOKAWA 角川ビーンズ文庫編集部気付
「麻木琴加」先生・「iyutani」先生
また、編集部へのご意見ご希望は、同じ住所で「ビーンズ文庫編集部」
までお寄せください。

元魔王《もとまおう》の転生令嬢《てんせいれいじょう》は世界征服《せかいせいふく》よりも恋《こい》がしたい

麻木琴加《まきことか》

角川ビーンズ文庫 23404

令和4年11月1日 初版発行

発行者———山下直久
発 行———株式会社KADOKAWA
〒102-8177 東京都千代田区富士見2-13-3
電話 0570-002-301（ナビダイヤル）
印刷所———株式会社暁印刷
製本所———本間製本株式会社
装幀者———micro fish

ISBN978-4-04-113128-2 C0193 定価はカバーに表示してあります。